惠风·文学汇

走在雨和雨的间歇里

"惠风·文学汇"编委会 编

海峡出版发行集团｜海峡文艺出版社

目录

五福庙三问

◎ 杨少衡

康熙十七年（1678），清军设"援剿镇"（一说设立海坛镇水师）于福清镇东卫。时海坛岛属南明政权所辖，由名将朱天贵镇守。两年后，清军将领万正色征海坛，与朱天贵在海坛、平海澳、崇武等海域大战，获胜。再过三年，康熙二十二年（1683），海坛水师屯驻海坛。其后这个岛屿上有了一座"驻镇都城隍庙"，又名"威灵公庙"，民间俗称"五福庙"。

五福庙的这几个名称内容很丰富，可以细加解读。所谓"驻镇"什么意思？那应当与水师驻防相关。"都城隍庙"和"威灵公"则表明规格很高。据资料载，明初朱元璋曾大封天下城隍神爵位，分为王、公、侯、伯四等，京都、开封等城隍封王，其余府一级城隍为鉴察司民城隍威灵公，秩二品，州、县城隍则列侯、伯爵位。明清两代这一建制相沿，府一级城隍神多称为"威灵公"。"都城隍庙"通常是京城或省城都会的城隍庙。五福庙为什么有资格这么称？一般认为是因为清代海坛镇总兵官至二品，城隍神级别与之相当，所以既"公"又"都"。而"五福庙"这一俗称包含五个福，即福建、福州、福清、福塘里以及陈福。前四个是地名,后一个则是人名。宋以来多奉已故英雄或名臣为城隍神祇,五福庙所祀神主便是陈福。资料称这位陈福是出自福塘里的一位南宋名人,实名陈寿,字九筹,号七溪钓叟,乳名阿福,谥文安,"登宋绍兴丙辰科进士,高皇帝以徽宁公主招尚驸马,历官翰苑,征金有功,晋封公爵。特召内转东阁大学士太子太师"。因功御赐"忠国孝家"和"五福堂"匾。以其地方人物、名臣加上战功声望被奉为本庙城隍神,其"五福堂"亦成为本庙俗称的来源。

我注意到五福庙的建设时间有若干说法,包括"太岁殿始建于元,明代依太岁殿增扩建为驻镇都城隍庙,即五福庙",以及"建于康熙十七年(1678)"等。2012年该庙修葺时发现的一块道光二十五年(1845)重修碑榜则载录:"此庙系吕总镇于雍正七年(1729)兴建,计至道光二十五年止,共有一百一十六年。"说的是总兵吕瑞麟于雍正七年修建了五福庙。亦有人认为吕瑞麟当年只是重修该庙。还有专家认为五福庙与福州都城隍庙有飞炉渊源。各说皆有其根据。学术的事情只能由专家去探讨,于我而言,无论这座庙早几年晚几年出现,它都是不同凡响的。

近些年来,我曾屡屡前往平潭,都是因工作事务匆匆来去。有意思的是几乎每一次都到过五福庙,因此印象最深。平潭岛上好风光,五福庙无疑颇具代表性,犹如著名的石牌洋,只不过前者属人文景观,后者属自然景物。我不是文史专家,对民间信仰亦无研究,作为一个慕名而来的游客,五福庙依然让我感受无尽,遥想颇多。我到此"三问":一问石头,二问建筑,三问神明。

为什么要问石头?石头到处有,平潭岛更是石头的世界,石帆远近闻名,石头厝举目可见,相比之下,这里有一块石头超乎其他,该石头叫"磹"。民国《平潭县志》称:"考平潭所由得名之故,又因中有一石,平如坛,俗呼巨石为磹,后遂作潭。"原来平潭县得名自这块平坦巨石,有它才有了"平潭"之称,如今这个欣欣向荣的平潭开发区远自这块巨石而来,所以此石别具意义,非常值得一访。该巨石在哪里?就在五福庙。但是我在庙前举目四望,顿觉茫然,因为除了房舍和场地,未见有"磹"。拉住领我们探访古庙的当地文友赖民,请教"磹"化身何处?赖指着周边笑答,原来我们就站在那块大石头上。真是"不识庐山真面目,只缘身在此山中"。

二问建筑,就是看庙。这里有两座殿堂并排而立,一侧为城隍殿,一侧为太岁殿。相传太岁殿建于元代,供奉太岁神像,后屡经战乱与重修,目前所见建筑系十余年前修复。五福庙包括这两个殿和戏台,占地面积 940 平方米。其中,城隍殿为硬山顶,面阔 3 间,进深 5 柱,抬梁穿斗混合式构架。类似庙宇建筑都有很多讲究,所谓"内行看门道,外行看热闹",于我这种行外人,这座城隍庙建筑有何特别值得注意之处呢?赖民同志随手给我指点 3 处。一是大殿门楣背后大壁上悬挂着一个木制大算盘,据说可用以裁判钱财纠纷,辨别是非,惩戒邪恶。城隍庙挂算盘似乎并不罕见,例如上海城隍庙仪门的大算盘上还有"不由人算"四字，以示"善恶有报"。平潭五福庙这个算盘则造就了一句口头禅，据称旧时平潭市井坊间，若出现账目相争，总有一句警语被脱口说出："到五福庙算去。"这表面说的是数目，内里更指人心。殿堂中部也有一个看点，这里横亘一条低石阶。赖民指着相对于石阶的上方梁栋，问我们能否看出内外两侧建筑风格之不同。经他提示再细看，果然形态有别，内侧偏于简单质朴，外侧则倾向繁复华丽。原来竟是明清两代不同风格。这一区别表现出两个时代的审美特点，也反映了这座庙本身的扩展。再一个看点则是两幅壁画，分别位于左右两侧墙体上，均为清代作品，一为虎啸，一为龙吟。据介绍，近年重修城隍庙时，为了保护好这两幅古壁画，人们煞费苦心。五福庙于 2001 年成为省级文物保护单位，目前正在申报国家级文物保护单位，妥善保护好两幅古代留存至今的壁画，有着特别重要的意义。

然后便是"三问神明"。五福庙神明了得，格外引人关注，因为它是著名的"一庙两城隍"，别处的城隍庙无论大小，都是一个城隍爷管辖，这里居然多出一位，两位城隍爷共居一堂。如我这种凡夫俗子，肉眼一看似有 3 尊神明，这是怎么啦？原来这里有一尊泥塑神像，俗称"硬身"，固定端居于庙堂，左右各伴随城隍神夫人及公主。另有一尊木雕神像俗称"软身"，属于可移动塑像，适用于抬出庙出巡。这两尊雕像均在 2 米左右，都是五福庙本神。而另一尊安于前部，形体较小，仅 1 米左右，是客神，来自台湾，称"台湾城隍"或"台湾客"。所

走在雨和雨的间歇里

谓"一庙两城隍"即指五福庙城隍爷以及这尊台湾城隍爷。

这位"台湾客"有故事，其背景是清代戍台"班兵"制度。据资料载，清廷收复台湾后，采纳施琅建议，从闽、粤两省五十余营中抽调兵丁，合计万人组成台湾镇，调台之兵每3年由原营派出同额营兵取代，3年轮替1班，因之称为"班兵"。自康熙二十三年（1684）起，实施200余年。海坛镇班兵大多戍守台湾安平协与澎湖协两地，主要在澎湖。相传平潭班兵在海上曾遇大风，祈求家乡城隍爷保佑，终神明现身，安然脱险。其后平潭城隍爷作为保护神被移奉澎湖与台南，供于澎湖马公岛海山馆（平潭别称"海山"）的神像称"海山城隍"，移奉台南海山馆的则被称为"五福爷"。而台湾的城隍爷也同样作为保护神被班兵从台湾移奉海坛岛，供于五福庙，成了长驻的"台湾客"。台湾城隍移奉平潭后，由福建赴台的官吏、将士、商人、船员多到此叩拜，祈求庇佑。台湾商船来平潭经商贸易时，也要到五福庙烧香祈福。每逢初一、十五，两岸香客云集，五福庙两城隍共享香火旺盛。亦有资料提供了这位"台湾客"来历的另一说法，称甲午战争后清廷割让台湾，戍台官兵挥泪撤退，特将台湾城隍神像奉送到平潭驻地，安放于五福庙，以示不忘台湾。无论是哪个说法，讲的都是班兵的故事，表现的都是同一段历史，内在都是台湾与大陆的血脉相连，都显现于这尊来自台湾的神明及端坐其后那尊五福庙都城隍爷身上。

在五福庙问石头，问建筑，问神明，三问之得均丰富不已，令人不能不感叹这座城隍庙之独特，以及其历史文化价值的不凡。站在平潭之来的巨石"礁"上遥望，似乎还能看到当年戍台班兵于海上赴险克难，破浪前进，而此间的两位神明与他们同行，和他们共同生活，承担他们那个时代的历史使命。这座庙以及两位神明因之也进入历史，时至今日依然令我们念念不忘，在化为当下平潭一大旅游胜景之际，还为我们提供两岸一体、文化联通的历史信息。

杨少衡，男，祖籍河南省林州市，1953年生于福建省漳州市。1969 年上山下乡当知青，1977 年起，分别在乡镇、县、市和省直部门工作。西北大学中文系毕业。现为福建省文联副主席、福建省作家协会名誉主席。出版有长篇小说《海峡之痛》《党校同学》《地下党》《风口浪尖》《铿然有声》，中篇小说集《秘书长》《林老板的枪》《县长故事》《你没事吧》等。

台湾小镇

◎ 筱　陈

　　小镇这个字眼，在我的心中，一直是美好的、温馨的。走过加拿大的湖滨小镇，也去过英国的一些小镇，更到过国内的一些小镇，在我的印象中，小镇是一个很有韵味的地方，旅行者可以在小镇住下，当上几天"镇民"，尽情地享受小镇的风土人情：坐在一个小餐馆，静静地品赏着当地的美味；在清晨或黄昏，走到一个高处，静静地欣赏着朝阳或夕阳映照下的海湾田园，看着渔舟归岸、牛羊归宿。若是在黄昏海滨，可等到太阳落山，月亮爬上来，于月光中听着海浪涛声，那种享受，美到很难用文字来表达。

　　到了平潭，听说有一个台湾小镇，我的内心顿时有些激动，涌起去小镇看看、领略小镇风情的欲望。

　　平潭澳前片区的小郑知道我想去台湾小镇，主动为我当向导，他给我挂来电话，说已经约好了车，要来领我去。我一见到小伙，有一见如故的感觉，他个不高，十分精干、憨实。他操着浓浓的平潭腔的普通话作了自我介绍，我才知道，他是一个土生土长的平潭人，乡镇干部。

望窗外，天湛蓝，海也湛蓝，视野极其辽阔，给人空灵的感觉。我们上了车，向着岛屿的西部驰去。在车上，小郑兴致勃勃地谈起台湾小镇的往事今生。他说，小镇的所在地，是离台湾最近的地方，于1984年就成为两岸小额贸易的口岸，之后又成为两岸"三通"的重要口岸，从那里登船，两个多小时可以抵达台湾的高雄、台北。我一边听他的介绍，一边望着窗外，变化太大了，多年前曾经到过这里，看过码头，那时的印象是有些荒寂，有如深闺中的姑娘。可现在，笔直的大道，两旁新建起的建筑，让内秀的气质得到表现。小郑兴奋地说，现在的澳前，正慢慢地与县城连成一片，从县城到小镇，只要几分钟的时间。

几片淡淡浮云从海湾的上空飘过，海湾里停泊着一艘挨着一艘、差不多占了半个海湾的渔船，很是壮观。船与海相依相偎，相恋相爱，没有船的海，变得死寂，失去海的船，亦显得无声息。我看到这如林的桅杆，才真正闻到了平潭的海味，平潭的风情。

"到了。"小郑的提醒把我从沉思中唤回。眼前一片建筑有着别样的景致，它不同于平潭的石头厝，而是糅合了闽南、台湾等地区的风格。每幢楼房不是很高，以斜顶结构为主，各有其独特的造型，从较高等级的重歇山顶檐到常见的卷棚顶，从起翘的燕尾到平实的马背，起伏变化的屋顶与其上的装饰系统多彩多姿，红砖红瓦，非常养眼。这片建筑群所在地，便是台湾小镇。

小镇的负责人在门口迎候我们。这位娇小的美女子，温文尔雅，笑容可掬，一见面就向我说抱歉，让我有些惊诧。原来，昨天她在工作中崴了脚，脚肿了，今天只能穿着拖鞋，觉得有些失礼。从她的口音判断，我以为她是外地人，她却告诉我她是土生土长的本地人，这很让我吃惊，她竟然说着一口标准的、没有丝毫地瓜腔的普通话。既是小镇，又是小镇的负责人，我开玩笑说，那我可以称你为"镇长"了。她说，还是叫小林吧！她领着我，进了小镇的大门，先去了一号免税商场。这是目前小镇最大的商场，宽敞明亮，商品琳琅满目，我边走边看，有熟悉的凤梨酥、金门高粱、台湾菜刀等，更多的则是我叫不出名字的。

用柜台围成的一个方块，便是一个商家，一个方块一个方块，排列得整齐有序。小林领着我一个方块一个方块走着，见到台胞，她能一个个叫出名字，给我讲每个台胞从台湾的哪个地方来，及他们的创业经历。台胞们热情地为我们介绍经营的商品及其制作过程。他们说，他们经营的不只是商品，而且是蕴含其中的文化。一个台胞给我们介绍了他独家生产的红标料理名酒。这是专门为烹饪而生产的酒，用它烧菜，有特别的味道。我问他，这商场里最好卖的有哪些。他说，越有台湾特色的商品越好卖，比如台湾药膏、台湾当地食品等。

从商场出来，心情失落，因为它与想象中的台湾小镇有些差距，与曾见到过的其他风情小镇也有些差距。小林似乎猜出了我的心思，说，台湾小镇的前身是购物中心，通过免税商店吸引台湾同胞来平潭经商创业，又吸引大陆游客来平潭旅游观光，以商促两岸交流，打造共同家园，助力平潭旅游业的发展。随着时光的推移，在实际运作中他们认识到，只以购物为平台太单一了，应当从购物中心向风情小镇转身，让游客能够到小镇住上几天，当几天"镇民"，让游客在小镇中就如置身台湾，感受到台湾的风土人情，享受到台湾的美味佳肴。她笑眯眯地说，因眼下是疫情期间，许多活动都无法开展，不然这里还是挺热闹的。她递上一张小卡片，上有以高山族少女为原型的动画形象。她说，卡通人物"小阿美"是专门为台湾小镇设计的动漫形象，以"小阿美"为主角还制作了6分钟的小镇宣传片。小林如数家珍似的给我数起小镇2019年开展的一系列活动，印象最深的是举办了以"两岸情深·让爱回家"为主题的灯光艺术节。这项活动历时近3个月，通过灯光情景剧、原创歌手演绎、台湾民俗文化展等活动，营造一个具有浓厚台湾特色、荟萃两岸民俗文化精华的盛会，以丰富小镇夜晚观光旅游。小林说，我们的目标是将小镇从AAA级景区提升为AAAA级景区。小林的这番话让我感受到，眼下他们正着力推动购物中心向台湾小镇的转身，让小镇的台湾风韵更浓郁。

我们一边走一边聊，小林把我引到了一处沙盘前，这是台湾小镇的规划图。小林兴致勃勃地谈起台湾小镇的未来，未来的小镇，将建成以对台小额商品交易为特色，集休闲购物、文化旅游观光、特色美食等为一体的颇具台湾特色的风情小镇。她一边介绍，我一边提问，渐渐地，我的脑海中浮现出一张清晰的让我憧憬的小镇远景规划图。

走出展示馆，漫步在小镇的街区上，随处可见装修工地。小林说，这是新近落户小镇的文化创意企业，未来的小镇，要在文化上做文章，在体现台湾风情上下功夫，打造一种慢生活，让游客住下来成为"镇民"，成为小镇中的一员，慢慢地体验，慢慢地感受。这"慢慢"二字，触动了我。

途经蜗牛体验馆，小林热情地与几位小伙打过招呼，小伙则热情地为我们端上他们自制的茶水。我品着茶，听着小林的介绍。这是一家新近引进的台湾蜗牛馆，几个年轻人大都有博士学位，他们把蜗牛做成了一个产业，从蜗牛的饲养到美容产品的生产，再到将蜗牛制成美食。她指着边上的一排陈列柜说，这些都是他们的产品，目前他们正在大陆寻找适合蜗牛养殖的基地。

走在小镇的街上，仿佛听到远处海峡号客轮的鸣笛声，看到台湾同胞跨越海峡而来。耳际里，响起刚才在购物大厅里一个台胞的话："我们同根同祖、同脉同源，是一家人，只是你生活在海这边，我生活在海那边。"我的眼帘仿佛浮现络绎不绝的游人，他们在小镇里听着台湾阿里郎的歌曲，欣赏着高山族的舞蹈，品着台湾的各色小吃，喝着用台湾水果制出的果饮，与台湾同胞交流着。夜深了，游客住在离小镇不远的小岛酒店里，听着浪涛声，看一本讲述台湾故事的书，耳际缭绕着《外婆的澎湖湾》。

如果你兴致高时，可以走出小镇，不远处，就是渔港，就是码头，就是猴研三岛。猴研三岛，那是离台湾最近的地方，不妨在那里读一读余光中的《乡愁》；可以呼上一辆"滴滴"，或者来一次沿环岛路的自驾游，看一看平潭岛的人美风光丽；可以坐上游轮，来一次海上环岛游，或者驾上游艇，劈波斩浪，感受大海的激情与澎湃……想到这，我的内心变得激动，十分亢奋。

对未来的台湾小镇，我很是期待！

筱陈，本名陈元邦，福建闽侯人。中共党员。省委党校研究生。1975年参加工作。1985年开始发表作品，2021年加入中国作家协会。先后出版散文集《走走想想看看》、诗集《梦境穿过时光》等。

走在雨和雨的间歇里

一片仙瓦依名村

◎ 马星辉

庚子年六月，与盛夏有约，同省里的作家们前往平潭景区采风，一路芙蓉花、石榴花盛放相伴。天气甚是炎热，此时若在山区，应是"懒摇大蒲扇，裸袒青林中"；但在平潭，盖因有热情的海风徐徐，却是"海风昼眠风庭柳，一路凉爽八十里"。

第一次来平潭，欣闻海岛景点众多，令我有些出乎意料。我奉题前往采写大福村。它是一个古村，位于麒麟岛南端，北接坛南湾，西临渔庄村、便澳村，东北与青观顶村相连，三面临海，山海风貌突出，海景资源极为丰富。

大福村的村主任林心潮是刚大学毕业的年轻人，对大福村的历史了熟在心，能娓娓道来，待人接物热情有礼，让人一见顿生好感。他介绍说："大福村约有480年历史。明朝嘉靖年间，林氏祖先从福清迁居于此。"

说起自然景观，林心潮不无遗憾地道："大福村拥有得天独厚的自然资源，景致随处可见。其实，大福村本应还有个棋盘洞，是平潭堆叠型岩洞中的一绝。《平潭县志》在'洞'一节中，记载平潭域内有 12 处名洞。棋盘洞便是其中之一。书中记载，'棋盘山中，乱石重叠，下有洞，窥之漆黑。入以火，初极狭才通人，复行数武，见两壁石皆奇，怪若人鬼形。游者辄惧而止，未能穷其境也'。可惜 20 世纪采石时摧毁了棋盘山，包括棋盘洞和棋盘石。如果未毁，当是平潭岩洞的一绝。"

平潭有 126 个岛礁，千岛千面，异彩纷呈。最突出的特点便是石头众多。千百年来，石头与平潭人民的生活息息相关，4 万多座石头厝，以古朴的身姿成为平潭独树一帜的原生态景致。平潭最著名的石头，当是屹立在海坛面上被称为"半洋石帆"的那两块石头。它们是平潭的"代言石""封面石"，给平潭带来了许多荣光，吸引了不少外界好奇的目光。然而，你若看到大福村的"一片瓦"，会觉得它也丝毫不逊色。

一片瓦位于山水秀丽、景色迷人的大福村东边，紧邻的还有大福湾、将军山、月牙湾、仙人井、青观顶石林等。平潭旧县志记载："片瓦仙踪在芬尾区一片瓦山中。石上有巨人迹，大如箕，深寸许，相传为仙迹云。"清代举人林琪树有诗《片瓦仙踪》曰：

> 浑然石瓦盖名山，别有洞天在此间。
>
> 踪迹去来人不见，只看峰上白云还。

一片瓦长近 13 米，宽 10 米，厚 5 米多。石瓦底部平坦光滑，下方三面有壁，浑成一个天然大厅，可容纳近百人。一片瓦，实际上是一片巨大的扁石，估摸方围十余丈，平如砥，覆于岩石而形成一个石洞，有几案床灶皆备。洞内有 2 个通口，南口较为宽敞，有石路可通山上的九龙洞，亦可为下山之路；北口较小，是后洞口，可通往山顶的仙人井。

有诗赞道："风雨无阻飞仙瓦，一石倾覆横卧之。"一片瓦的来历据说与飞虎有关。此次采风，我听到了另一个版本。相传闽北大山有个姑娘叫杏儿，五官端正，皮肤白皙，是一个美人儿。杏儿命苦，3岁时便死了爹娘，由兄长带大。嫂子是个母夜叉，兄长是个怕婆娘的汉。家里一应杂活脏活皆是杏儿包干，粗茶淡饭苦寒了18年。她与同村的年轻后生小栓相知相爱，贪财的嫂子却嫌栓儿穷，把她许给了财主的儿子二疤拉。为此，小栓与杏儿在一个月黑风高之夜出走，一路逃到了平潭岛大福村附近的石洞里栖身。一天夜里，天降暴雨，狂风大作，刮走了草棚屋顶。二人浑身湿透，冷得直哆嗦。有妈祖娘娘巡海路过，见之怜恤，手往远处一挥，随着电闪雷鸣，从天边飞来一块巨石，不大不小正好盖了石洞顶上。巨石当瓦，天衣无缝，石洞变成一间石屋。小栓与杏儿见之惊喜连连，伏地感恩神明不止。

一片瓦石屋旁有九龙洞岩石群，占地上千平方米，南北长上百米，东西长相对短些，深则数百米，曲折幽静，有宽有窄，有高有低，环环相扣。洞中清凉干爽，两侧陡峭紧逼，顶上洞开，如坐井观天，令人浮想联翩；洞中曲径通幽，如同一座迷宫曲折连环，三支五岔；巨岩上方，形成一线天、一口天等景点。出洞有3个分岔之径，可至一片瓦，可达山后青观顶村，可通仙人井山巅。

但凡看山景，没有不爬山。陪同的刘宏华先生，是一位写过不少平潭风土人情、民俗文化的当地文史工作者。在他的提议下，我们攀岩登石，沿着陡峭的山壁拾级而上。沿途有榕树托根石缝，枝干奇古，磐石拱把。攀崖上得高冈，视野豁然开朗，可俯视乡村全景，让人顿觉神游天外。脚下数丈高的大岩石上有一圆形石井，当地人称它为仙人井。直径约几尺，深有丈余，井中的水净且清，但不知从何而来。林心潮告诉说："亦不知这井水何来？只知它从来不涸，哪怕百日无雨也如此。相传有神在此间。"

傍晚时分下得山来，我重新审视起一片瓦的景致，发现周边的原生岩石地貌保存较好，但令人不解的是洞口贴了半壁的瓷砖壁画，还镶有铝合金玻璃。人为的添加，真是大煞风景！林心潮告诉我，一片瓦属宫庙理事会管理，不无痛心地道："一片瓦原本还有一个奇观，在洞口左上方的一个点，拿石一敲，方圆几里可听到木鱼声声的回音。可惜由于宫庙改造时水泥充塞，这木鱼声也随之消失了。"

历史上，平潭的奇岩怪石被破坏了不少，实在是令人痛心疾首。但令人欣慰的是，这些年平潭大建设大开发，平潭人的保护意识已经觉醒，知道奇岩怪石是上天赋予平潭不可多得、不可再得的宝贵财富，不能再随意破坏它。

大自然的鬼斧神工，给平潭岛留下了众多的奇山怪石，是难得的旅游资源与地质资源。平潭无论是潮间带还是山上的岩石景观，都极具特色，金玉宝珠、玉兔金乌等遍布全岛，有一

走在雨和雨的间歇里

个丰富的石头宝藏。

我在平潭由衷地感到，一岛一石、一船一帆皆有无穷的诗意。我伫立在大福村边，任海风吹过，惬意连连。在村子北侧，久负盛名的大福湾旅游景区呈现在眼前。这里是一个天然的避风港，停靠着大大小小的船只，在夕阳的映衬下，显得格外与众不同。对岸可望见绵长的坛南湾沙滩，那山、那水、那海湾共同勾画出一幅绝美的山海画卷。再往远处一点望去，和大福湾的静谧相比，村子东南处的船礁则显得气势壮阔。一座红白相间的灯塔，为往来船只指引着方向，壮阔的海峡在眼前铺展开来，远近美景一览无余。

山海、石林、沙滩、礁石、田园……众多滨海元素组成了大福村的山海风情，让它成为观海听涛、逐浪戏水的胜地。林心潮介绍说："大福村还是革命老区基点村，有着鲜活的红色革命故事，增添了古村的魅力。在我们村民的眼中，大福村正如其名一般，是一个有福之古村，正焕发出无限的新生机。"

是的，如诗所曰："田园美色满怀收，山水风光画里求。一曲牧歌惊好梦，炊烟袅袅惹乡愁。"我已被大福村秀美隽永的山光水色、巧夺天工的奇岩怪石及动人心魄的红色文化深深吸引了。可惜的是在平潭仅两天，指缝太宽，时间太瘦。我想："平潭有如此厚重的历史文化，如此丰富的旅游资源，如此激情创业的人们，不久的将来定然大盛。同样，大福村凭借着独特的自然风光，越来越受到人们青睐，将与平潭一起大盛！"

一片仙瓦依名村

2020 年 7 月 28 日

马星辉，1955年4月出生，笔名古道，福建省福州人。毕业于厦门大学中文系文宣班。现任中共邵武市委宣传部副部长，邵武报社总编辑。中国作家协会福建分会会员、中国新故事学会会员、福建省民间文艺家协会会员，福建省记者协会理事、南平市记者协会常务理事、南平文学艺术联合会理事、邵武市新闻协会副会长兼秘书长。

走在雨和雨的间歇里

绿杨明月共清华

◎ 何　英

　　平潭岛北面的流水镇，有一座当地最高的山叫君山。环绕君山，有君山后、北港、渔屿、磹水四个行政村，一个个紧挨着。到君山后村采风，村中极少遇见村民，便与村干部聊了起来，权当我采风的开端。

　　他们告诉我，村民以前靠出海捕鱼为生，进入新时代，五十岁以下的人都外出挖隧道去了。

　　哦，这才想起，不是说大陆百分之八十的隧道都是勤劳智慧的平潭人的绝作吗？！

　　热情的村民告诉我，过去的君山后，去县城得翻山越岭爬过那海拔434.6米的君山，20多公里的路程，来回整整一天。因此，村民常常把急需购买的东西记下，或集中进城去购买，或相互之间寄托，善良的人们谁也不推辞。

　　如今，从君山到城里，宽敞的公路仅18公里，一盏茶还没有喝完，就回来了。

揽月的地方

君山，是一座神奇的山。这里，是植物的汇聚地，星星的故乡。清晨站在山顶，你几乎可以与太阳拥抱。晚上站在山顶，可与星星对话。生长在这里的花草最幸运，每天最早受到阳光的眷顾，阳光离开时，也是最后向它们挥手的。因此，君山是平潭岛看东海日出日落最美的地方。村民还告诉我，别看我们这是海岛，仅君山生长的可以作草药的植物就有100多种呢。

君山脚下的海岸线绵延曲折，澳口众多。北部的大澳湾和南部的裕藩湾，沙滩宽阔，坡度平缓，沙质柔软，海面洁净，是风帆和冲浪等海上运动首选的地方。

进入新世纪后，随着人们生活水平的提高，来平潭岛的游客络绎不绝。游客们都知道，如果想观看海上的日出胜景，必定要到君山。那日出时染红海面的壮丽美景，准让你心旷神怡。如果想观海边的日落美景，也必定要登临君山。傍晚的夕阳，从绚丽化为淡然，那阳光倾尽一天爱的余晖，缓缓地洒向宽阔的海面，与海浪和海风汇合，奏出和谐的涛声，美不胜收。热情的乡亲说，很多关于平潭岛石厝、梯田的佳作，都是摄影爱好者登上君山顶上拍摄的。只有登临君山，才能真正感受"绿杨明月共清华"的美景。

传说中的"棺材石"

君山亦名军山，在峰峦起伏、流云叠翠之间，有处在蓬莱仙境之风韵。

村民说，君山的山顶，有一个形似棺材的大石。传说中，海面常有妖魔兴风作浪，村中缺水。海龙王为了吸引妖魔，从海底托起一块长方形的大石，告诉妖魔说，只要伸手摸摸这块大石，就能长生不老。妖魔个个跃跃欲试，这时海龙王突然发威，将妖魔吸引进石中，转身扔到君山顶上，就成了远离海水、不再扰民的"棺材石"。

别看君山没有参天大树，却也泉水长流，从这里有人居住起，就一直保证了村民的生产生活用水。慢慢地，村民便在君山建王庙祈雨祈福。

古人笔下，站在君山山顶，绝壁万丈，天风拂来潮声阵阵，山下蓝绿交错，美轮美奂。不过，现在的君山山顶属军事重地，对当下的游客来说，略显遗憾了。

石头会唱歌

平潭岛的民间曾经流传着这样的民谣："平潭好是好，光长石头不长草，房子像碉堡。"殊不知，君山的石头，却向世人展现了一片会唱歌的宝。

在主人的指引下，我们在环岛路上望着那高高的君山北侧，在陡峭的半山腰有一大片黑色的花岗岩石，静静地躺在那里。那片石，似乎不理会山下那车水马龙的环岛路，也不与那海滩嬉水的热闹攀比，就连那日新月异的村庄里，村民从传统的靠海谋生一跃为走南闯北打隧道，将大把大把的钱财搬回家也毫不在意，它们把自己隔绝于当下热闹的喧嚣之外，在草丛中静静地躺卧，只与周边长长的杂草丛林和睦相处，默默地交流。

你可不知道，这是一片神奇的石头，是一片会唱歌的石头。若不是有勇敢者披荆斩棘爬上山去录下那短信视频，让人们从当下时髦的时空中欣赏那铜锣响石银铃般的歌声，你绝对不会相信这石头会唱歌。

村民们说，春天里，春雨轻悠悠地打击，铜锣响石传来清脆悦耳的歌声，犹如大珠小珠落玉盘；夏日里，雷声阵阵穿透铜锣响石，传来阵阵锣鸣；秋天里，雷声暴雨客舟中，海阔云低，便传来断雁叫西风；冬天里，雷声雨声夹风声，席卷岚岛，发出慷慨激昂的歌声，如万马奔腾，让人浮想联翩。据说，那些在平潭岛个别旅游景区会"唱歌的石头"，就是来自君山。

神奇的沙山

历史上，平潭岛属于风沙灾害比较严重的地区。据民国《平潭县志》记载，清乾隆十四年（1749），曾经发生过"一夜大风，沙埋芦洋十八村"的天灾。

但是，让人惊奇的是，距离芦洋几千米的君山后与礵水两村共有的沙山，是现在平潭岛内唯一的淡水沙山。

说起这座沙山，当地群众都说祖上就传说"一夜成山"。神奇的是，离这座沙山仅几米就住了不少村民，在年年岁岁海风的吹拂下，沙尘被一阵阵吹起，只围着这沙山的山头转，从不侵扰村民。我带着几分惊奇、几分探索的心情，上前用手轻轻抠下一小撮金黄的沙块，瞬间就散成非常细的沙。2016年12月央视科教频道《地理中国》播出纪录片《海岛奇沙》，就解密了平潭岛的这一奇观。

当然，现代科学研究，沙丘是由风力搬运的沙子堆积而成的小丘或小脊，在风力作用下，沙丘顺着风向移动。但是，君山的沙山，村民都说自从看到它起，就不侵扰村民的生活，成了"沙不袭村，村不毁沙，人沙和平共处"的独特奇观。

香飘四海的水仙花

说起水仙花，也许很多人想到的是漳州水仙花。殊不知，平潭岛的水仙花是中国国家地理标志产品，历经200多年的野化生存，形成了这里的水仙花"花期长、花蕾数量多和香味浓郁持久、花株型矮壮和健美"的三大特色。早在1923年的《平潭县志》就有记载，君山是平潭岛水仙花的发源地。

由于平潭岛四面环海，独特的气候、地理条件造就了水仙花抗逆性强、病害少、抗倒伏和不哑花等特点而获得广大栽培者的赏识。1978 年，时任平潭县企业局局长的冯先生，把平潭的野生水仙花球茎送往有关部门鉴定，确认其为中国水仙花品种之一。因此，这里的水仙花从此得到人们的高度重视并加以继续培育。

2003 年在美国春季花卉展销会上，平潭水仙花开发总公司带去的水仙花得到很高评价，平潭水仙花自此走出国门，在国际花卉市场上突显其独特的魅力。2007 年 12 月，原国家质检总局批准对"平潭水仙花"实施地理标志产品保护。

当保健品的海坛菜

君山后村，盛产平潭的特产海坛菜。村民介绍说，海坛菜清甜，补肾壮阳，近年来是市场上极为紧俏的商品。每年农历八月，将石灰调水，用刷子刷在海边的大礁石上，经晴朗干燥的太阳暴晒和风吹海侵后，10 月份开始采头水海坛菜最佳。之后每半个月采一次，直到第二年农历三月结束。

都说好东西不容易获得，海坛菜也一样，风浪越大就长得越茂盛，风浪小就有可能长不好甚至没有收成。

因此，海坛菜要种好，还得靠勤劳的管理。经验丰富的村民告诉我，每当退潮后，要去清除随着海潮爬上来的小螃蟹、海蟑螂和其他海洋生物，否则海坛菜会被吃掉。年纪较大的村民还说，海坛菜靠的是天气、技术和勤劳。

近年来，随着海坛菜被人们的认识，本地的村民用划礁石招标的方法来安排海岸种海坛菜的礁石。

　　我虽然来过平潭岛多次，但是第一次到君山后，并带着未能登君山顶览胜的遗憾离开。俗话说得好，不登君山，等于没有来平潭。我一定会再找机会登上君山顶，去体会那"绿杨明月共清华"的意境。

　　何英，福建省上杭县人，著有长篇纪实文学《抚摸岁月》《远去的岁月》《悠悠岁月》，曾为歌曲《可爱的家乡》《天下客家一家人》，儿歌《小小读书郎》《锤子剪刀布》等作词。

绿杨明月共清华

一座祠堂的重量

◎ 欣　桐

　　登上大练岛之前，我已对遗世独立于海上的它作了足够的想象，且对它独特的离岛风光做了适度的觊觎。期待回程时眼睛和脑子里能重组大练岛的影像与神秘记号，或者别的什么奇遇。

　　此次渔限村之行，杨氏祠堂一直萦绕在我的记忆里，感动于杨氏几代人为了一座宗祠持续投入财力、心力和感情。参天大树必有其根，环山之水必有其源。这座建筑精美、气势宏伟的宗祠历经300多年风雨沧桑，见证了杨氏族人的繁荣兴盛，记录了一个渔村的发展变迁，成为凝聚家族力量的一条精神纽带。

修旧如旧　古韵依然

　　驱车从舍仁宫村的路口进入大练岛，按照之前安排的行程，我第一站来到了渔限村的杨家祠堂。眼前这座巍峨雄伟的木石结构建筑，静静地伫立在村口。四根圆木柱子撑着四扇对开的大门，飞檐翘壁伸向天空，古老斑驳的石头墙，绵延起伏的屋脊……在清晨的炊烟里，像极了某些电影里的画面。

外祠的前堂是一个戏台，已经被轮回的光阴浸染得发黑的檐柱，仿佛在无声地诉说着陈年旧事。眼前这座祠堂于渔限村原村支书杨建祯而言，如同一座无尽的宝藏，从房子构建、对联撰写到关于祠堂的传说，他说三天三夜都讲不完。

"渔限杨氏始祖杨时，号龟山，河南固始县人，宋代入闽，居延平府将乐县（今南平市延平区）。其第四世孙杨肇，因课盐福清，卜居于永宾里（今福清海口地区），清康熙十二年（1673），其后代子孙播迁平潭大练岛渔限等村。"翻开《渔限村村志》，道出了杨氏宗祠为何落户于渔限村的历史。又记祠堂于 1945 年 8 月动工至 1949 年 8 月竣工，历时 4 年之久。初建时只有一座房屋，南北长 12 米，占地总面积 264 平方米，为土木结构，也是瓦屋顶，西边为祭祀台，东边为戏台。1949年后，祠堂成了渔限小学的礼堂，随着学校的规模扩大和大练乡初级中学的设立，祠堂两边先后建起了两栋两层教学楼，大厅外则成了操场。到了 2005 年，在渔限村乡贤杨国纬的提议下，又开始了新一轮祠堂修缮工作，并于 2008 年完工。2016 年，杨氏祠堂入选平潭综合实验区第一批历史保护建筑。

杨建祯口中的杨国纬，系清华大学建筑学博士，后来成为福建省建筑设计研究院的高级建筑师。经多方联系，笔者辗转寻到杨国纬先生。今年已 78 岁高龄的杨老定居于福州，一生参与设计了无数的建筑，但为家乡设计一座祠堂却是他在古稀之年的心愿。

"1945 年在我祖父杨宗舜的主导下重建祠堂，没想到我能为杨家祠堂修缮设计图纸，冥冥之中似乎是祖父委以我重修祠堂的重任。"杨国纬说。

说到祠堂的设计理念，杨国纬表示，祠堂建筑的组织和布局是有规制的，只是规模大小各有不同，大体上可分为门前广场、戏台、大门、天井、享堂、拜堂、辅助用房等几个部分。杨国纬说，杨氏祠堂修复的最大难度，就是如何修旧如旧，还原保留祖厅的构建格局。

因此，在修复杨氏祠堂时，杨国纬首先将祠堂大门进行重建，利用原来的旧木料加了柱础，这样大门就有了厚重感。另外，中庭增加了木结构屋顶，采用榫卯工艺，不仅外形精致优美，而且不易锈蚀、方便拆卸。"当年在重建修缮祠堂时，主厝所有拆下来的石料，我主张用在立面墙壁上，长的石条现在用在大厅作为基柱，二楼长石条的走廊完全保留了渔村的味道，这是我比较满意的地方。"杨国纬说。

正因为修缮过程中始终秉承修旧如旧的原则，杨氏祠堂不仅具备了平潭地域建筑的特点，还有了历史文化研究价值，因此入选平潭首批历史保护建筑。"全区首批历史保护建筑共有26 处，渔限村的杨氏祠堂其主体结构保护完整，大量当地的花岗岩被作为建筑的主要材料，让这座宗祠别有一番味道。"平潭综合实验区自然资源与生态环境局国土空间规划处公共事务助理员汪昭容说。

走在雨和雨的间歇里

立雪堂再现"程门立雪"

杨氏祠堂供奉祖先的厅堂门楣上写着的"立雪堂"三个大字，出自人人皆知的"程门立雪"的故事。

"程门立雪"的主人公之一是杨氏的祖先杨时。相传北宋时，杨时和游酢去拜会当时著名的理学家程颐。程颐正在闭目养神，杨时、游酢二人恭敬地站在屋外等候。程颐醒来，门外雪已深一尺。后人就以"程门立雪"作为尊师重道的范例。"在祖先祠堂建这个'立雪堂'，也是教育后人做人要谦卑，做守礼明礼的人。中国人的骨子里朴素的祖先信仰就是宗族力量，这就是为何村里修缮祠堂大家都争相出力的原因。"杨国纬说。

在杨氏祠堂大门前有刻有一副对联：

关西夫子清府廉衔四知震天下

闽北龟山尊师重道立雪时古今

"杨震是杨氏族人，对联引用他的典故，是告诫后人如果有朝一日为官，要清正廉洁。"杨国纬说。

相传，东汉名臣杨震调任东莱太守路经昌邑时，昌邑令王密为答谢杨震知遇推荐之恩，深夜以 10 斤黄金相送。杨震不受，说："故人知君，君不知故人，何也？"王密说："暮夜无知者。"杨震说："天知，地知，我知，你知。何谓无知！""四知拒金"的故事从此千古流传，后人称其为"四知太守""四知先生"。

在祠堂后厅的柱子上还刻有一副杨氏辈分的长联。杨建祯翻出保护得很好的族谱，十分自豪地说："眼前这副长联，族谱里有记载。"

则友文明宗乃大建业在精勤必蔚起英贤成遵祖训

伯仲叔季家其昌存心宜笃厚而继承仁孝长裕孙谋

"从一世祖起至二十一世辈分渔限杨氏排行都在这副联里，古代家谱中的名字都包括字辈、行第、表字。像我是'大'字辈，而杨建祯是'建'字辈，小我一辈，字辈文化可以说是'家族的印记'。"杨国纬说，"上面这副辈分联，读的时候断句第一句7个字，接下来5个字，再5个字，最后4个字，上联'成遵祖训'，对应下联'长裕孙谋'，许多族谱里都将辈分与行第嵌在其中，读起来如同一句诗，辈分的字也都是选积极向上的，寓意子孙昌盛。"

古祠流芳三百载

在祠堂"立雪堂"门口还有一副对联引起我的注意：

帝出姬水唐近河汾伯侨受邑称始祖

肇入云楼彦迁渔限宗舜修谱建祠堂

杨国纬说，上联的意思比较容易理解，渊源是杨氏出自"姬"姓，以国为氏。

"下联指是的杨氏四世孙杨肇的第二十代孙杨彦迁入渔限村，'宗舜'是我的祖父杨宗舜，他是渔限村的一名坐诊中医，常常为百姓免费看病，在村里威望极高，在1945年重修族谱时，

走在雨和雨的间歇里

他就提出重建杨氏祠堂。"说到这里，杨国纬停顿了一会说，这里还有一个有趣的故事。相传在福清一个村里有陈姓和张姓两族人，对于杨姓一族发展得好十分嫉妒，因为福清话与平潭话发音相同，"陈"的发音为"丁"，而羊会吃"丁"，这个"丁"是指"藤蔓"，所以陈姓族人就将对着杨氏族人村子方向的洞穴封住了，说是将"羊"的嘴巴封住了，就吃不了藤了。传说有点神乎，但从侧面反映了当时宗族之间的势力之争。当时福清因为交通方便，福清人以"福清哥"自居，对于海岛平潭总是看轻，将平潭人称为"平潭仔"，这也算是地理位置上的优越感吧。

离开杨家祠堂时，阳光斜斜穿过天井照在"立雪堂"的门楣上，投射到宗祠硬山顶的山墙和重檐斗阁间，光影游走，将古祠的细节与局部刻于时间的纬度上……我拿着两本借阅的《杨氏族谱》，似乎渔限村杨氏家族几百年的历史就在手上，如同杨国纬老先生说，他要在古稀之年从福州回到家乡重修祠堂，是因为在这里，无数的子孙可以找到"我从哪里来"的答案……这也是让子孙后代记住一家一族的祖源宗本。

欣桐，本名余小燕，中国作家协会会员，鲁迅文学院福州研修班学员，著有散文集《指尖起舞》《萤火流年》《坛中日月长》，平潭民俗文化专著《行走海坛》《海坛掌故》《平潭行旅》等，现任平潭时报社专副刊部主任，平潭作家协会副主席。

山门应为君山魂

◎ 崔建楠

君山，福建省平潭岛的最高山峰。揣摩君山其名，应该是这座由海中拔地而起的山峰形若君子，风流倜傥吧？

每当春夏之际，海面上由东而西，随海风漂过来阵阵暖湿气流，形如云雾，弥漫山际。平潭人称此云霓为"岚"，岚气缭绕，云霭氤氲，所以得名"岚岛"。

见此美景一定会有人激起雅兴，将君山比作仙女，那流云便是美女身上飘拂的衣带；也会有人将此佳景写作处子，着笔于君山的青黛和纯净；还会有人将君山喻为仙翁，山腰处萦绕的云雾一定是缥缥缈缈的蓬莱遗韵。

当知道在君山南麓的一个 700 年的古村里曾经出了一位名叫林杨的奇人，其人一介布衣，为民请命，促使朝廷免除了沿海百姓的赋税之后，便联想到中国古代众多的君子，他们均为道德高尚之人，以行仁义为己任。于是猜想，君山得其名是因山下有君子栖息，或山门君子自幼见山行仁义立世终成君子。

带着好奇，去到山门村一探究竟。

君山周边古村如遗珠散落，有的已经得到开发成为旅游新宠，而有的还保持着古风古韵，山门村便是后者。山门顾名思义一定是君山之大门，进君山探奇，古代一定是由山门而入。

先去的是山门林宗祠暨林杨纪念祠，山门林氏后裔乡老林宜舜先生陪同，介绍指点。林宗祠位于山门村中心，历史悠久，元代始创，名"祖庙堂"。后于成化、万历年间，屡次重修；民国元年族人在山门祖庙堂遗址建"松涛斋"；1993年，族老们又在松涛斋旧址建结构简单的林宗祠；2013年3月，宗亲慷慨解囊，重建林宗祠，并扩建新建祠堂周边公园，修建风磨里林杨诞生地。

重建后的山门林宗祠巍峨壮观，内涵丰富。神主龛内塑山门一世祖惟浩公和祖妣半身像，神主龛前安放林杨半身塑像，大厅中间和四周墙壁悬挂着韦布回天、义笃天伦、进士、文魁、武魁以及奏蠲虚税疏、高行传等牌匾，立柱上雕刻着名公硕望撰写的楹联。

林杨（字仪中）于元至正五年（1345）农历十二月廿五，生于山门前村一个普通农民家庭。林杨年少时聪慧明理、任侠有气，为乡里百姓所推崇。洪武二十年（1387）朝廷诏令岛内百姓迁徙，"文移星火，势急雷霆，三日内驱臣等登舟，焚臣等房屋，拆臣等基址"，林杨奉母及弟侥幸随风漂至福清龙江之畔，随地抛泊，定居于海口之务厚，是年43岁。洪武二十二年（1389），山门移民离乡背井，产业已荒废，但田税杂徭皆如故。移民既要缴纳在新迁地耕种的官田的赋税，同时还要缴纳海坛原籍墟地的赋税，陷入了空前深重的灾难，濒临绝境。林杨公目睹迁民之惨状，奋然长叹："伤哉！海上民也，间关流离，仅而获济，此之不蠲，不死海，且死赋矣！"遂慷慨陈词，诣阙《奏蠲虚税疏》。林杨"不避斧钺之诛，敢触雷霆之怒"，毅然打点行装，道别慈母妻小，带着奏疏，身着布衣，腰缠韦带，启程赴金陵为民请命。然而，刑部竟以抗粮抗税罪将他打入天牢。

明成祖永乐四年（1406），林杨入狱已达18年，历经太祖、惠帝、成祖三帝，是年林杨62岁，始出狱。当他回到老家时，有人推荐他做官，林杨极力辞谢："吾以一布衣戴罪，幸不死，且免重累，分愿足矣，敢他觊乎！"

林杨出狱后13年，含恨溘然长逝，生年75岁。林杨去世后7年，永乐十七年（1419），朝廷奏准林杨生前进言，下诏免去闽、浙、粤三省沿海移民的虚税，三省移民欢欣鼓舞，每日饭前一定首先为林杨祷祝，并且立庙绘像祭享，极力宣扬林杨生前之盛德。

林杨逝世后约200年，至万历年间，身居首辅的叶向高特撰写《高行传》，颂林扬"一疏恩三省"之丰功伟绩，并亲笔题写"韦布回天"匾。同朝工部侍郎董应举也专文褒扬林杨"片疏霁天威，言泽遍三省"。福清海口城内专门为林杨建成"韦布回天坊"，以纪念林杨生前置身家安危于不顾，为民请命，救民于水火的大恩大德。

为民请命的林杨不得不说是一位君子，山门林氏后裔均引以为傲。林宜舜先生陪着在村中各处参观，瞻仰林杨遗迹，述说山门轶事，趣味盎然。

观看过林杨出生地遗址后，心中不能释怀的是旧址长着满地茂盛的荒草。随行的出版社美女编辑用手机拍摄视频，逆光下的狗尾草随风摇曳，生动而活泼，让人们感叹生命力的强大。

走下水磨坊的石阶，跨过马丹溪的清澈水流，林宜舜先生告诉我们，他们的先祖溯溪而上寻找到这里作为安居的地方，是有缘由的。回首瞭望，山门故地的确风水甚佳，水磨坊所倚为圆帽山（也称"龙头山"），因为在圆帽山山尖处有两块形状相似且对称的"角石"，林氏后代都通俗地称其为龙角。

善良的中国百姓总是将中国古代传说中的神兽赋予自己的生活环境之中，或者说，那些堪舆家们也善于将山形水势用吉祥形象来比照，为安居乐业的人们描绘一幅祥和美景。我们顺着林宜舜先生的指点，确实看见那两只突出于山林灌木之中的"角石"，是那样突兀，那样对称。

林宜舜先生又说，你们还看出什么端倪了吗？见我们感到茫然，林先生说了一个发生在他自己身上的故事。有一日，他梦见了山门的林氏始祖林浩公，他便向始祖请教山门故地的渊源，说：村人都称后山为圆帽山，但是为什么也有豸山的说法呢？神采奕奕的始祖公告诉他，圆帽山是俗称，豸山才是它的真名。林先生追问缘由，始祖公告诉他，我们山门始祖地背靠的是一个形似金元宝的山势地形，西边君山西南麓与东边北塔山东西面两山夹持就如同元宝两边高耸似船头船尾的形状，而交汇处的圆状山形就是元宝中间的那个突起。祖先选择这样的风水宝地，就是祈望林氏后代富贵一方啊！

元宝虽富贵，有道真君子。始祖公进一步解释"豸"的来历。始祖公说豸是中国古代传说中的一种神兽，可辨明是非曲直，若遇见不平之事、不公之人，会用它头顶上的角去冲撞那些不平与黑暗。林氏祖先选取此处为世代居住之所，便是领悟了圆帽山上的突兀角石的寓意，并将此山称为"豸山"。这也是告诫林氏子孙后代，要秉承君子之风，如豸一般刚正耿直。

林宜舜先生说大梦醒来，如睹天书，赶紧提笔记下了先祖的教诲，悟出了山门故地人杰地灵、地灵人杰的内涵要义。

林先生进一步说人杰与地灵的辩证关系，人杰才能地灵，地灵才有人杰，人杰与地灵相辅相成，人与自然和谐共处，体现出天人合一的核心寓意。800多年前，武进士出身的林浩公北宋为官，他看到当时朝廷的腐败，弃官择地隐居山门，其精神就是"豸精神"，他自己弃官隐居，也希望其子孙后代能继承他的精神。

马丹溪水源自君山，养育了世世代代的山门林氏后裔，"豸精神"也是如同马丹溪水一样源远流长！

崔建楠，福建画报社原社长、总编辑，福建新闻摄影学会副会长。

走在雨和雨的间歇里

天风海涛大福湾

◎ 简　梅

一

　　不记得多少次来过平潭，这个蓝海盈盈之岛，曾经魂牵梦绕，隐藏着一段刻骨铭心的青春爱恋。那时，被一双手牵引着，踏过一块块滩石，在摇荡的渡船上听着海风呼啸，而天空中一轮明月，也眷顾体贴地映照两张纯洁的面庞。从此，银闪闪茫荡荡的海呵，它装进心窗，从不轻易向人倾吐深情。多少年后，我站在大福湾，再次聆听天风海涛一遍遍涤荡着，将浮华波卷，将沧桑慰抚，不由得生发出"多少烟波抹而无痕，多少时光固凝深邃"之感。

　　踏上大福湾，落笔写它，这多像生命中一个个的机缘与一场场的相遇。走近它，掀起内心的波澜；走近它，渔歌点点，故事阑珊。大湖湾位于平潭岛西南端，隶属敖东镇大福村，它面对台湾海峡，宽阔的海域与外海大洋相连，众多岛礁点缀其间，海域风光秀丽迷人；它背靠将军山风景名胜区，并与美妙的坛南湾毗邻，拥有天然避风良港下湖澳，以及优质的海岸线和沙滩资源，其中山地及沙滩面积 150 亩，海域面积 75 亩。这一切形成了它得天独厚的海滨度假环境，可观海听涛，可漫步石林，可评鉴艺文，可海上冲浪……传统与现代、自然与人文浑然结合，使得大福湾蜚声在外，先后被评为农业部"首批全国休闲渔业示范基地"、福建省第二批"水乡渔村"和"闽台十大乡村旅游试验基地"。著名的跨国航海真人秀节目《下南洋——起航吧，少年》，第一站即在大福湾，这是国内唯一的拍摄点；著名作曲家、《中国娃》和《常回家看看》的曲作者戚建波，携北京现代音乐学院教授付广慧作词，创作了活泼吉祥的《福天福地大福湾》的歌曲；中央美院院长范迪安等诸多艺术名家登岛泼墨写生……未行听声，如上种种对大湖湾的描述，能不唤起对它的慕名前往吗？

　　端午刚过，即来岚岛，熟悉的记忆在海风中穿梭，但早已不是旧时容颜，日新月异在每个细节为平潭刻上烙印。这天午后，热浪仍携着海风翻滚，似乎没有停歇的念头，我驱车前往大福湾，沿着环岛路以南约 15 分钟的路程，已直达下湖澳，见港湾中停歇着星点渔船。听闻渔业捕捞历来是大福村集体的支柱产业，村中拥有各类船舶 100 多艘，其中 300 匹以上的渔船 25 艘。由于地理条件优越，下湖澳也成为其他三个村庄（青观顶村、桥锦村、鱼庄村）1000 多名渔民船只停靠之地。我看见，岸边一艘渔船特别神俊，船身描画着活灵活现的大鲤鱼，"如意"二字在两旁鲤鱼的护卫下显得吉祥喜庆。亮闪闪的阳光映射着船中黝黑的背影，正处歇鱼期，渔人在修整心爱的船只，

走在雨和雨的间歇里

补漆钉板……听到问候声，顶着草帽的脸庞抬头憨厚一笑……看到船，我想到家乡渔镇梅花，他们犹如我的亲人。

二

大福湾果真名不虚传！

过码头，就进入俊逸天巧的大福湾休闲度假胜地。迎面而来的镶嵌于廊体的"大隐于海　福天福地"，在蓝天白云的背景下显得纯净超脱。我来到游艇码头，只见色彩明丽——白的、黄的、红的，设备先进的游艇、快艇、游轮以及帆船等，正虚位待发。我仿佛看到，在飞驰的快艇上感受着大海的壮观瑰丽；游轮环绕着坛南湾和附近岛屿，听浪拾霞；游艇，三五好友，欢声笑语将天空泼染成炫目的紫蓝交辉……此时，不远处刚驶出的一辆摩托艇，溅起阵阵白光，沿海旋绕，吸引游客驻足。而钓台边，垂钓的人们或立或蹲，调好饵料，穿鱼线，绑鱼钩，抛竿试水深，再挂鱼饵，直到正式抛竿钓鱼。广袤无垠的海面上，回荡着一阵阵海浪声。

随后，我沿着岩体栈道前行，一路亭台楼阁依山傍海，赏心悦目。不久，便看到一艘仿真渔船"大福号"，停靠于岬角，造型惟妙惟肖，听说每当涨潮时，海水就会浸过船底，人们站在船头就能体验到航行的壮观，也能体悟到渔人风浪里来去的艰辛。这时，同行的小翁，在前方招招手，呼唤着我：简老师，快来，这就是福湾小沙滩！沙子可干净啦，均匀洁白，非常柔软，粒粒分明，好多人喜欢来这玩哩！果不其然，银光泛着旋涡的海面上，孩子们有的套着泳圈打水花，有的堆沙堡；健硕的男人们，像自由的鱼向前抡臂，并扑棱着腰板小腿；爱美的女子们，展示身着泳衣婀娜的身姿，或拍照，或沙浴，笑声四起……我抬腿想加入他们的队伍，转念一想，还是下回吧，脸上不禁一笑。这片沙滩因为隐于湾内，小而静谧，向海处还细心地设以安全拦截，真是一处舒泰身心的休闲地。

　　大福湾处处勾勒着神秘与豁达的天地万物，是那样和谐统一，又那样独具个性地铺展于视野。我惊叹于那些耸立堆叠、默默象形的海蚀石林，它们经亿万年地壳构造运动，经海风海水无数侵蚀，后又随洋面升降，一度沉沦海中，又间歇上升，循环往复；它们遇到无数次的断裂、分离、崩落、风化，而形成如今"奇、新、神、险"的地貌，无论是紧紧相依，还是孤立守望，布局都是那样恰到好处。有的两两相望，有的蜂窝深深，有的圆润立体，有的裂从中分……石有石语，或玲玲珑珑，或雄雄浑浑，或清清逸逸，或痛痛楚楚……它们犹如风雨同舟的战友、亲人或知己，凝固成大福湾丛丛石林的写意照。而那块居中素洁的花岗岩面，永恒镌刻着"福"字，寄寓了人世间许多的企盼与美好。

　　我终于见到了白色的栈桥，她向海的中央伸出长长的优雅的手。从平沙碧水，从苍穹山麓，再到两心眉目之间，须走过多少遥遥之程。无数的情侣在此依偎着盟誓，翩翩月影也见证了美好的爱情，当然还有伤心的别离……而栈桥一直安静地倚在大福湾，等待着一场场的相遇。

此时，太阳终于有些倦疲，肯眯缝一下眼。但我的脸儿已在漫天蓝海的宏光中，红得似渔船上染画的鲤鱼。迎面不时有游客，三五成群或独行背包，每每问起，总添心中欢喜，他们来自五湖四海，有来自厦门、泉州、福州、龙岩的，有来自浙江、江西、广东的。"大福村原是偏僻的小渔村，没想到现在吸引了这么多游客前来。"我听见边上村民自豪的声音。

三

是啊，这里曾经风沙遍野，孤澳荒石，险浪环生，人们苦苦寻求着出路，甚至远洋求生。坚毅的岚岛，无数背负信念的平潭人，他们与石为伴，又以石钻研出胆识与魄力！从家乡平潭出发，20.5公里的兰州乌鞘岭隧道，温福铁路沿线140多公里的隧道，京九铁路、青藏铁路80%以上的隧道……数不胜数的国家重点工程，都出现了耐劳卓越的平潭人开山挖洞的身影，他们天天与岩石、土壤、流沙打交道，终于闯出了一条路子，竟承接了中国80%以上的隧道工程！而今，曾经贫瘠的家乡成为综合试验区、国际旅游岛，能不令岚岛人淌泪欢欣，并为之筑梦呢？大福湾就是梦想的港湾呢。

我登上了将军山，这里铁马兵戈、三军演习已成为故事，平安宁和这片海湾如今的诉求。在海拔104米的高顶，我看到湾湾相连的水，大福湾、坛南湾，它们澳澳相契，它们息息相通。

浩渺天宇与碧蓝的海水，已分不清彼此。我不禁想起一个作家曾经说过："大海不会馈赠那些急功近利的人……耐心，耐心，耐心，这是大海教给我们的。人应如海滩一样，倒空自己，虚怀无欲，等待大海的礼物。"这何尝不是献给平潭岛，献给大福湾，献给勇敢开拓的人的一份珍贵的礼物呢！

若干年后，当我再次回想因过于迷恋山海景致，在观赏青观顶崖石时不小心跌落的情形，慌乱之中，一定是凭着这片福地给予我的护佑，一个滚翻后竟平稳落地。当时，我听到双掌、右膝与石头碰撞的声音，海风在耳旁凝固，锥心之疼扩散而开……那些风化后已成沙砾的小碎岩，它们在瞬间就渗入手掌皮肤。我终于知道，坚硬的石头是如何碎成阵阵的石花，于人细腻渺小的掌纹与膝上刻画斑驳的印迹……而大海呀，依旧语重心长地波卷浪荡……

第二日，我忍着疼依旧顽强地登临对岸的坛南湾，在远垱澳高高的海蚀平顶上，对着大福湾的方向，年轻的小林帮我按下快门。我知道，无数的澳口是思乡人的眼睛，它们相亲相依，泱泱涟涟，汇成了让人永生难忘的平潭蓝！

遇见该遇见的人，并不晚。遇见大福湾，我依旧唱起了那首多年前的歌，依依惜别……

2020 年 7 月 10 日

走在雨和雨的间歇里

简梅，中国作家协会会员。作品散见于多家报刊。曾获第27、28届福建省优秀文学作品奖，福州市政府第二、三届"茉莉花文艺奖"，《福建日报》第九届 "优秀新人奖"等。《随心点染》散文集，获2018年"读吧！福建"首届福建文学好书榜推荐图书。

海上仙境猫头墘

◎ 管柏华

猫头墘坐落于海坛岛龙山山脉的突出部，三面环海，被誉为阆苑仙葩。它的东面群峦叠嶂，远处可以望见平潭最高峰君山，近处是芹山和虎头山，两山之间是迷人的桃澳底。此澳状若蟠桃，堪舆先生说："紫气东来，蟠桃献寿，福禄齐全。"早在帆船时代，因为季风的关系，平潭的海丝贸易港口集中在岛的东北部苏澳一带，即有名的"海上三都会"——苏澳、连街澳、钟门澳。考古队在连街澳出土了宋代"东街遗址"，有长40多米的街道宅基，出土的陶片有红陶、黄陶、釉陶，瓷片有青瓷、青釉瓷、黑釉瓷。我们尽可以想象，海坛岛的先民，作为南岛语系的源脉初祖，这些面容黧黑、身材高大的"壳丘头"人，乘槎浮海，驾舟逐浪，挥动鱼叉，于惊涛骇浪中越过赤道，开始了驶向南太平洋的远征。千百年来，在与大海的搏击中，海峡底下留有数千艘的船骸，世界闻名的"碗礁遗址"就是历史的见证。

猫头墘地处海角天涯，俗语称："猫头墘，猫头墘，跌倒冇人牵。"但越是人迹罕至的地方，风景越是优美。宋嘉祐四

走在雨和雨的间歇里

年（1059），原驻福清海口的巡检司移驻苏澳钟门后，建设了两条"军路"，一条由平原乡经梯云岭迤至连街澳，一条由苏澳镇福岭通往连街澳。军路在梯云岭一段被誉为"梯云石磴"，风光旖妮如同绿野仙踪。钟门村村主任卓宇告诉我，当年，他的母亲结婚时就是在一个云雾缥缈的清晨，像一个仙女坐着花轿，袅袅婷婷经梯云岭军路嫁到钟门村的。世异时移，如今的军路已被茂草淹没，正所谓："草埋军路，烟锁钟门。"

琉球国驸马墓位于猫头山的东麓。清嘉庆十二年（1807）十月廿七，一艘琉球接贡船在海坛岛和尚礁触礁，遇难者为琉球那霸府大夫等60多人，后拾得漂尸37具，葬于猫头垱。因谣传琉球国驸马尸体亦在其中，故俗称琉球驸马墓。民间流传海难中生还者有30人，曾在猫头垱住了将近一个月，临回国时，朝廷赠抚恤银6500两。这些大难不死的琉球人，对这里童话般的仙境依依不舍，便在码头上铺了一层稻草，然后一个个从稻草上滚了出去。他们的意思是，感激猫头垱人的救命之恩，来世将做牛做马报答。

大约在清朝咸同年间，游姓的七世祖从招康垄来猫头垱割菜。其妻患有精神病，每次牧海留住猫头垱，就漫山遍野地跑，采撷山上的野草花，饿了就吃山上的野果，渴了就喝石头缝里流出的清泉。到了做饭的时间，她会生起老虎柴灶，煮好地瓜糜粥，一个人静静地等待，让袅袅的炊烟召唤耕海的亲人归来。看着妻子病情变稳定，游氏老祖喜在心里，便在一个风和日丽的早晨，将家当搬上渔船，举家迁居猫头垱。

猫头墘的山坡上，面向大海高低错落建有许多古老的石头厝，远观颇似诺曼底海岸的圣米歇尔城堡和苏格兰的爱丁堡。这些古厝采用明清以来的石砖结构，屋顶用拱瓦排成鳞片状的阴阳槽，瓦上压乱毛石。屋子最高二层，各层留有方孔小窗，可以望见湛蓝的大海。村中的游氏祖厝是一座庄严如祭坛式的建筑，所处地势险要，易守难攻，又因有山体的屏障，可以避免蔡牵海盗船队的发现与骚扰，而且耕作与下沪也方便。从风水布局上看，平潭冬季刮凌厉的东北风，古厝恰好位于猫头墘最佳的避风点。如今，这里将要建一座有着哥特式尖顶的石厝教堂。祖厝对面有一山体裸岩酷肖弥勒佛，被称为"弥勒岩"。坡下早年有个大水塘，水塘边有一口苔藓斑驳的百年古井，古井前的一棵小叶榕树，被台风撕扯得虬枝盘曲，像一只撒开翅膀的鸳鸯，被当地人叫为"鸳鸯榕"。猫头墘的石头厝有一部分是 20 世纪 80 年代建的，那些年黑鲷鱼苗很值钱，许多渔民捞鱼尾发了财。猫头墘的石头厝既有联排的，也有单体的，还有的像小四合院，更有一些石头厝在墙体边缘留有锯齿状的石榫——这叫"留码头"，是预留今后增建石厝用的。这些石头厝形状、高矮、大小、层次、对称都有很大的差别，与周边景观融为一体。

在猫头墘的山下，有个澳口开阔的沙滩连接着纵深狭长的山坳，叫"好娘娘澳"，传说是一个大渔主的私产，后来因为女儿嫁到猫头墘，被当作嫁妆。好娘娘澳有着宽阔美丽的沙滩，春夏夜晚出现的"蓝眼泪"非常唯美。沙滩沙质细软，是制造优质玻璃的上等原料。猫头墘的男人都有童年时在澳里戏水游泳的记忆，仿佛明月是他们的浴皂，潮汐是他们的呼吸，身边的鱼儿与他们在浪涌中竞逐。

猫头墘临海的岸边布满了平潭海蚀石，是建造园林假山的上佳材料。海岸边汹涌喧哗的激浪呲裂着獠牙，以亿万年不懈的坚持，雕镂着嶙峋的怪石，在刚烈倔强中被赋予了美丽与宁静，装点了闽派园林野性的大气。"钟门石纽"是旧时平潭二十六景之一，其麓石玲珑，在海潮的激荡下，声若黄钟大吕。《闽都记》曰："相传昔有僧载钟溺水，潮退尚露蒲牢。"蒲牢是龙之四子，吼叫声非常洪亮，古人常在钟纽上铸蒲牢形象。

猫头墘的山上，四时花开清芬，绿树成荫。木麻黄撑开翡翠色的伞状的叶片；台湾相思树的薄绿叶片利得会割手；苦楝树不屈于海风的死搅蛮缠，坚持要攀缘上太阳朱红色的玄关；在苦楝树的身边，率性的接骨草开放了白孔雀一样的花儿。而当阳春三月，野生的李花以浪漫的前奏绽放时，蜜蜂们以嘤嘤嗡嗡的声音配以动人的和声，闽人酷爱的栀子花亦以浓香吐艳友情出演，身形娇小的野生金银花也仿佛是小铃铛在风中款款摇动；蜥蜴和壁虎争先恐后从草丛中爬出来，身材瘦小的山喜鹊咔咔叫着在枝头上跳来跳去，海鸥遮天蔽日飞来飞去要争当群众演员；而久经风雨磨炼的海岛水仙"金带来"饱含天苑的异香，在肆虐的台风中将花草的联欢会推向高潮。当夏之乐章奏响之时，桃金娘从石缝含蓄的沙砾土中破土而出，开出浅粉色的花朵；野草莓吐出红玛瑙一样的浆果，让人馋涎欲滴；灰色的野兔子竖起毛茸茸的耳朵侧耳倾听；满天飞的彩蝶与海岛上的雨燕穿插回旋、翩翩起舞，像在跳着浪漫的华尔兹；它们周围的花喜鹊、斑鸠、相思鸟唧啁叫着，在踩着浪花的节拍张翅伴唱……此时的猫头墘是仙界的舞台，湛蓝的大海里鱼群进出海面，摇头晃脑以做嬉闹的观众。

游晋嘉是游酢的后人，建立文旅民宿是他的创意。石头厝民宿无疑与森林民宿、山间湖畔民宿、草原民宿、边寨民宿一样有着自己的定位。猫头墘民宿有 25 座石头厝，35 间房间，可以 360 度观海。民宿内设有维多利亚咖啡厅、小型会议室、图书室、KTV、乒乓球室、星星酒吧、望海楼、过月廊等，可以同时接待上百名游客。每当月满西楼，芭蕉叶铺就的餐桌上，布满了海鲜。昏黄的汽灯下，锯缘青蟹糯米饭散发着浓浓的香味，蝴蝶赤肉汤汤汁鲜美，煸炒沙田、油爆石拒、香炒黄吉这些平潭独有的珍馐足以让人大快朵颐，而以番薯粉与海鲜混合做成的薯粉丸飘逸着地道的海坛风味，不禁让人齿颊生津。红男绿女手握红酒杯一展曼妙的歌喉，大小提琴和萨克斯管高奏古典时尚的音乐，天空里的蓝星拥挤着撞击到一起发出铮铮的音响，浪涛拍岸，海风呼呼地吹来山坡上仙草的气息……真是充满浓情蜜意的人间啊！

游记民宿装备有游艇和摩托艇，开辟了两条海上游览线路。东线出青峰仙人桥，过大嵩岛、白冰岛，远至东庠岛及仙人井；西线横渡海坛海峡，过大小练岛，远至屿头岛的厝梁礁和平潭的旅游标志石牌洋。时尚高贵的游艇由数艘摩托艇伴驾在长江澳风车田里驰骋穿梭，身边的风电车仿佛是一只只张翅飞翔的白天鹅，船舷旁哗哗流动的海水仿佛是它们在幸福、兴奋地大呼小叫；而海岸上的北部湾生态廊道和绵延至猫头墘的850米栈道支线也像美人脸庞上的蛾眉，勾魂摄魄。白头岛是仙鸟海鸥的栖息地，若是在黎明前出发，不仅可以看到数十万计的海鸥群舞寻偶，还可以观看大海孕育的朝日喷薄欲出的壮美。连接长潭高速公路的公铁两用桥穿越大小练岛，像一只长长的五爪大金龙卧于碧蓝的海面，俨然成为猫头墘秀发上的镶钻金簪，那么夺目迷人，令人联想到广寒宫里盛装华服的嫦娥。

管柏华，历史高级教师，福建省作家协会会员，福州市作家协会副主席，鼓楼区作协原主席。

海上仙境猫头墘

平潭南北古街遐思

◎ 吴建华

我曾经在石狮步行街徜徉，领略了闽南瑰丽的风情。集购物、美食、娱乐、休闲、文化、观光为一体的文化街、休闲街、观光街，成为石狮商业文化的名片。

绿色，是自然的本色，是健康的色彩，也是集美一张靓丽的名片。绿色城市、绿色乡镇、绿色通道，构成了集美春意盎然的绿色世界，给我留下难以忘怀的印象。

平潭的南北古街，百年前呈现出的是满目的繁华，一家一店遍地开花，家庭工业如雨后春笋，人们用"百货随潮船入市，万家沽酒户垂帘"的诗句，礼赞它的盛况。

为了探访平潭的南北古街，我们特地走进古老的院落。老人们热情迎迓我们的到来，打开话匣，回忆起当年的生活，勾起了他们的童年记忆。伫立在老人身边的老石厝，守护着他们儿时的美好记忆。眼前这栋古厝，为双坡屋顶设计，圆弧形山墙，是平潭老房子常有的设计风格。

古厝，对于平潭人而言，是一个有人情味的地方，承载着祖辈们走过的每一个脚印，也承载着儿女们心中一份份浓浓的乡愁。走进古厝，现存的梁架、隔扇、斗拱、雀替等木雕精美绝伦，蝴蝶状的雕花依旧清晰可见，体现出当时工匠们的高超技艺。

一座城市，有一座城市的记忆，而承载着城市记忆的地方，当属充满人间烟火的老街。街头老奶奶厮守的食杂店，巷尾老爷爷叫卖的手工糖，街道中铁匠铺传来的叮当声……一条老街，一段历史，几代海坛人的记忆。

最近，福建省政府公布第三批省级历史文化街区名单，共认定11个街区，其中就包括了"平潭综合实验区南北街历史文化街区"。这是一条沉淀百年的历史古街，散落着年代久远的古迹，留下了才子佳人的足迹，正在时光的冲刷下前行。

从南街行至北街，阵阵古朴的气息扑面而来。南街两侧，是一座座整齐排列的闽南红砖建筑，这些古厝构造轻巧，砖雕精细，风格独特。据老人说，过去这里店铺林立，商贾穿梭，一派繁荣景象。而今不少古厝早已人去楼空，都是一些古稀老人，执着地守望着这条老街。一簇簇绿树藤，给古朴的老屋增添了勃勃生机；一阵阵马蹄声，在石板路上留下回响。

南北街的历史，可以追溯至清朝。顺治三年（1646），周鹤芝移兵海潭镇，建镇总署。光绪十四年（1888），平潭城区建有108间房屋，形成了街道的雏形。20世纪30年代，县城共建有北街、南街、合掌街、土地街等共8条街道。

随着街道的延伸发展，南北街成为近代平潭县城的发源地，并沉淀了厚重的历史文化底蕴。据平潭文史专家赖民介绍，南北街曾经是平潭政治、经济、文化的中心，北街以手工业为主，南街以商业为主。当时，这里也是重要的交通枢纽，依潭城港码头而建，是一个物流集散地。

古街方圆几里地内，有许多的文化古迹，如高诚学故居、詹功显宅第、四眼井、五福庙等。值得一提的是，南北街还是海坛水师文化的发祥地，从这里走出了许多名人将才，如詹殿擢、刘尧宸等。这条古街沉淀出的光辉与香醇，成为平潭重要的城市文化底蕴。

经数百年的历史变迁，如今街区商铺经营的业态，以服饰、农贸、建材、酒店等为主，包括日杂百货、五金家电、传统手工作坊、特色小吃、理发店、棋牌馆等。每逢节假日或民俗祭日，这里人山人海，熙熙攘攘，拥挤的人群中，还有慕名而来的四方宾客。

悠悠岁月，改变了南北街的容颜，却改变不了一代代平潭人心中炽热的情怀。他们怀着一份执着的坚守，守护着南北街那片眷恋的家园。历史文化街区与城市昔日或繁华或衰微的关联，让人从中获得文脉的意蕴。就平潭而言，南北街记录着平潭的城市之根，也昭示着平潭的城市之源。同时，它不但见证了历史的变迁，也见证了平潭的发展，从而成为一代又一代海坛人永恒的历史记忆。

"一座城市的发展，不能抛开历史与文化，而历史文化街区是一座城市文化之源，要想让游客对平潭有感性的认识，就要抓住城市文化。"平潭民间艺术家协会主席詹立新如是说，"在平潭大力发展旅游的背景之下，我们要注重对南北街的保护，把平潭的城市文化渲染得更加浓厚。"

如何保护好、利用好南北古街，是摆在平潭人面前的一个难题。首先，要摸清老街目前的状况；其次，要做好街区的整体规划工作；第三，要充分利用街区留下的文化遗产，结合旅游，让历史文化街区"活"起来。古街的一个个历史印记，留住了旧时平潭的记忆；南北古街可追溯的尘封旧事，维系着平潭的文脉。

南街，在民国时期曾是平潭最繁华的商业街，迄今仍保留着极为古老的青石板路，以及极具闽南特色的建筑群落红砖骑楼。骑楼是一种近代从南洋传入国内的商住建筑样式，福建的骑楼则是20世纪20年代从广东传入，曾风靡一时。福建的近代骑楼多集中于闽南，平潭南街保留的这些柱脚纤细、外观别致的红砖骑楼，是难得一见的建筑群落。由于南街的特殊历史地位，如今人们说起古街，常常泛指南街。

北街到江仔口一带，是中华人民共和国成立之前平潭县城的城区范围，包括后围、北街、辕门街、南街、新府口、夏致街、土地街、亭下街、五福庙、万顺头、合掌街等地，它们共同承载着一段沉甸甸的平潭历史。在这里，你会发现一个有趣的现象，即既有年代悠远的旧时庙宇，又有欧式建筑风格的基督教堂和天主教堂。古街上的"五福庙""土地庙""后围庙""观音庙"等，大都始建于清代，为研究平潭旧时"一境一庙"的特殊民风提供了物证。

海岛北部的乡下人进城，从辕门进入。进了辕门，即有一条南北走向、两米多宽的窄街道，长数百米，称为北街。北街是县城北段的街道，十分兴盛。街道两旁均为店铺，东西走向的人字形瓦房屋檐下就是铺面，有两米多高，店面开关全用窄长形木板片拼接。低矮拥挤的街貌，有一种亲切而温馨的感觉。北街东侧为后围村，南至卢厝埕，村西北侧，就是陈氏府邸，东侧有石围庙。北街西侧，北端为平潭一中校园，南端称新府口村。县城西部海域称内海，南段海岸悬崖峭壁，北段为缓坡带。城区讨小海的人流，多从新府口村西的缓坡带下海。

辕门街以南为南街，经过民国时期的拓宽改造，可谓是平潭古街的代表，拥有整洁的青石板路和闽南风格的红砖骑楼。街道两旁，摆有农产品的地摊，熙熙攘攘，热闹非凡。往南走，两旁均为宽敞整洁的大店面，为主的是布店，还有药店、渔网店、织布店、水果店、食杂店等。

辕门街西部和猪仔街以南，地势渐低，为夏致街。夏致街主街道南北走向，南段接土地庙。南端西侧，为水产公司加工厂，两边是水产批发市场。当年厂内有数十口大缸，用于酿造虾油。

20 世纪 60 年代前的内海，亦称潭城港，有码头、航线，以及通往北、东、南三个方向的公路。竹屿口围堵后成为陆地，现为岚城组团，东屿、霞屿等岛屿成为山丘。当时，有一条东西走向的街道，居住十来户人家，取名"十间排"。十间排往西，便达宽广的海岸，称为"渡船头"。这里是清朝时的码头，是当年平潭与内陆对接的唯一贸易港口，也是清朝军事系统的海上重要交通枢纽，扎有兵营，故称"兵城"。操场东侧是民国时期国民党县府"中正堂"，大门朝西。解放平潭时，革命烈士吴国彩在这里壮烈牺牲。操场东北侧，沿石阶而上，即为"衙门顶"。往南走，两边均为宽敞整洁的大店面。除了大店面外，还有不少的景观，诸如观音井、五福庙、金榜埕、南炮台（后改为烈士陵园）、一庙堂、城隍庙等。城隍庙在这里颇负盛名。

辕门街与南街相接的十字路口向东，其上坡路南侧，为亭下街，街道南北走向，两边均为店铺。南街东侧店后方，中北部连亭下街，南部连五福庙村。亭下街和五福庙村的东侧，自北向南的民居，是万顺头村，万顺路亦由此得名。辕门街与南街相接的十字路口，向西有一条街，是土地街，尽头有土地庙。南街以西，土地街、夏致街和渡船头以南的区域，地盘颇大。金榜埕还连接观音井街，是全县主要的集市贸易场所，区域内的市场，极其繁华。

合掌街西侧向南延伸一条路，有一官家府邸，即"詹鼎园、詹功显的故居"，门前双狮，显示威严。该府邸在县内名望居首，人才辈出，家族名声显赫。

詹厝门前路西，为县委和县政府的招待所。大路顶南部，地势下降，有江仔口村，人口众多。南北古街，留下了岁月的沧桑，也留下平潭人永恒的记忆。

吴建华，1945 年生，福建仙游人。曾任福建省政府副秘书长，莆田市市长，福建省农业厅厅长。中国作家协会会员。著有散文集《山房夜梦》《壶山夜语》，杂文集《屏山夜话》，古诗词评论集《诗山夜跋》。《闽江月色》获《散文》中华精短散文大赛优秀奖，散文《梳头》《老屋》与散文集《山房夜梦》均获福建省优秀文学作品奖。

走在雨和雨的间歇里

风雨翔海燕

——回望岚岛烽火

◎ 林思翔

　　夏日平潭，风光旖旎。微风吹拂，碧波荡漾，蓝幽幽的大海一望无际；大弯小弯的海滩上，金灿灿的黄沙镶嵌拱卫，宽阔的海滨浴场人头攒动；环岛路上，浓密的行道树，一路撒绿，筑起了一道亮丽屏障；岛上村落间，林木蓊郁，青秧满园，抬眼望去，无处不飞春；若从高处俯瞰，蓝天白云下的平潭岛，就像一片绿洲浮现在东海上。这个俗称岚岛的中国第五大岛，犹如一颗璀璨明珠在福建海面熠熠闪光。

　　平潭岛不仅秀色天然，而且战略地位重要。她地扼祖国东南沿海突出部，为太平洋西部南北航线要冲，历史上是通往东洋、南洋、太平洋的通衢，素有南北"海上走廊"之美誉，乃"海上丝绸之路"的重要枢纽，曾与广东南澳、台湾澎湖并称"三山之目"。她也是祖国大陆海岛离台湾最近的地方。

　　如此美丽且地理位置这么重要的地方，不可避免地为妄图侵略中国的帝国主义所觊觎。

　　早在1928年2月27日夜，日轮"锦江丸"号就驶入平潭大富澳南带柳礁，因浓雾触礁沉没。日本人制造借口，任意向我海上作业的渔民开炮，当场中弹身亡 16 人，伤 27 人。当时的政府无能，被人欺侮，伤亡如此严重，连个公道也讨不回，不了了之。

1938 年厦门沦陷后，日寇为夺取闽海控制权，更是频繁出动飞机、军舰，对福建沿海地区进行轰炸、炮击，并网罗汉奸组织伪军，袭扰沿海岛屿。平潭岛经常遭到日军飞机、军舰轰炸，不少人死在炮弹之下，不少田舍被毁。

1940 年 1 月 23 日，一艘满载乘客的渡船从福清下海澳开往平潭北楼村。海面上一艘日本驱逐舰迎面开来，用机枪对准渡船疯狂扫射，打死 40 余人，鲜血染红海面。日军竟哈哈大笑，开足马力扬长而去。

日寇如此肆无忌惮滥杀无辜、毁我家园的暴行，激起了平潭人民的极大义愤。长期与风浪搏斗的平潭人民，个性强悍，吃苦耐劳，曾走出一批爱国保境的优秀人物：明朝林杨，一介布衣，诣阙上书，奏蠲虚税，三省之民，皆受其惠；清朝江继芸，金门镇总兵，在防御厦门时与英军血战竟日，以身殉职；清代詹功显，浙江水陆提督，曾镇戍台湾几十年，被誉为"台海守护神"；民国时国民革命军团长刘尧宸，东征讨伐，屡建奇功，率队攻打惠州，不幸壮烈牺牲⋯⋯

这些先贤爱国护民之举，激励着平潭人民奋起反抗日本侵略者。抗战期间，平潭地方武装与日军打过几次受到国民政府嘉奖的胜仗，尤其是"东尾歼敌大捷"和"奇袭牛山岛日军灯塔和据点"两场战斗，沉重打击了敌人，振奋了岛民士气。地

走在雨和雨的间歇里

方武装还 6 次从日伪军手中收复平潭岛,特别是 1941 年 9 月 18 日地方武装渡海进岛,使沦陷 139 天的平潭得以光复,功不可没。

平潭的抗日活动之所以能取得较好战绩,是在国共合作背景下,在中共地下党人及经党教育下进步青年的积极参与取得的。

难得的是,国民党政府平潭县县长罗仲若,是一位倡导国共合作、爱国开明、廉洁奉公的县长。他亲任平潭抗敌自卫团司令,经常脚穿草鞋,夜宿草寮,头枕枪支,随时赴战,为抗日做出了应有的贡献,至今仍为平潭、福清、长乐人民所怀念。

平潭孤悬海面,20 世纪 30 年代没有一家书店。素有正义感的四川青年刘伯华,因受国民政府军事委员会的通缉,于 1936 年底来到平潭潭南中心小学任教导主任,不久升为校长。他通过进步书刊,宣传革命道理,使学生认识马列主义和共产党,唤起民众开展抗日救亡活动。刘伯华被敌所害时仅 25 岁,但他传播的革命道理影响了平潭许多人的成长。

当刘伯华以县城为据点,以学生为对象传播革命道理的同时,共产党员周裕藩和曾焕乾于 1938 年 8 月在流水乡盘团小学以任教作掩护,开办农民夜校,以农渔民为对象,传播革命思想,发动抗日救亡运动。农民夜校还组织宣传队到各村宣传,播撒革命种子,培养了不少积极分子,其中的许多人后来都成为民众自卫团的骨干。

要抗日,还得有武装。经周裕藩、曾焕乾、徐兴祖等的宣传发动，以盘团村为基地，成立了"大富民众自卫团"，周裕藩担任总负责人，团员达 300 多人。自卫团士气高昂，与日伪军打了几仗，取得胜利。担任闽中沿海突击队长的林慕曾是名"神枪手"，他英勇善战，屡建奇功。与敌作战也锻炼了干部，引导一批青年走上革命道路，为发展党员、建立组织准备条件。

经过斗争考验，1944 年 8 月发展了第一批 10 多名中共党员，成立了大富区和盘团区两个党小组，他们是平潭最早的党组织。到 1945 年 2 月，平潭共发展了 49 名中共党员。

党员在以周裕藩为书记的中共福长平海口特区工作委员会的领导下，积极开展活动。1945 年 2 月，发生"东洛岛俘虏暴动事件"，周裕藩不幸牺牲，此后平潭党的活动归属闽江工委领导。

此时，曾焕乾担任闽江工委学生工作委员会书记。为更好地开展活动，曾焕乾便以协和大学的同乡同学翁绳金、吴秉瑜等为核心，发起组织"平潭旅外同学"的"奔腾学术研究会"，广泛联络团结平潭籍的在外青年学生。正如其会名一样，这个研究会以奔腾之势用文化席卷岚岛，在全岛没有一家书店的情况下，研究会购买了一大批进步书刊进岛，供青年学生阅读，传播马列主义。学委除传播真理外还发展党员、建立组织，推动了革命形势的发展。

一介书生曾焕乾，有谋有勇，针对平潭没有正规军驻守的弱点，准备发动暴动，夺取政权。为此，成立了以吴秉瑜为书记，林中长、林维梁为委员的中共平潭工作委员会，负责领导暴动。正当曾焕乾与工委同志紧锣密鼓为发动暴动作周密部署时，不料船只遇风沉没，致使暴动计划流产。虽然暴动未成，但曾焕乾和同志们的工作没有白做，发展的党员，建立的组织，拉起的武装，打入敌人军警的"内线"，都没有被破坏。这些，为后来的解放平潭打下了坚实的基础。

解放战争期间，平潭成立了人民游击队，高飞为队长，张纬荣为政委，吴兆英为副队长，开展了海上游击斗争。1949年5月5日，当地游击队攻打中正堂，解放了平潭，建立了福建省第一个县级人民政权。如今当地党史部门同志讲起这些，脸上还泛起阵阵自豪感。

当时平潭县城敌军据点主要有三处：一是中正堂，驻有敌官兵150多人，装备精良，且弹库也在里面，是县城敌军的主力军驻地；二是警察局，驻兵40多人；三是参议会炮楼，驻兵10多人。中正堂周围无民房亦无围墙，游击队决定先取中正堂再打其他。

午夜，游击队的40多名敢死队出动，在高飞、吴兆英、吴秉熙、吴国彩的带领下，沿中正堂南面墙脚爬行，而后从沟沿跃出冲进边门。40多名敢死队如天兵降临，睡梦中被惊醒的敌军在大刀前做了俘虏。而后在内应杨建福的配合下从楼下打到楼上，全歼守敌。这场战斗，游击队以大刀为主要武器，以一死三伤的代价，俘敌、歼敌150多人，缴获一大批军需物资。随后，游击队乘胜出击，把另两个敌据点也攻下了。又经过几天的时间在县域内扫清残敌，便全县获得解放。5月13日，闽中党委批准成立平潭县人民政府，高飞为代理县长。虽然后来敌军重兵压境，游击队撤离，9月16日解放军渡江后获再度解放，但游击队解放岛县的奇迹将永载史册。"游击队不简单，大刀战胜机关枪""游击队真英雄，帆船智擒大汽船"等顺口溜，至今还在岛上流传着。

"风雨翔海燕，云端腾雄鹰"。今天，当我们从史料中回望岚岛烽火，当我们站在民主村游击队碉堡前遥看石牌洋风光时，倍加怀念为革命献身的先烈和为革命做出贡献的仁人志士。

如今的岚岛大地，"石蕴玉而山辉，水怀珠而川媚"，莺歌燕舞，风景如画。先烈的未竟之业，已变成美丽的现实。烈士的英风浩气始终在岛上激荡，鼓舞人民把这颗东海明珠装扮得更加绚丽多彩！

2020 年 7 月 6 日

林思翔，1943 年生，福建连江人，笔名田羽。曾任福建省科学技术协会党组书记、副主席。中国作家协会会员。著有散文集《海潮在这里涨落》《水巷深深》《莲叶何田田》《椰风轻轻地吹》等。散文《寻找寒山寺》获全国第八届报纸副刊散文评比二等奖。

岚岛石厝

◎ 王晓岳

　　老兵从山东来，说是看望在福州当兵的孙子，但心里更挂念的却是平潭岛的石厝营房。老兵一当兵就被编入平潭岛守备团的工兵营，从战士当到排长、连长、营房股长、副团长，一直都在与石头打交道，20 多年间，他亲手盖起 100 多座石厝营房、垒起 5000 多米的挡风石墙。老兵说，那些石厝营房的一石一瓦都是对他人生意志的磨炼，留在毛石上的每一滴血汗都是他对祖国忠诚的誓言。他无法忘记那些艰苦岁月，无法忘记他和战友们的精神家园。

　　2019 年深秋，是个怀旧时节。几位曾在平潭服役的老兵陪同山东战友再次踏上了平潭岛的土地。车过妈祖宫、大岚寺、莲花山国家级森林公园，沿着环岛公路飞驰。放眼望去，碧海蓝天，鸥飞霞落，帆影点点；环顾四周，防风林、固沙林、经济林、风景林层层叠叠，绿树成荫、鸟语花香、美景如画。山东老兵惊呆了，一路目不暇接，一路感慨万分：这还是"山多不长草，风吹石头跑"的平潭荒岛吗？啥时变成了人间仙境啦？老兵们走访了姜山岛、猴研岛、东庠岛以及长江澳、湾底澳、海坛湾、坛南湾的突出部，这些地方都是当年的前沿阵地和连队的石厝旧址。旧址还在，却不见当年石厝营房的影子，好在将军山下找到了一堵挡风墙，那是连队当年种菜时用毛石垒就的。山东老兵抚摸着一块块粗粝的石头潸然泪下，当年开山破石、运石砌墙的情景又浮现在眼前。

平潭岛简称岚岛，岚乃山间雾气也。中国山水画家偏爱画岚，计白当黑，缥缈沉浮，气息的宁静彰显出意境的悠远。但岚岛的"岚"字道出的却是平潭岛的最大特点——山风最烈。平潭岛位于台湾海峡的西北突出部，是祖国大陆距离台湾最近的岛县。海峡的"狭管效应"致使平潭岛处于风洞之中。平潭岛东临大海的山脉名曰君山。君山一带，一年中8级以上的大风天数超过200天，是中国最强风区之一。再加上每年少则5次，多超10次的台风，风真不少。大风经常裹着飞沙肆虐，"一夕沙埋十八村"，是写在岚岛县志上的记录；"三块薯干一碗汤，风沙糠土垫肚肠"的民谣，正是当年百姓生活的写照。驻防岚岛的连队必定位于背山临海的战斗部位，所处环境比一般村庄更加恶劣，砖木结构的营房无法立足。20世纪50至70年代，部队用不起大量的钢筋水泥，便因地制宜，仿照民间排厝模式，自建石厝营房。

对前沿连队来说，最难熬的是冬季。冬天的脚步刚刚来到，连续几周，君山山脉都饱受暴风沙的袭击，营区内的树木，所有超过屋檐的树枝已在狂风中枯死；风沙一来，铺天盖地，眼里嘴里碗里被窝里都是沙子；夜间站岗放哨时，风沙犹如锥子，能钻进人的骨缝，让你浑身酸痛。虽然条件恶劣，但有石厝为战士们遮风挡雨，石厝就是他们心中的长城，是石厝助守岛战士练就了钢筋铁骨、赤胆忠心。山东老兵放不下心中的石厝，因为她凝聚着永远的军魂。

福建自古以来为木材大省，丰富的森林资源足以为民居建筑提供充足的木材。先前，福州民居普遍为杉木构建的木板房，在老福州的嘴里，有了"纸褙福州城"的叫法。对岚岛来说，再廉价的木材通过陆地海上多次转运也变得非常昂贵。更为重要的是，木板房怎能承受台风的冲击。以渔为主、以农为辅的岚岛居民创造出以玄武岩为主要建材的石厝。石块、石板、石条就地取材，请石匠加工。笨重的石料依靠牛车、马车、板车和肩挑人扛搬运至工地。墙体采用双石咬合结构，厚度达42厘米。墙缝用石灰、黏土、细砂搅拌的"三合土"密封，以防雨水渗入。屋顶是"人"字形的硬山顶，不留风雨檐，屋檐几乎与墙面平齐。房顶的瓦片均用石块盖住，以防台风把屋顶掀翻。石基、石墙、石压瓦，地地道道的石头房屋，即使遇到超强台风，牛车马车吹上了天，石厝依然坚如磐石，稳如泰山。在岚岛，只要有村庄的地方就有石厝。鳞次栉比的石厝颇像高低差落的碉堡群，它们虽然不如三坊七巷豪华，也不具备徽州民居的高雅。但经历百年风雨的石厝，色彩斑斓，极具视觉冲击力。石厝沧桑古朴、沉重坚实的肌理，折射出恶劣条件下岚岛百姓的生存智慧和无所畏惧的性格。

四扇厝是岚岛石厝最常见的模式，即左右两房，中间为厅，厅又分为大厅和后厅，后厅多为厨房或仓库。多数人家无力一次建成四扇厝，大多先盖一房一厅，将来有望加盖的一面墙体，留下接口，叫作"虎齿墙"，俗称"留码头"。这一特征既是贫穷无奈的产物，又是希望发展的标记。单层四扇厝俗称"过楣了"，意思是过了门楣就封顶。极贫渔家多为"过楣了"。

平潭岛原为福州十邑之一，岚岛文化本应属于以福州为中心的文化圈。但是，海坛水师在岚岛设防持续200多年，出任海坛镇总兵的将领绝大多数系闽南人，以造船、航海技术为看家本领的历代闽南籍精英把闽南海洋文化的辐射圈扩大至浙江、福建、广东沿海，岚岛受其影响尤甚。清朝道光皇帝赐银为解甲功臣詹功显建造的宅院，叫作"元戎第"，又称"詹提督府"。该府邸虽然把砖墙改为厚重的石墙，但风格体制则完全照搬了闽南官厝模式，充分说明他对于闽南文化的认同。从此，岚岛的民居均以此为标杆典范，先后落成的陈家大厝、林家大厝等大户人家的宅第均为"元戎第"的翻版。后来，岚岛百姓对"元戎第"这种"厅堂、住房、天井"为主的三空间建构进行不同的排列组合，先是创造出广受百姓青睐的"四扇厝"，后又创造出两扇一间格局的竹篙厝。竹篙厝常常作为前店后坊的商铺，此模式搬到马祖岛后称为"一条龙"。岚岛百姓还创造出三扇两间的排厝。尽管千变万化，这些模式均源自闽南的"官厝""竹筒厝"和军营简之又简的"排厝"。因此，岚岛石厝是闽南文化和岚岛本土文化的融合。

在岚岛的方言中，把"你们家"称作"恁厝"，把"邻居"

走在雨和雨的间歇里

叫作"厝边"，把"四邻"说成"厝边头尾"。对于岚岛百姓来说，石厝就是有生命的石头，就是家，就是安身立命之本，就是血脉传承之根。

用"三十年河东，三十年河西"来形容岚岛天翻地覆的变化，最为贴切。2011年，平潭综合实验区上升为国家战略。2014年，习近平总书记亲自为岚岛未来擘画蓝图，提出"一岛三区（综合实验区、自由贸易区、国际旅游岛区）"的战略构想。之后，岚岛连接大陆的海峡大桥、公铁两用大桥相继建成，北京至岚岛的高速铁路、高速公路已把天堑变为通途。岚岛高铁站至福州长乐国际机场只30分钟车程，至对台客滚码头只15分钟车程，"一岛三区"的重要功能已经启动。短短十年，岚岛已经变为一座现代化的城市，一座美不胜收的旅游胜地。随着飞速发展的步伐，岚岛的村民相继搬进高楼大厦，一座座石厝村庄正在消失。然而，在君山脚下南北9公里范围内完整保留了濒临东海的北港村、渔屿村、君山村、潭水风韵古村的原始民居。这些村庄巧做石头文章，已成为集民宿体验、休闲旅游为一体的特色主题村，成为岚岛旅游的一大亮点。

2014年，央视记者以北港石厝为背景，拍摄了太阳从东海喷薄而出的美景，并以"太阳最早出现的地方"为题在春晚节目中播出，让许多人知道了北港村的名字。如今，北港村已是"全国乡村旅游重点村""中国美丽休闲乡村"。2019年，北港村接待游客60万人次，全村通过出租石头厝、开发民宿、开设农家院、销售特色小吃和旅游纪念品，收入达1.53亿元。他们还引进"石头会唱歌""风中旅行"等台湾青年文创团队 5 个，创办了两岸文艺工坊、西安美院实习基地及名人创作室，正在让岚岛石厝成为全世界千千万万人的美好记忆。

王晓岳，1942 年出生，中国作协会员，籍贯河南省商丘市睢阳区。中共党员。从军 27 年，其中在雪域高原 8 年，从事野外测绘工作。转业后，先后在福建省经贸委、省委宣传部工作。历任处长，《文明建设》杂志主编，半月刊杂志社社长、编审。

走在雨和雨的间歇里

从海面到天际

◎ 沉 洲

我来晚了一步。

平潭岛的海洋发光微生物奇观，每年的爆发期在4月、5月，6月以后，它的发生频率骤降，变得珍稀难求。我现在无法停下旅行的步履，长时间守着这一片海逡巡。在这7月底夜阑人静的海湾，涨潮时分若能有零星偶遇，那便是天大的缘分。

从图片和视频获得的情形，已经让我惊艳连连。突然就想起了一年前的某一天，我费尽辛苦和可能蛰伏在身旁的危险，站在西藏廓琼岗日冰川的冰窟，背景是雕有冰花的、蓝幽幽的千年冰壁。这张照片发在朋友圈显摆，一位同学留言：越来越不相信我们在同一颗星球。

这话引起我的思考，置身这个纷繁杂沓的世界，还有多少生物奇观，还有多少地理秘境，我们终其一生，从来不曾目睹过。

夜晚，在远离光污染的海湾，圆月煽动起海洋这个庞然巨兽情绪的时候，大海躁动，潮涨浪起，海洋发光微生物营造出来的种种景象，那是怎样一种勾魂摄魄的梦幻？

景象一：刚开始，在一波波扑向岸的海涌里，隐约有点点蓝光呈现，像明星那样亮起十字炫光，它们在慢慢集结，镶嵌出一条闪烁蓝线，进而衍成了带状，勾画出浪花形状。倏忽间，那些冷光蓝引爆潮头，丝绸似的，蓝色全数向波谷一溜而下。此刻，浪涌们已经一圈圈奔上了沙滩，渐次摊展开来。人眼的后视记忆，使整个海滩艳蓝流溢飘忽，明暗不一，其间还缀有晶晶点点荧光。那就是龙公主的一款长裙，裙底端的每一叠都锁有白蕾丝，纱幔一般的裙身透着丝丝缕缕或深或浅的冷光蓝。

景象二：海潮刚刚退下去的沙滩上，踩过一双脚板，马上消失到零星的蓝点即刻在外力挤压下被重新唤醒，脚掌周遭电流般晃动，瞬间晕开蓝荧荧一圈，几秒后，又幽灵一般消隐。当你一心一意往前走去，身后便有一汪汪蓝跟着，神奇地次第亮起又熄灭。令一旁看着的人满心狐疑，会不会有一个蓝色精灵，紧紧跟随那双脚板，追往天涯海角。

景象三：俯瞰海蚀地貌仙人井，黑褐的巉岩中间，蓝色雾气氤氲、飘散，魔幻十足。在扑进蚀洞海浪的激烈搅拌下，还有小火星那样的点点飞溅。这显然是单反相机慢门留存下来的影像，十几秒的时间长度被定格成眨眼一瞬。

景象四：大海晃荡翻覆着，呼啸风浪在一旁助威、起哄，汹涌白浪被高高举起，砸向嶙峋嵯峨的岩礁，水沫搅着蓝色荧光四泄而下。犹如海水抱着岩礁相拥相泣，水花里的发光微生物被整体激活，黑赤岩礁衬出无数道前仆后继的蓝色泪滴。此时，若再取鸟瞰之势，便可见，浪花已经把浸在海里的黑礁围得蓝调涟漪四起，在海涛伴奏下跳起了圆舞曲。

为什么马祖同胞非要把这些海洋发光微生物命名成"蓝眼泪"？还叫红了一整个世界。

黢黑粗粝的岩礁和冰清玉洁的"蓝眼泪"，一个铁石心肠，一个柔情似水，对比强烈，但这世间，面对缠绵悱恻，即便衷肠诉断，总有那么一些意志终究不能被消融和感化。

这让我想起欧亚大陆的东方，中国海南岛最南端的天涯海角，黄沙上那些岩礁，它们耸立亘古，那就是一种无法逾越的秩序：守着陆地不溺水，护着海水不干涸。

登高峰潜深海，再去追逐外太空，近几个世纪来，人类开始涉足世界 地图的许多空白处，祈望穷极地球疆域，因此对占地球百分之七十多的海洋认知也日渐丰富了起来。

台湾海峡一带发光微生物的优势种，主要是夜光藻和海萤，它们微小的身躯能合成荧光素和荧光素酶，给人的感觉就像配备了微型电源供应器。海浪咆哮翻滚的时候，夜光藻和海萤受到外界环境刺激，由此产生化学反应，发出蓝色荧光。

曾有好事者夜里装了一瓶蓝色海水回家，次晨再看，除了清澈透明的水，并无任何多余之物。那些微生物的形状是必须在显微镜下才能看见的。

平潭岛夜光藻和海萤爆发，属于一种自然界的生物奇观，目前的科学还不能精准预测它们出现的时间和地点。但按照通常规律，这里的夜光藻和海萤现象，主要发生在 4 月至 9 月间，其中 4 月和 5 月的南风天是多发期，当空气温暖又潮湿、闷热，最好还有点雾，这种天气下的夜里涨潮时分，一定是观看夜光藻和海萤的最佳时机。

　　一位在渔村长大的朋友告诉我，20 世纪 70 年代，夜光藻和海萤伴随着他的整个少年时期，哪有现在这么稀奇罕见。每到晚上无所事事时，就与同伴去海滩奔跑追逐，看到海面出现蓝点点，两只手臂插进水里，再抽起来吓唬同伴。一双手臂就像涂了一层蓝荧荧的油漆，发出幽幽光泽，几秒后又消失无踪，简直就像变戏法一样。海面渔船驶过，船尾犁起的波纹都是蓝色的。有时跟爷爷出海投放定置网，在小船上摇橹前行，橹能劈开之字形的蓝色水花，很是好看。

　　十年前的一个 9 月底，《平潭时报》的一帮年轻人在坛南湾，坚守到半夜两三点，终于看到久违的夜光藻和海萤景观。因为季节不对，数量少，在海湾的沙滩上，一群人几近疯狂地奔跑过来又奔跑过去，还得不时拨动海水，让蓝色脚印尾随自己，摄影记者紧跟其后，拍下一张张神奇的照片。全体累趴下的结果，是那个专版在业界爆棚，之后，平潭的"蓝眼泪"现象遂成"网红"。

　　平潭朋友还讲过一个笑话，有人孝顺，专程带老妈去看"蓝眼泪"。老人家小时候就是渔村长大的，看到海岸边那一片片的蓝，好笑起来：就这个？！对他们那代人而言，这种现象极其寻常。就像有一年，在西藏米林县的直白村，我们为南迦巴瓦雾散云开露出"羞颜"，一伙人大呼小叫的，而路旁农场里的那位大姐，头都不屑一抬，依旧坐在核桃树下，心无旁骛地专心挤她的牦牛奶。

在当地渔民生活里，"蓝眼泪"叫"红水"，也叫"东洋水"，刮东北风的时候才飘进这片海域来。所谓红水就是海洋赤潮，夜光藻也是赤潮藻类的一种。业界还没有明确的研究结果，夜光藻是否带有赤潮毒素，对其他的海洋生物有没有危害？会不会大量增殖影响水体环境？或者就纯粹只是一种自然现象？还有，为什么以前常见，如今却变得稀奇显有了？

海水的富营养化，与超量养殖和污废水排放有关，但只要不是人为制造，大自然里再微小的生命，都有活的权利。

成为"网红"的这些年来，每当平潭岛"蓝眼泪"爆发之时，都会聚集全国各地的猎奇者，守望大军成群成堆，人语喧阗，一个个海湾追寻、翻搜过去，便有了一句新俗语：去平潭岛追泪——人比泪多。我不想蹚这一趟浑水，那样就算追到了"蓝眼泪"，也只剩转瞬间的浮华。面对大自然的神奇景象，需要周遭静谧下来，一个人默默凝视，如此，才能相看两不厌，收获自然本真。

我决定就这样毫不选择地去直面夜光藻和海萤发光变成的"蓝眼泪"，即便遇不着一星半点，结局无缘，也要把这种行动生成一种借代，以仰望星空的名义，获取一种身临其境的感觉。

这是 7 月某一天的晚上 8 点，新月如勾，已经被山挡在了西边的地平线附近。海面清风徐来，一派暗郁，平静得没任何气象。海天交界处是遥远城市之光的微明，苍穹墨蓝，大小星宿星星点点，闪闪烁烁。东南方向的海平线上，长长的蝎子星座头抵在银河中心附近，那里雾霭苍茫，星云迷幻，让人无法不想入非非。银拱一侧，木星、土星灿然，还有隔河相望的牛郎和织女……

我在心里强行屏蔽了那条海天交界线，再把曾经看过的蓝眼泪图像一张张拼接进来，很快，漆黑的海面，蓝荧荧的颜色电流一般，那是单反相机慢门拍摄的效果，呈雾状、絮状，游荡、飘忽起来，不时还闪烁起十字星的高光，精彩纷呈。地上、海面、天上续成了一个平面，万物一体了。

地球之大，我们的脚难以覆盖终极；宇宙之广，我们的眼无法触及边界。

现在，能不能看到"蓝眼泪"我已不再去计较，平潭岛的"蓝眼泪"，仿佛一道虹桥，让我有机会放下浮躁，静下心来，学着无数前辈那样，满怀敬畏之情，认真专注地仰望一次星空，试一试能不能再一次对未知世界放飞曾经的梦想。

在银河中心呈絮状的星座涡旋里，是否有过旅行者1号太空探测器的微痕呢？从20世纪70年代开始，它向外太空飞了40多年，已经到了距离地球200多亿公里的地方，目前已经置身太阳系边缘连向星际过渡的空间，它代表人类的梦想，去外面世界瞧一瞧看一看。早在40多亿公里时，旅行者1号传回一张地球的图片，浩瀚无垠的太空，地球就是一粒灰白的微小尘埃。可笑的是，人类为了争权夺利，在那里已经发动了两次世界大战。科学家预测，旅行者1号将在1万多年后，抵达太阳系旁边的比邻星，那时，人类还存在吗？

无际苍穹从来都是人类思考终极问题的舞台。一直以来，蓝色就是一种代表阴郁的色彩。人类痛定思痛过后，絮絮叨叨的仍然离不开那个古老的无解命题：我们是谁？从哪里来？又去往何方？

沉洲，本名陈健。中国作家协会会员，《福建文学》原编辑。400多万字的小说、散文、报告文学作品见诸《中国作家》《北京文学》《十月》《萌芽》《散文海外版》《红岩》《福建文学》等报刊。著有历史长篇小说、散文随笔集《追花人》《武夷山——自然与人的天合之作》《有种痛苦叫迷恋》《闽味儿》《乡村造梦记》等八部。两次获福建省优秀文学作品奖，作品入选国内多种选本。

词明戏：岚岛戏曲活化石

◎ 黄锦萍

长期从事文艺工作的我，居然还是第一次知道平潭有个剧种叫"词明戏"，内心多少有些忐忑。这个曾经濒危的小剧种，如果不是胸怀使命的乡贤林心惠倾力拯救，如果不是词明戏传承人含泪复出，恐怕今天就再也看不到了。

福建是全国著名的戏曲之乡，仅木偶表演形式就有提线木偶、布袋木偶、巨型木偶"霍童线狮"等。提线木偶与词明戏扯上关系多少让我有些意外。词明戏究竟长得什么样？是戏还是偶？我真要好好了解一番。车子开进敖东镇苍海村时，迎面竖着一块大石头，石头上刻着描红大字"中国词明戏之乡"，好大的口气，好足的底气，充满着文化自信。

有两句诗这样描绘敖东镇苍海村："慈寿桥边波光映，苍霞四凤印月潭。"文人最善于发现诗情画意的乡村风光。敖东镇苍海村位于海坛岛南端突出部，历史上临海滨水，与坛南湾比邻，是平潭南部地区重埠，也是民间民俗文化的集约地，是词明戏的发源地。为了让我更直观地感受词明戏的艺术魅力，剧团专门在清代建造的霞海禅寺古戏台上，为我上演词明戏专场，待遇太高了。演的剧目是《天官》片段，说的是天仙下凡庆贺盛世的故事。看来演员及演奏者们做了精心的安排。只见小小的古戏台上搭了个小戏台，那是为表演木偶准备的，台前木偶七八个，台后演员七八个，台下演奏员也差不多七八个。锣鼓点响起，提线木偶程式化出场，"天上玉帝，因下界福主，乐善好施，阴功浩大——"抑扬顿挫的道白之后，高腔亮嗓了，一下子就让我触摸到词明戏的脉搏。那高腔实在是高，仿佛听到了"海豚音"。

平潭词明戏，发轫于明末清初，浙江余姚林氏艺人因中原战乱，遁居平潭敖东镇苍海村北头自然村，并以此为戏剧根据地，传入福清、长乐、宁德、福安、罗源、连江、闽侯等地。词明戏为平潭有史以来最古老的剧种，类似于江西弋阳腔系统的"四平戏"，比"闽剧"于清代道光年间传入平潭要早近200年。词明戏上承昆曲，词牌与关汉卿、王实甫、马致远时代的元曲相似，人物对白为普通话中带有北方词汇。词明戏相传为宫廷戏，随南明隆武政权迁徙流落到市井民间。原来，词明戏有昆曲的遗传基因，又与古老的元曲为近邻，有"高大上"的宫廷贵族身份，即使流落民间依然风骨犹存。

词明戏原名"高腔"，在余姚腔、弋阳腔（含青阳腔、四平腔）的基础上，随着词明戏艺人的迁徙与逃亡，所到之处，广泛吸纳了当地的戏曲音乐、民族民间音乐、舞蹈音乐、道教音乐、地方方言等精华，不断完善丰富，形成自己独特的唱腔。据记载，清道光年间，平潭苏澳山桥、敖东安海戏班赴平潭东庠岛演出，突遇风浪，身葬鱼腹，后东澳班亦告停锣，唯余苍海苍霞垄林家班在风雨飘摇中坚韧苦撑。缘于人才或缺及演出成本高，词明戏遂由人物表演改为提线木偶、傀儡布袋戏，期以繁衍生息。其实，词明戏从古至今一直保持着三种形态：提线木偶戏、人演词明戏、手动布偶戏。小场面演出，比如答谢神明、节庆民俗活动等，用七条线提线木偶表演；大场面则用人表演。最珍贵的当属提线木偶的榫头机关，从宋代一直沿用至今，福建省戏剧专家来考察词明戏时，发现后非常惊讶，说是之前只在宋代的绘画中看到，没想到在词明戏的提线木偶中看到了。半个多世纪以来，平潭词明戏艰难生存，几乎成遗响绝唱，但其内盈外溢的音乐元素和曲调范式，已深刻融入本土诸多戏曲、音乐艺术之中，在闽剧、平讲、鼓吹、十番、道乐、儿歌童谣、盘诗对歌、喜娘文化中，甚至在哭丧歌等中，都能感受其艺术的深刻脉动。

　　说起词明戏，年近80高龄的第九代传人林文远滔滔不绝。他介绍说，早期词明戏后台有5人乐队，乐器为清鼓、小锣、大锣、大钹和钹，因此又称"三下响"。演唱时，采用帮腔形式，前台干唱，后台帮腔，前后台音高有八度之差。此外，演唱时往往速度较快，具有"字正音少，一泄而尽""一人演唱，数人接腔，名为一人，实出众口"的弋阳腔特色。词明戏角色行当分为生、旦、净、末、丑、外、贴7个，艺人自称"梨园子弟"。文戏里，生、旦科介变化不多，注重通过唱段抒发内心情感和特定情境，保留了南戏中旦角重唱的遗风。丑角随时插科打诨，

走在雨和雨的间歇里

活跃气氛。早期武戏掺入特技表演，打斗场面精彩。

乡贤林心惠说起一段辛酸往事。1958 年，在已故的第七代词明戏老艺人林日福墓地，挖掘出被埋藏在地下的 100 多本词明戏曲谱，遗憾的是只保存了 30 多本，其余的都腐烂了。1959 年，福建省文化厅重视词明戏的挖掘抢救，时任平潭文化馆馆长的林光龙曾带工作人员驻扎苍海村整整两年，挖掘修补唱词、排戏，整理相关资料。第八代传人林光晧、林光铨、林光发、林光泰等老艺人成立了词明戏业余剧团，搜集到传统剧本 46 本。剧团于 1961 年 9 月赴省里演出，获得省文化局颁发的"词明戏枯木逢春，百花园增添一色"锦旗一面，4 位老人被福建省文化局授予"词明戏四大老艺人"称号。随后，省戏曲研究所拨款资助兴办木偶剧团，以"木偶加闽腔"的演唱形式在全县巡回演出。随着"文革"开始，词明戏在"破四旧"中受到冲击，不仅演出停止，连剧本也散落民间不知所踪，服装、道具和木偶头像均遭焚毁，从此销声匿迹。

值得庆幸的是，福清与平潭当年因戏曲交流密切，林文远找到了福清词明戏老艺人的后代。在福清沙埔镇，林心惠找到了当年林氏传人的后代，他们从房梁上取下一个红布包，将裹得严严实实的红布包打开，居然有 27 本已经破损发黄的唱谱，竟是当年平潭苍海村林氏词明戏老艺人赠予福清林氏演出用的唱谱，其中两本还是清光绪年间的唱本，太珍贵了。"原本想花钱买回，他们不仅不要钱，还煮了早年平潭人待客的糖水蛋汤给我们喝。"林心惠激动地说。这些在别人眼中不值一文的

词明戏：岚岛戏曲活化石

古旧唱本，福清的老艺人视同生命般珍惜，为了防潮防盗，一直挂在老房子的梁上，让人感动不已。

"海坛岛，平讲班，台搭官帽山，丈夫去做戏，妇女管田山，演过六月四，还有八月三。"这是当地民间流传的歌谣，也是词明戏的真实写照。而到了2018年，世代传唱的词明戏，几乎看不见了，整个苍海村就剩下第九代唯一传人林文远会唱。年近80的林文远年老体弱，再不抢救，词明戏随时可能成为绝唱。离开苍海村30多年的林心惠动情地说，从小听着词明戏长大，词明戏已经成为我乡村记忆的根脉，无论走得再远，词明戏在，家就在。当林心惠第五次踏进林文远的家，曾发誓永不出山的林文远被感动了。林文远说，词明戏先后经历了"三起三落"，爱恨交加，演词明戏的人实在是太苦了，已经不敢轻易拾起祖传的技艺。是林心惠的真诚和执着打动了林文远，他终于答应出山，拯救词明戏。当天晚上，林文远彻夜难眠，第二天一睁开眼，就开始准备剧本。林文远说，词明戏"复出"的路不好走，族里十几岁的孩子在上学，二三十岁的在工作，能来学习的，只有同辈的堂兄弟和下一辈的侄儿，可他们也都是五六十岁的人了，一点戏曲基础都没有。

苍海村霞海禅寺宫庙里，词明戏古戏台被帷幕装饰一新，挂着红灯笼与红帷布的老戏台光华重现。老艺人林文远双眼闪着光含着泪，在他的记忆中，上一次这样的大型演出已经是50多年前的事了。经过3多月的强化训练，一群平均年龄超过50岁的林氏族人，提着木偶，吹着唢呐，拍着铜钹，敲着大小锣，唱着古老的词明戏曲，磕磕绊绊地完成了词明戏"复出"的首场演出。在一旁观看演出的林心惠感动不已：我已经看到词明戏的生命体征了，都是那么大年龄的人了，能学成这样，已经超乎我的想象了。

词明戏前世命运多舛，今生韶华重现。百年古戏台留住词明魂，老腔唱古韵自有传承人。词明戏，岚岛戏曲的活化石，一定会在新词明戏人手中发扬光大，成为中华戏曲长廊中一道独一无二的风景。

黄锦萍，1957 年生，福建福州人。中国音乐文学学会会员。著有《橘黄色小伞》《预约想念》《青春风铃》等。曾获福建省优秀文学作品奖、施学概诗歌奖等。创作的歌曲《我家住在闽江边》被定为福州"城市之歌"，作词的《蓝蓝地球仪》入选 2002 年中国年度最佳歌词。

词明戏：岚岛戏曲活化石

长天阔水竹屿湖

◎ 李治莹

　　十载磨剑开拓史，年华不负写春秋，历经 3000 多个日夜焚膏继晷的建设，岚岛已然地覆天翻。倘若说岚岛是一圆明月般清绿、祥和、宁静、优美的大公园。那么，岚岛城乡匠心独运的众多公园，就是夜空中簇拥着明月的星星。其中，就有位于平潭全域之中部、活力多彩岚城之西的色彩斑斓的竹屿湖公园。园内还点缀着一方占地约 23000 平方米、令人目不暇接的雕塑园。园中有园的竹屿湖，若从高处俯瞰，不仅在湖光山色中若隐若现，还在树影婆娑中恍恍惚惚。高明的设计者把 3000 多亩恬静水域，以"心"形的深情呈现给城市，温馨暖人。

　　竹屿湖是与竹结缘的，说是此湖一带自古遍长水生芦竹，丛丛簇簇于沼泽浅水中，竹屿湖之称由此而来。围垦之前，此地是潮涨潮汐的竹屿口，年年岁岁聚集东西溪之水，汨汨汇流口内。只是千百年风沙无数，处处泥沙充塞，周边座座山包，涨潮时是岛屿，落潮后现山岭，岁岁年年同一幅图景。最是频仍的台风，回回灰风从天起，砂石纵横飞，山不动水动，天不转云转，星月迷蒙。流水与沙滩同生共存的竹屿口，自古为飞鸟不拉屎、乌龟不靠岸的荒芜之地。

光阴荏苒，岁月更迭，回望 20 世纪 50 年代初、后期，曾先后担任平潭县委领导的杨祥懋、白怀成等，常常在海风横吹、风沙之下眉头紧蹙。清淤、围堰、造地、绿化这四重奏，跳跃着砥砺前行的音符。为了治沙造林，曾在岚岛处处栽下大片黄榕树、桉树等多个树种，但都经不起风吹沙埋，折枝断根，魂归沙石。于是近走东山、远去北戴河乃至越南取经，终究还是回归到木麻黄。今日竹屿湖林中的木麻黄树，就是当年肩挑背驮，愚公移山一般从海边铲来海泥，一层层地覆盖住沙土种起来的。第一代树种虽从并不遥远的长乐运来，行速缓慢的木帆船，竟然费时 14 天才抵达平潭岛。植树时，把废弃的篮球一切两半当水瓢舀水浇树。成活一棵树，固起几尺沙。集万木则成林，千磨万击还坚劲，任尔东西南北风。当年汗摔八瓣的围垦，让竹屿口一泓内湖跃然而出。围垦造地，拦水设闸，为黎民百姓苦心孤诣、殚精竭虑在所不辞。时至今日，竹屿湖丛林仍以当年的那片木麻黄为屏障，栽下高山榕、相思树、香樟、南洋杉等千万株，成为一处海岛垦荒后蜕变的典范。

说是内湖，却又与外海相连相接，湖水溢出向海，海水涌入恋湖。于是，竹屿湖水淡中有咸，咸中又带甜，不无妙趣。倘若下到湖中掬一捧水，尝一尝，或许能品出缕缕乡愁。

如今 6000 多亩的竹屿湖景区，水域与陆地大致各半，湖中野鸭嬉水、鸬鹚逐鱼，尽显水草丰茂的湿地风光。最是湖面白鹭纷飞，优雅游弋，不由得让人联想到舞台上妙曼舞姿的翩翩少女。唐代诗人王勃在《滕王阁序》中有此名句：落霞与孤鹜齐飞，秋水共长天一色。千古名赋之光映照在今日明亮的竹屿湖上，光光相照，意趣无穷。

竹屿湖景区天地大美。阳光之日，怡情园内，林中鸟声啾啾，园内绚丽璀璨。又见由花岗岩或不锈钢精工细作而成，形态各异、寓意深深的雕塑作品，三步一雕，五步一塑，在千千万万株绿树翠柏的围裹之中，闪烁出别样的光芒。左一尊突显艺术个性，右一座铸就史诗品格，尊尊立意之高远，境界之开阔，令人叹为观止。

高境界、大手笔兴建的竹屿湖公园，既要让水中景观如画，陆地树影婆娑，又要不落俗套，革故鼎新营造新景。于是智者云集，巅峰对话，权威论证后，一则面向全球征集雕塑作品的启事，也就有如电光火石越洋过海，在国际雕塑界闪烁。一时间，五大洲，洲洲呼应；四大洋，洋洋有声。不多日，61个国家1242件作品文稿有如飘扬的雪花，从浩渺天空的这边那边，飘向岚岛。百里挑一，丛林寻芳，终于选了意蕴深远、造型独特、故事迭起的48件作品。几多个日夜精工细琢，在回溯传统中致敬经典与传奇。置入林木葱茏的园中后，不负上下期待，赢得一片赞美声。

突显智慧的数十尊雕塑，蕴含着中外多少传闻轶事？倘若娓娓叙来，往夸张里说，或许要耗时一千零一夜。话长却是纸短，文中只能惜字如金了。诸如，首入眼帘的吉祥雕塑，是由中央美院雕塑系高才生所作。作品展示出变形后的有趣夸张，

走在雨和雨的间歇里

让四只憨态可掬却浑厚内敛的大小象广传祥和吉庆。而俄罗斯雕塑艺术家的"时代英雄"，人们与一男一女的雕塑互动中，获得英雄之体验，从中找回自己的真实面貌。德国雕塑家则以红色花岗岩创造了"平衡"，蕴含运动与停滞的哲理，在石头的轻微扭曲中创造了一种张力。土耳其的一位博士以不锈钢构建起"神奇"，因为金属是地球上最具幻想的元素，又充满了惊人的潜力和神秘的感受。保加利亚的博士采用白色大理石竖起了"光的通道"，光束能穿过石雕，光束之间的交错创造出一个有趣和美丽的景观，形成一种和谐梦想的氛围。以色列女雕塑家"鸟儿的和谐"，作品由4只不同形状和大小的鸟儿组成，雕塑中的鸟儿是落在地上的，这暗示着它们对自由与飞翔的渴望正在积聚，盼望在无限的空间飞行。芬兰一位已越古稀之年的雕塑家塑造了"惊奇的人"，唤醒人们对意想不到事情的兴趣，打破常规思维，刷新观念，不断创新。家园方舟的雕塑取船之型，寓海洋文化造物之特色，雕塑另一面为斑驳的船体，象征着平潭古老的历史和一段段、一篇篇美好的传说，坐在船上的人不分你我，如同家人，共同感受沧桑的过去，去体验和享受现代的多彩生活……

巧夺天工的雕塑园，不啻是一方不设讲台的课堂，每一尊雕塑都是构思设计者口中的一堂讲座。聆听者大可以从文化理念的百花园中，采撷一束束花朵，装点或修葺自己的思想园地。或许可以说，立于园内的数十尊作品，无愧为世界高大上雕塑作品之精品。

雕塑园中如小山一般突兀而起的两大拱桥，前上后下百级台阶。桥下拱门与倒映水中都是半圆，两半相合是团圆，象征两岸一家亲，期盼散而复聚之日的到来。以桥寓情言志，正是与台湾岛近在咫尺平潭人的天然情致。伫立于拱桥之顶，一任海风吹拂，衣袂飘飘。登高赏园中千百亩竹屿湖水，眼光掠过汤汤湖面，朝对岸瞭望。此时水上微风徐来，风入林中，见无数绿叶上下翻飞，婀娜柔美。昔日一汐荒，今朝如锦绮，粼粼波光不断闪烁着丽俊俏靓，诗意斐然，画面跃然。

向湖对岸望去，那是一幅最新最美的城建图，岚城新区亮光闪闪地矗立起来，悦湖湾熠熠生辉地坐落其中，新城新出一片新天地。新时代光辉下的岚岛，山山相叠，水水合流，绵长的岁月，再度崛起和亮化美化，都在今朝。草木菁菁繁茂，山川秀丽华彩，让整座岚岛溢彩流光地展现崭新的城市形象和无穷的城市魅力，节节拔高了百姓的幸福指数。小城故事多，充满喜和乐……看似一幅画，听像一首歌。面对没有休止符的城建，大美之美还看明天。鼎立起大规划大建设的四梁八柱，铆足力气，夯实大发展的基石，尽锐出战。以大功力逢山开路、遇水搭桥，积小胜为大胜、高原上筑高峰，出彩于天下。视线从湖畔飞越，又见近前方一簇闪烁着金色之光的庙宇群，知是为供奉妈祖而造。海岛为海上女神立庙，为海峡两岸祈福，自是用心良苦。

一步一景，徜徉徘徊，处处风景独好。一俟全园建成，生态岛与湿地滩涂牵手园内，18个形态各异、观赏内容多彩的各类岛屿，将在百万平方米的绿荫以及柔和起伏如毯的草地上各自张扬着独特景致。

竹屿湖长天阔水，从大气势上说是城市与水对话的优美范例。然而在园内，又会发现水与雕塑亦在无声地对话，百鸟与树林叽叽喳喳的对话，拱桥与周边的山岭相呼应，沧桑历史与新时代对话，平潭岛与台湾岛对话……远见卓识者如是说：不远的一天，海峡两岸将把同一首中华民族之歌唱响全球，以同一个中国的声音向世界呐喊！

李治莹，中国作家协会会员，福建师大中文系毕业，原任福建省旅游局机关党委专职副书记，著有报告文学集《海纳百川》等，散文集《弯弯曲曲的小巷》等。

虎跃龙腾将军山

◎ 杨国栋

　　顽强果敢地喝了 6 年多咸湿海风，浸泡了 6 年多浩瀚海水，穿越过数次真枪实弹的红蓝对抗军事演习的我，庚子年盛夏重返平潭岛，站立在巍巍挺立的将军山上，放眼一望无际的辽阔海疆，一种亲切感与雄壮感油然而生。湛蓝的天空和湛蓝的海水交相灿然，相映成趣；威武的船舰和滔天巨浪创造了激烈的画面与惊天轰鸣；炎炎烈日暴晒着凌厉尖峭的岛礁与连绵逶迤的山包，而猛烈的海风又将灼热的气浪瞬间席卷，还给山头清静与凉爽。海的磅礴澎湃着经久不息的变幻风云，海的秀丽凝聚着日月起伏的风光美韵，海的深邃吞吐着历久弥新的悖论思蕴……

　　将军山海拔 104 米，面积约 1.1 平方公里。由于多年累积起来的绿化美化，背海的山道两侧，密植着无以计数的相思树和黑松，夹竹桃花和三角梅绽放得十分艳丽灿烂；逶迤蜿蜒的青绿苍翠，一路绵延伸向远方，将景区装饰得妖娆清丽。雄伟的山势临海高跳而起，险峻陡峭，峰巅直刺苍穹；岩礁林立的海边，怪石嶙峋，犬牙交错，盘根环绕，佳境时现。站在高处眺望激情澎湃的海浪，"哗哗哗"的轰烈巨响，仿佛远古传来的战场号角、战鼓争鸣。

导引我前行的小林和小魏介绍说，将军山原名老虎山，山间有一个美丽的传说。300多年，"海国龙王"看到平潭岛上荒芜凄凉，渔民生活极度贫困，就托梦给海边的一名渔夫说："华南猛虎"将封神立地于海岛的崇山峻岭。此虎可以庇佑海面上一帆风顺，讨海得贝，捕捞有鱼。渔夫谨记龙王寄语，带人四处寻找，果然发现一座虎踞雄奇之山，于是将这座形似老虎的大山称为"老虎山"。

1995年6月，中国人民解放军海陆空三军将士，近万人马先后入驻平潭县敖东乡，在青观顶、大福村等地安营扎寨，进行了大规模的军事训练，练就三军指战员在中央军委的统一号令下，进行海陆空相互配合、协同作战的过硬本领。当时的指挥部，就设在老虎山的防空洞里。

1996年3月18日至25日，全副武装、枕戈待旦的三军将士，在时任中央军委副主席张万年的指挥下，进入场面宏大、现代化武器精良、海陆空官兵真枪实弹的军事演习。演习指挥部边上，设立了专门的观摩台。张万年副主席率领海陆空三军127位将军登临山巅，观摩规模空前的海陆空三军联合作战演习。随着数颗信号弹飞越高空，强劲起飞的直升机、侦察机、歼击机、轻重型战斗机直冲云霄，向着既定的目标进发，将整片天空占据得满满当当，牢牢地掌控着制空权。霎时，一排排空降兵随着降落伞的撑开如天兵天将似的飘落在东面指定的区域，风卷残云似的击中作战目标。陆地上，水陆多用登陆艇穿越海面，坚韧地登陆海滩岩礁，从登陆艇上猛虎般跳下的战士们，全副武装，依战术前行，勇敢顽强地占据制高点，以迅雷不及掩耳之势打击作战对象。海面上更是气势磅礴、壮观雄伟，声似雷霆万钧，势如排山倒海，可谓千军万马渡海峡，万里惊涛起风云。面貌全新的扫雷舰成为开海先锋；护卫舰保驾护航，高歌猛进；海陆两栖作战舰艇、冲锋艇、猎潜艇、炮艇、火箭炮等，集中火力朝着既定目标进行闪电式强劲打击，为先头部队向纵深发展进击作战创造条件。与之相匹配的是现代高科技在军事上的运用，如卫星定位导航，雷达精准扫描，电子干扰破坏等。硝烟滚滚、战云密布的联合作战演习，显示出三军指战员对"敌"火力联阻、纵深登陆打击等的作战实力。

张万年在讲话中强调，泱泱华夏，礼仪之邦。中国人民从不好战，但是如果出现外敌干涉，台湾当局大搞"台独"，中国人民解放军将不辱使命，绝不承诺放弃武力解放台湾，决不允许任何人将台湾从中国的版图上割裂出去，坚决捍卫祖国的完整统一。同时，张万年对这次海陆空三军诸兵种将士进行为期8天的联合作战演习，包括高科技军事运用、战略擘画和战术打击，以及思想政治工作与后勤保障、拥军爱民等，都给予了高度评价。

军演的硝烟散去，烽火遁迹，平潭县委县政府决定将"老虎山"改名为"将军山"，同时将之列为"海坛风景特别保护区"，让千秋万代铭记军演，扬我军威，戍疆卫国。将军山上建造的一座气势宏伟的纪念碑，碑高31.8米，三面六体，为的是牢记

1996 年 3 月 18 日这一实战演习日。碑上镌刻三把凌厉的长戟，象征着陆海空三军将士剑指长空。走进这座巍巍浩浩的塔形石碑，内有 9 层之高，129 个台阶，寓"久久"之意。石碑正面刻"统一祖国　振兴中华" 8 个大字，由张万年上将题写。石碑下方"江山永固" 4 个大字，深刻在看上去仿如基座的巨石上，意味深长。

在面海的山腰上，可见巨型"虎"字，镌刻在高 5.87 米、宽 5.6 米的巨型石壁上，显然保留了往昔老虎山的文化意蕴。也许是天意或者巧合，观摩作战演习的 128 位将军，有 50 多位属虎，基层干部、战士中属虎的就更多了。石壁上的"虎"字，笔力遒劲，气势宏伟，刚毅柔韧，血性洋溢，象征着猛虎出山、虎虎生威的将士们保卫祖国的坚强意志和精神气韵！

一场军演，密切了军民关系。时任青观顶村的村支书林拥生告诉我们，那个年代平潭渔村相当贫穷，但老百姓心是热的：新郎新娘将婚房腾出来给子弟兵住；仅有的灶台留着给兵哥哥用，自己另起炉灶；战士们白天训练一身泥一身汗，村里大嫂大娘为他们洗衣裳；冬日夜里海风吹拂，奇冷苦寒，村干部带着大家献出被褥；为了车辆进出方便，村里还腾出劳动力专门修路……从将军到战士，个个受到感动。那一年，海岛被评为全国拥军爱民先进单位……

将军山作为特别风景区，山间留下了军演期间大量的摩崖石刻，如"祖国统一　战士心愿""金戈铁马""满江红""天风海涛""山川异域，风月同天"等。摩崖石刻群周围，独立着硕大的奇巧光滑的风动石，强台风袭击时，风动石呈摇滚状态，就是不会坠落，可说景观别样。逼仄的"一线天"奇险无比，只有顽强刚毅、虎虎生威者敢于前行。天然花岗岩洞迂回曲折，宽窄相间，高低互配，洞中有洞，洞洞相连，巧石奇岩，别有洞天……

在外经商多年的企业家林熙义先生，看到将军山旅游热起来后，投资 800 万元，在青观顶村中建起了一座座乡村游旅馆，成为将军山景区旅游的配套服务项目，做得风生水起。海边石林景观美轮美奂；洞府听涛，完全是海浪琴声的艺术盛宴；神龟回眸，给村里百姓带来了长寿的隐喻，常住乡村的老人，百岁者数人，耄耋之年者多见。

借助将军山的名望，村里的松海观景主题得以打造。远望将军山下的石林，体验沧桑巨变中岩礁与花岗石的刚毅坚韧，欣赏大自然的鬼斧神工；闻香识黑松，在步道的闲游中品味来自大自然的树木芬芳；驻足山头，眺望台海，海天一色，无限海景眼中看，滚滚浪涛胸中涌，风帆与船舰开犁逐浪，遐想与愿景比翼齐飞。

夕阳西下，映照在浪峰上的霞光又红又亮，仿如一片片燃烧在海天的火焰。咆哮了一个白天的惊天巨浪，扛着辛劳疲倦渐渐将波涛抚平。然而近海的潮水依然汹涌，后浪推前浪，使劲地把白花花的潮水粉碎在沙滩上，又堆积起无数浪花猛烈地撞击岩礁，溅起的每一粒水珠，都在霞光的穿越中闪着透亮晶莹……

杨国栋，中国电影评论家学会会员，福建省作家协会会员。曾在《人民日报》《光明日报》《文艺报》等40多种报纸期刊和多家出版社发表和出版小说、散文、报告文学、影视评论等作品400多万字。电影评论多次获得全国、全军一、二等奖；电子音像作品《倾听八闽红色故事》获全国一等奖；对外宣传论文两次获得国务院新闻办公室主办的《对外宣传通讯》一等奖。

海坛古城散记

◎ 楚 欣

海坛，地形似坛，兀峙海中而得名；因岛上君山常年雾气弥漫，又简称"岚"。这里是福建第一、全国第五大岛。晋时，中原人士为躲避战乱，迁居于此，唐置牧马场，宋初设牧监，清代为水师海坛镇，随后建平潭厅，1913 年改作平潭县，现为平潭综合实验区。

平潭是祖国大陆离台湾本岛最近的地方，也是太平洋南岛语族的发源地，还是海上丝绸之路的重要节点之一。这里有迄今发现的福建最早的新石器时代遗址（壳丘头文化遗址）。

2020 年端午节刚过，笔者随团到平潭风景点采风。东道主安排的题目中有"海坛古城"，我以为是史迹，便欣然选报。随后有人告知：你的理解错了，海坛古城并不古，而是新建的旅游景点。

怎么办？改题是不可能了，只得"将错就错"，走走看吧。嘿，这一走，让人大喜过望，觉得原先的选择没错，海坛古城确实值得一游。

海坛古城，位于坛南湾国际旅游休闲度假板块，始建于

2013 年，意在复兴福建本土文化、海洋文化、海防文化，为平潭实现"国际旅游岛"的目标添砖加瓦。古城的建筑以中式为主，充分糅合明、清两代东方院落特色，既保持传统风貌，又塑造平潭富有朝气的新形象。水岸、古建筑、现代商业在此交相辉映。见商、见水、见景，充分展现了城市发展的延续性与多元化。开园以来，倍受四方旅游者的喜爱。2017 年 12 月，被评为国家 4A 级风景区。

走近古城，城南广场有艘特制的大船，称"海坛号"，意寓海坛古城扬帆起航，走向远方。再往前，是一座牌坊，色调以红、蓝、绿为主，上题"海坛古城"4 个大字。下方两旁，分别书写"福泽"与"岚台"，表示将恩泽赐予平潭（岚）、台湾两地人民。

城内，做如下的设置——

闽台文化区：有地方文化研究工作室、考古研究院、私人博物馆等，历史与文化气息浓郁。

情景体验区：包括提督衙门、过街楼、闽王阁、望海楼、古戏台、国学馆、城隍文化馆等，让人仿佛走进历史，体验曾经的时光。

休闲娱乐区：遍布客栈、酒吧以及坛南湾海上运动旅游休闲处，人流熙熙攘攘。

商业演绎区：经营各种旅游商品、手工业品等，尽显闽台两地特色。

旅游集散区：设置网络游玩路线推荐系统、线下交通接待、游客接待中心等。

上述五大功能区，就是当代人对海坛古城的初步构想。

它的合理性究竟如何？依我所见，除了一些新元素，如网络游玩路线推荐系统、线下交通接待等，古代不可能有之外，还是值得肯定的。尤其四郡、六坊以及一些道路、广场和主要建筑物，富有历史与文化内涵，给人留下深刻印象。

所谓四郡，即绛桃郡、三王郡、海朝郡、靖海郡，暗含不同的历史典故。六坊，即延平坊、荔镜坊、三保坊、元敬坊、子文坊、开闽坊，纪念相关的历史人物。这里，选择若干处进行简单介绍。

三王郡，纪念开闽的三位闽王。唐僖宗光启元年（885），王潮、王审邽、王审之三兄弟，从河南固始县率领农民起义军南下入闽，统一福建。建立闽国，史称"开闽三王"。"三王"治闽40多载，保境安民，广施德义，受到了称赞。

与三王郡的意义一样，另有闽王阁、开闽坊。闽王阁坐西朝东，亭台阔绰。广场左右，两塔炮楼耸立，俨然像两尊门神，气派非凡。

闽王阁的旁边为荔镜坊，是根据福建传统戏曲《荔镜记》取的名。戏中说的，是广为人知的陈三五娘的爱情故事。旅人到此一游，或许会引起美好的联想。

开闽坊对面有"石头厝"的造景。平潭风大沙多，过去的民居多为石头厝，不仅能避风沙，还有助于抗倭。

成功大道，古城最主要的大道，为的是纪念民族英雄郑成功。

沿着大道前行，便来到麒麟广场。平潭因岛形如东方神兽麒麟，故称"麒麟"。这个广场也以此为名，是古城最大的集会场所，每逢节庆都要举行盛大的活动或演出。特别是"两岸新春民俗文化旅游节"，从农历十二月二十五开始，一直持续到次年正月十五，好戏连台，热闹非凡。

望海楼，面对麒麟广场，为古城最高的标志性建筑。歇山顶，前后左右四个坡面，左右坡面各有一个垂直面，交出九个脊，又称九脊殿。登望海楼，可远眺浩瀚的大海，是旅游的一大热点。

海坛海防博物馆，位于麒麟广场的西侧，是国内首家以海防文化为主题的民间博物馆。它以丰富的藏品，展示了明清时期海坛海防与水师文化，真实地反映平潭人民抗击外来侵略的光荣历史。其中，有海坛海防及水师的发展历史与变革，有海坛海防的经典大事件，有海坛海防戍台守边的作用及影响，有海坛海防将才辈出的情况（八提督、十二总兵）……这个馆设在海坛总兵提督衙署，是古城最值得一看的地方。参观时，我又一次遇上著名的民族英雄江继芸。江继芸，出生于海坛镇侯均区右营村（当时属福清县），从小就有尚武报国的精神，成年后加入水师。由于一再立下战功，不断得到提拔，先后任海坛镇总兵、南澳镇总兵。鸦片战争爆发，战事吃紧，危急关头，他奉调为金门镇总兵，在极端困难的情况下巧妙布阵，援助已被英军重创的"陆师"投入战斗。双方交手，连侵略者也不得不承认清兵"顽抗得非常好"。然而，终因敌我力量对比悬殊，江继芸壮烈牺牲。有关他的光辉事迹，2013年赴平潭采风时我做了专题了解。如今，7年过去了，英雄的光辉形象，依然深深印在心中。

海坛古城还有两条冠以地名的街道。一条是平潭街。街上有各式各样的平潭老字号，还有30家风格各异的文创小店，内容包括"吃、喝、玩、购、娱、学"六大旅游要素，不愧是一条属于平潭人自己的商业文化街，也让外来的客人体验到纯正的平潭味。另一条是台湾街。这里的特色商铺均为台商经营。他们在政策的支持与鼓励下，打造最地道、最正宗的台湾商业文化，很受顾客的青睐。

游海坛古城，我自然想起一个问题：清代在海坛建厅，为什么不继续沿用这个名称，而是改取"平潭"二字？由于没看到这方面的材料，只得凭个人的理解。窃以为，寄托着某种愿望，即祈求这方海域能够风平浪静，犹如一潭池水，让老百姓来往方便、生活无忧无虑。然而，这个愿望在旧社会永远都是梦，只有在中国共产党领导下的新时代，才逐步成为现实。2010年，平潭海峡大桥正式通车，人们进出平潭，比起过去容易多了；而2020年平潭海峡公铁大桥通车后，平潭的交通状况又迎来新的飞跃。可以说，海坛岛与大陆之间的这方水域，真的成为"平潭"了！

游海坛古城，我还记起平潭历史上的许多杰出人物，其中就有恩师高名凯教授（1911—1965）。20世纪30年代，他留学法国，是中国极负盛名的语言学家，贡献很大。我读北京大学听的第一堂课，就是他的《普通语言学》。可惜先生去世得早，未能再见，但我经常怀念，还在一些回忆文章中提及。这次到平潭采风，更想告慰高先生的在天之灵：您的家乡，变化太大了，很值得称赞！

前面说的，就是游海坛古城的大致情况。陪同参观的同志告诉我，今天所看，只是第一期工程；正在兴建中的第二期，内容更丰富、精彩。我相信她的话，而且期待再过一些日子，能够重游。最后，以七律《初游海坛古城》结束本文：

仿古之城巧布施，再现当年海坛邸。

旅人观遍意未尽，垣主续篇志有余。

引经据典添景致，流光溢彩增品质。

待到新址开放时，漫游岂止是惊喜！

楚欣，1936年生，福建惠安人，本名张锦才。1955年考取北京大学中文系新闻专业，1958年转入中国人民大学新闻系。曾任福建省广播电视学会会长，福建省新闻工作者协会常务副主席。中国作家协会会员。著有《绿色的剪影》《声屏常谭》《外面的世界》《经历过的都不遥远》等文集。

平潭桥话

◎ 蔡天初

我走过许多地方，也看过许多桥梁。我领略过美国旧金山的金门大桥、澳大利亚的悉尼港大桥、日本的濑户大桥，欣赏过杭州湾和青岛胶州湾的跨海大桥，遥望过世界最长的跨海大桥——中国港珠澳大桥，参拜河北省赵县洨河上古代石拱桥赵州桥……它们高悬低卧，形态各异，造型奇巧，无不让我为之羡叹。

2020年初夏，走进平潭，我又有了意外的欣喜和惊诧。平潭素有"千礁岛县"之称，位于福建省东部海上，由以海坛岛为主的126个岛屿组成。尽管平潭是近陆的海岛，但在漫长的岁月里，与大陆只能靠舟轮进出，交通不便，波涛阻隔，大大地妨碍了经济和社会的发展。2011年元旦，自从福建省第一座真正意义的跨海特大桥"平潭海峡大桥"正式建成通车，在平潭轮渡码头"等车、等船、等人"的景象消失。"一桥飞架南北，天堑变通途"，祖国大陆距离台湾本岛最近的平潭县正式结束通过轮渡进出的历史，实现跨海与大陆连接。

平潭海峡大桥跨越海坛海峡，项目投资11.3亿元，路线总

长近 5000 米，桥面长度 3510 米，双向四车道。2014 年 6 月
16 日，平潭海峡大桥复桥通车，又形成进出 6 车道通道。大桥
起于福清市东瀚镇小山东，接漳平高速、305 省道，经北青屿，
终至平潭娘宫，连接上环岛路和金井大道，外部造型简洁、明朗、
清新、大方。如果说，平潭综合实验区初建之始，在着力开发
码头和港区，以及机场、道路桥梁等基础建设，一路走来所呈
现出的日新月异的风貌，"平潭海峡大桥"堪称是平潭巨变最
具典型意义的鲜明写照。

2013 年 11 月，平潭又动工建设"平潭海峡公铁大桥"。
升天入海，腾空劈浪，平潭海峡公铁大桥横空出世，为平潭插
上两扇矫健的翅膀。平潭建桥的速度只能用"神速"两字加以
形容，这是少有的奇迹，也标志着平潭第二条进出的快速通衢
大道，将平潭与福州之间的距离拉近至半个小时。

令人震撼的是，气势如虹的平潭海峡公铁大桥总长 16.34
公里，宛若长龙卧波，起于福州长乐区，接福平铁路、长平高
速，在碧蓝的大海上蜿蜒前行，"踏"过 4 座小岛后抵达平潭。
大桥总体设计理念包括战略性、创新性、功能性、安全性、环
保性、文化性和景观性几个方面，均有独特的艺术构思。同时，
大桥因其超大的建筑规模、空前的施工难度和顶尖的建造技术
而闻名世界。这座大桥承载了多个"第一"，不仅是我国首座
公铁两用跨海峡大桥，也是世界最长的跨海峡公铁两用大桥。

庆幸的是，那天陪同我参观的区交通建设处张悦同志带我
上大桥，领略令世人叹为观止甚至眩晕的景观。看得出，封闭

的公铁大桥上层是高速公路，下层是铁路，东停车场开放给外来车辆使用。由于大桥海关边检大楼正在进行内部装修，我们从海关大楼的口岸卡口进入，经过"进出检疫、验货场"，走过"出区货车通道、货车查验场"，然后穿过二楼的风雨长廊，登上桥面高速公路。供公路、铁路两用的大桥，上层设计时速为110公里的6车道高速公路，下层设计时速为200公里的双线I级铁路。张悦带我走到东桥头，我不由得被眼前旖旎的美景所陶醉，远方背景是环绕平潭城的岛屿和小山，眼前的大桥的上、下两层，成Y型结构，在苏澳镇的罗澳村实现公路和铁路分开，火车钻进1861米的隧道入岛，止于中楼乡韩厝村新建的火车站，与福州火车站相距仅88公里；大桥高速公路与岛上环岛路和金井大道衔接，Y字形桥体矫健轻盈，与海面辉映，形成一道绚丽的风景，别有一番韵味。在桥上，有看不完的神奇。令我印象深刻的是，大桥有3个斜拉桥的天际线，迎面向你袭来，似乎无穷无尽地耸立在桥上。斜拉索采用接近竖琴型双索面，桥塔显得纤巧灵动、精致优雅，造型取自"风帆"，寓意"扬帆起航"，与造型优美、亲和力强的桥塔，形成整体序列化造型效果，具有强烈的地标韵味。陪同我参观的同志介绍，该桥设有远洪航道、古屿门航道和3座双塔斜拉主航道桥梁，共建成6座主塔，3个斜拉桥中"大山练桥"跨度336米，"鼓屿门桥"跨度364米，"元洪桥"跨度532米。因此，大桥全线夜景照明分为功能性照明和装饰性照明两部分，斜拉索夜景照明采用窄光束变色LED投光灯，对每根拉索进行追踪照明，不仅勾勒出外形线条，还展示出拉索紧绷的力度美和宛若琴弦的韵律感，像一个庞大的艺术精品，巍然耸立在平潭岛的西北海域之上。

平潭海峡公铁大桥工程体量之巨大，建设条件之复杂，技术标准之高，是以往世界同类工程所没有的。大桥所处的海域环境复杂，是与百慕大、好望角并称为"世界三大风口"海域之一，风大、浪高、流急、岩硬。据统计，此处每年6级以上大风超过300天，7级以上大风超过200天，最大浪高约9.69米，水深浪高，海底岩面倾斜裸露，天气、水文、地质3重难题层层叠加，使这里几乎成了"造桥禁区"，建设条件远比已建成的东海大桥、杭州湾跨海大桥及港珠澳大桥恶劣，尤其是波流力的影响，是常规长江等内河桥梁的10倍以上，建造难度和风险更大。大桥工程的建设，中国从零开始、从零跨越，建设者根据设计特点，针对跨海工程"低阻水率""水陆空立体交通线互不干扰""环境保护"以及"行车安全"等苛刻要求，采用了"桥、岛一体"的建筑形式，整座大桥具有跨径大、桥塔高、结构稳定性强等特点。资料显示，大桥交通工程包括收费、通信、监控、照明、消防、供电、给排水和防雷等12个子系统，大桥总投入120亿，先后需要投入30万吨钢铁、266万吨水泥，这些材料，足以建造8座迪拜塔，堪称"超级大桥"。因此，这规模最大、标准最高、最具挑战性的跨海公铁桥梁工程，被誉为桥梁界的"珠穆朗玛峰"。走进大桥，穿行其间，蓦然产生至纯至真的信赖和感动，每个设计后面都能引出一段长长的感人的故事。只要提起平潭海峡公铁大桥，我们自然会想起建设者，他们会永远留在人们的记忆里，会被载入史册。

平潭海峡公铁大桥的建成，"是国家的大工程，更是我们老百姓的福音"。它是新建福州至平潭铁路、长乐至平潭高速公路的关键性控制工程，是合福铁路的延伸和京福通道的重要组成部分，是连接长乐副中心城市和平潭综合实验区的快速通道。据了解，福建省发改委已经向国家发改委建议，希望加快推进台湾海峡隧道的前期工作，以早日实现陆路交通半小时到达台湾的愿望。专家们设想的台湾海峡桥梁、隧道工程建设方案有北线、中线和南线3种，起点均在福建。其中最短的是北线隧道，起于福建平潭，止于台湾新竹，长约125公里。除了上述的两座大桥外，进出平潭的交通方式越来越多元化，平潭的未来前景不可估量。

如果说，平潭海峡大桥打通了平潭与大陆的连接，那么平潭海峡公铁大桥就是彻底将两个地区紧密联系在了一起。这两座是圆梦桥、同心桥、自信桥、复兴桥。

对于一座岛屿来说，桥无疑是城市发展的见证物。这次我们一行在平潭采访，注意到一个过去被忽略的现象。近年来，平潭高架立交桥如雨后春笋在岛上涌现，伫立平潭，一种新鲜感从心底油然而生。在平潭交通网络中，桥梁有雄伟刚劲的梁桥、优雅柔美的拱桥、轻盈活泼的悬桥和立交桥，几种基本类型在这里各展风姿，熠熠生辉。

平潭综合实验区可誉为"桥之乡"，桥梁已经和这座城市的发展血脉相连，走进平潭，有如饱览一幅桥的风景画，将平潭岛的美景，更多地展现在你我面前。

蔡天初，高级教师，福州人。毕业于福建师范学院数学系。历任福安师范学校、福安一中的数学教研组组长、副校长，福安县委副书记兼宣传部部长，宁德地委宣传部副部长，古田县委书记、人大常委会主任，福建省教委党组副书记、副主任，福建省体育局党组书记、局长，福建省政协提案委员会副主任。曾任中国航空协会、中国武术协会副主席，中国奥委会委员，获全国体育工作特殊贡献奖、全国体育工作者荣誉奖章。出版《解释法在平几中应用》《轨迹——体育工作十年手记》等著作。

三代成台功至伟

◎ 施晓宇

我走在中国第五大岛、福建第一大岛——平潭岛用条石铺成的南大街上，这是平潭岛最古老也曾最繁华的商业街。首先映入眼帘的是沿街清一色仿闽南骑楼风格建造的一间间商家店面——平潭岛上多风雨，故而有雨遮的建筑能让居民免遭风雨侵袭，有利于安心选购商品。沿着古色古香的南大街继续向南，就来到了"詹功显故居"，这是岛上一座十分引人注目的古建筑。它之所以引人注目，一是它的主人乃驻守台澎达30年之久的晚清名将詹功显，二是这座古建筑乃1847年由清道光皇帝爱新觉罗·旻宁拨银13300两敕建而成的"元戎第"，因此它想不显山露水都不行。

我跨进詹功显故居，原本泛泛的目光，很快被高挂的17副楹联所牵引。尤其后厅正中"敬心堂"的牌匾两边，一副楹联与众不同：

> 显文成武奋英豪，仕进朝登，道在忠勤克懋；
> 识理知书培俊秀，家居立政，训崇孝友维严。

这副楹联，既是家训，又是詹氏家族取名立字的辈分凭证——真是无比精妙。楹联的具体内容也充分体现出故居主人詹功显的思想理念：倡导家族成员积极入世、尊敬祖宗、崇尚贤德、重学修身。

接着，我的目光聚焦在一块块斑驳陆离却雕刻精美的窗棂图案上。因为，这些吸引我眼球的木质微雕杰作让我看见了一个个尘封已久的家族故事：有硝烟弥漫的台湾海峡海战场景再现，有花前月下男耕女织的美好和平景象，有詹氏族人擅长的藤牌兵法激战片段……詹殿擢（詹功显之父）的第八世孙——平潭民间文艺家协会主席詹立新告诉我，通过《詹氏族谱》，可以清晰看见平潭詹氏一家三代戍台卫国的家族光荣史。

詹家迁居平潭的第一代先祖是詹元（1695—1775），清雍正年间参加海坛水师。近300年前，在围剿海盗的海战中，詹元奋不顾身，冲锋在前，凭借军功升为海坛水师外委，继而升任福建台湾澎湖协把总。

詹元的儿子詹殿擢（字鼎园），清乾隆二十年（1755）参加海坛水师。詹殿擢在保卫台湾海峡的一次次战斗中更是身先士卒，屡建奇功，尤其擅长藤牌兵法。1923年修订的《平潭县志》记载："（詹殿擢）生有殊资……高出侪辈。"说的是清雍正十二年（1734）出生的詹殿擢天生聪明机警，才干高于同辈人，因此受到乾隆皇帝爱新觉罗·弘历专门赏赐的貂皮、绸缎等奖品，并诰授"武功将军"（正二品）。

清嘉庆二年（1797），64岁的詹殿擢戎马一生，在温州总兵任上不幸病逝，暂借温州上岸山一个寺庙停灵，被嘉庆皇帝爱新觉罗·颙琰诰赠"振威将军"（从一品）。直到21年后，詹殿擢才魂归故里——灵柩由三子詹功显从温州运回平潭，与已故妻子江氏合葬于平潭岛北厝镇山利村一座小山上。故而，左侧墓碑镌刻为："诰授武功将军鼎园詹公，岁次戊寅年季秋谷旦立。"右侧墓碑镌刻为："诰封二品詹母江老夫人，岁次戊寅年季秋谷旦立。"

詹功显（字鹤峰），清嘉庆元年（1796）参加海坛水师。这里需要重点写一写詹功显，因为他是詹氏祖孙三代戍台卫国时间最长、军功最大的一位水陆提督。

检索海坛水师班兵换防200多年的春秋更替，有无数的将士戍防台湾岛、开发台湾岛，并为之奉献青春热血，甚至以身殉国。詹功显戎马生涯近50载，将近一半时间在台湾度过，他是戍台将军中时间最长、影响最大的一位。（詹立新《元戎第》）

清乾隆三十七年（1772）9月15日，詹功显出生在平潭岛后围村，是父亲詹殿擢、母亲江氏所生4个儿子中的老三。詹功显从小精通诗文，酷爱习武，可谓文武双全。因此，参加海坛水师不久，就担任营弁。在跟随水师提督李长庚、王得禄及海坛镇总兵孙大刚出海征剿台湾海峡最大海匪蔡牵的战斗中，英勇无畏，表现突出，论功行赏升任海坛镇左营把总。继而驻防台澎，屡立新功，升任澎湖右营右哨千总、澎湖协标右营守备、澎湖协标右营游击、台湾艋舺营水师参将、澎湖协副将、金门

走在雨和雨的间歇里

总兵。所以詹立新在《台海守护神——詹功显》一文中写道：

> 詹功显作为一名水师初级军官，奋斗于海战第一线，在东至琉球、南抵安南（今越南）、北达江苏之数千里洋面上追击艇匪与海盗，身经百战，战绩卓著，参与并见证了围歼海盗蔡牵的全过程，历时近十年。其惊心动魄与艰苦卓绝至今犹令人感怀与浩叹。

清道光二十年（1840），在中英第一次鸦片战争期间，詹功显在最关键时刻，亲自指挥了台湾最前线——澎湖防御战，有力地配合台湾兵备道姚莹和台湾总兵达洪阿守台成功，击毙侵台英军近60人，俘虏超过170人，取得了中英鸦片战争中"台湾保卫战"的胜利，使英军试图占领台湾的野心成为泡影。詹功显由此被清廷誉为一员"福将"，而平潭乡亲则亲切地称他为"台海守护神"。

清道光二十三年（1843），由于鸦片战争后浙江沿海损失惨重，12月，闽浙总督刘韵珂向道光皇帝密奏举荐：

> 功显老成练达，历任水师四十余年；嘉庆年间蔡逆滋事，出洋攻剿，叠获伙犯。其办理营务、训练兵丁亦皆认真从事，不尚虚浮；堪胜提督之任。

当月，道光皇帝就准奏任命詹功显为浙江水陆提督（从一品），就此成为独当一面的封疆大吏，驻守宁波，管辖38900个绿营兵。后人有所不知的是，在整个大清王朝，全国提督、总兵官不过18位，其中水陆提督仅3位，可见71岁老将詹功显在戍台卫国岗位上的举足轻重。

正因为深知国家对自己的信任,詹功显不顾年迈,上任伊始,立即着手整顿军务,严防海疆,忠心耿耿履行作为一位海防职业军人的天职。由于第一次中英鸦片战争战败,1842年签订的中国第一个丧权辱国不平等条约《南京条约》,让英国侵略者强占了香港;开放了广州、厦门、福州、宁波、上海的"五口通商";清政府向英国赔偿巨款2100万银圆;等等。举国上下都明白了一个道理——落后就要挨打!所以道光皇帝很快批准了加强浙江善后防务事项共24条。到任的浙江水陆提督詹功显与闽浙总督刘韵珂一道,马不停蹄在浙江沿海城镇择要修复工事、炮台,用于藏兵、抵御、防范来犯之敌。

清道光二十四年(1844)4月,詹功显亲自"督兵赴定海、黄岩、温州三镇所属洋面巡缉,节次俘获海匪多名"。10月,詹功显会同闽浙总督刘韵珂、浙江巡抚梁宝常向朝廷奏报:"浙东善后事宜,增修炮台,各工分别缓急筹办。"12月,詹功显会同刘韵珂、梁宝常又奏:"乍浦绿营兵房前经兵燹,亟应建复,以资戍守。"

道光二十六年(1846)5月,詹功显又报:"在东窑外洋巡缉,击沉匪船,并俘获洪邦等六名(海匪)。"

在詹功显等的通力主持、配合下,浙江的整顿营伍、加强水师建设效果显著,大大增强了海防力量——浙江的战略地位迅速得到提高,甚至达到了南方沿海各省领先地位。为表彰詹功显劳苦功高,道光皇帝诰敕晋封其母江氏为"一品夫人"。

不仅如此,詹功显为官还遵从家规家训,廉洁奉公,善意待人，所以地方典籍明确记载詹功显："晓畅兵法，人咸推为将种。"

清道光二十六年年底，75岁的浙江水陆提督詹功显以老迈为由，任职3年后向朝廷提交辞呈。道光皇帝亲准其奏，拨付专款敕建"元戎第"养老不算，还御笔亲题"老臣为国"匾额赐赠，以嘉奖詹功显的忠心报国和清正廉洁一生。这其实也有树立楷模，让其他官员学习效仿之意。当年12月21日，詹功显携家眷坐船经东海南归平潭故里。

在平潭老家的最后7年中，作为位极人臣的东南名将，年迈体弱的詹功显专注倾心于平潭的教育事业："倡捐兴文书院，膏火以振文风。"让长孙"训导詹成斌岁贡"。詹功显还乐善好施：

> 在籍，提军詹功显捐助最力，共得银三千两，遂再建第二进为文昌殿，北附一厅为名臣祠……詹功显并将仪门增高数尺，以壮观瞻。

清咸丰四年（1854）10月4日，詹功显于"元戎第"病逝，享年83岁，墓葬位于平潭城关岚城北楼村附近。

这正是：三代戍台功至伟，一门英才品超群。

2020年7月25日

施晓宇，男，1956年生于福州，籍贯江苏泰州，福建师大历史系和北京大学中文系毕业。1992年以来出版小说集《四鸡图》，散文集《洞开心门》《都市鸽哨》《思索的芦苇》《直立的行走》，摄影散文集《大美不言寿山石》，杂文集《坊间人语》等。中国作家协会会员，福建省阅读学会副会长，福州大学人文学院教授、硕导。

走在雨和雨的间歇里

平潭麒麟梦

◎ 黄国荣

平潭岛别称麒麟岛，只怕不只是因其地图的形状，或许更是平潭人心中的意愿。

麒麟，我国民间传说中的神兽，是中国人按祈愿创造的一种吉祥动物，其形状集狮头、鹿角、虎眼、麋身、龙鳞、龙尾于一身。《礼记·礼运》载："麟、凤、龟、龙谓之四灵"，麒麟列"四灵"之首。据记载，麒麟出现将是吉祥的预兆，孔子出生前，有麒麟在他家院子里"口吐玉书"，书上写"水精之子，系衰周而素王"。

麒麟是幸运和光明的象征，上古至今被广大民众公认且存于意识之中，成为某种意念的寄托，某种意境的表现，某种力量的彰显，诱发人们想象，引导人们的精神去契合某种意念，进入一种特定的境界，给人们以希望、安慰和某种追求的力量。

一、无梦的岁月

平潭有着悠久的历史，壳丘头文化遗址是研究世界上分布面甚广的南岛语族起源的重要之地；龟山遗址面积数万平方米，青铜器时代已有古代部落在这里居住生息。海坛海峡水下宋代到清代的 10 多处沉船遗址，是我国大陆唯一的、最为密集、年代序列最为完整的国家级水下文物保护区。出水的自宋代至晚清的各种瓷器，不仅具有考古价值，而且展现出古代海上丝绸之路的兴旺景象，凸现了平潭在海上丝绸之路的特殊位置。历史如此悠久，且有麒麟这吉祥的别名，平潭的发展还是经历了它特有的苦难与辉煌。

平潭人曾三次遭受被驱逐离岛的迁徙命运。头一次是汉代汉武帝时代，第二次是明代朱元璋年间，第三次是清代康熙王朝，三次向平潭百姓发驱逐迁徙令的竟都是英明君主，且都在国家发展的鼎盛时期。国家兴盛为何反要逼迫平潭百姓迁徙？细酌，恰恰能感受明君体察偏远百姓疾苦的慈爱之心。平潭远离大陆，交通不便，资源匮乏；饮水用水靠老天恩赐，平潭的"潭"原为"墰"，为水便把"墰"改为"潭"。当地有民谣："平潭岛，光长石头不长草，风沙满地跑，房子像碉堡……"连民居建筑都只能抛弃传统的土木结构，一律都是石头厝；这里不宜农耕，难以生存。如此看，三位明君下令迁徙，非为他般。但是，初衷再好，迁徙毕竟让平潭岛几度变成荒无人烟的孤岛，海岛任风暴洗劫，经受了几番洪荒般荒芜。直到 20 世纪改革开放后的 90 年代，平潭还是偏居一隅的贫困县，人均年收入才 600 元。

导游小何的丈夫老肖揣着发财梦，出国经商。他做梦也没能想到，如今平潭还会遇上"千年一遇"的机会，家乡人个个在各尽所能，创业致富。他搞清了台湾与大陆海鲜的差价，做起海鲜生意。后见隧道公司在全国闯开了路子，他又加入了隧道建设的行列。在台湾结识了许多朋友，他向他们介绍了大陆的发展，请他们到大陆来投资赚钱。月下老人也帮他把小何姑娘从陕西牵到平潭，成就了他们的美满姻缘。今非昔比，据统计，2019 年度，平潭城镇居民年人均可支配收入 41646 元，农村居民年人均可支配收入 17577 元，全县实行免费教学。平潭的高速发展让人们惊愕，纷纷来平潭投资开公司安家。

二、梦的开始

平潭不再寂寞，不再荒芜，这国内第五大岛的 126 个岛屿已经美不可言。

"石牌洋"矗立在横卧海面的巨礁上，两根大石柱一根高 33 米，一根 17 米，像一艘双帆齐扬远航的船，故称它"双帆石"，它是世界上最大的花岗岩球状风化海蚀柱，是平潭最具标志性的景观。"海坛天神"是平潭岛又一奇石景观，远远看去，天神头枕海滩，足伸南海，悠然自得。"仙人井"位于流水镇东美村东侧海滩，平滩上陡起一丛险峻礁岩，井在奇绝的礁岩丛中直落海底，日夜狂涛拍岸，喧啸不息，经年累月，周壁蚀刻得棱角分明，说不尽的沧桑风骨。平潭海滩之美甲天下，"龙王头"海滩连绵 9.5 公里，是全国最长的沙滩之一，退潮时沙滩平坦辽阔，蔚为壮观！平潭东南部的"坛南湾"，有"白金海岸"之美誉，海岸绵延22公里，海水清澈见底，坐听海潮轻拍沙滩，落日余晖把海湾铺满碎金，是不可多得的天然浴场。北港村是古石厝群集的村落，石头厝历经80年风吹雨打岿然屹立。"蓝眼泪"更是平潭独特而且难得一见的自然景观，它是一种在海底生存的微生物，在海浪的拍打下，荧光色的蓝点遍布水际滩头，宛若繁星陨落人间，幽静的蓝光使整个海岸线犹如浩瀚的银河星空，令人神迷心醉。平潭被誉为中国的"马尔代夫"。

时间老人把平潭人带到了1990年，党和政府给他们派来了一位英明的市委书记习近平。习书记追思兰考县委书记焦裕禄，填了一首《念奴娇》，其中"为官一任，造福一方，遂了平生意"的句子，深深表达了习近平对焦裕禄的崇敬之情和他自己爱民为民、责任担当的坚定情怀。

1994年5月26日，他到平潭主持召开了建设"海上福州"研讨会。平潭陆地面积仅300多平方公里，是个小县；但把6000多平方公里的海洋面积算上，平潭就是大县！会上，习近平提出发展海洋经济。习近平说，海洋开发是当今世界的热点之一，也是实现福州市今后20年经济社会发展战略的重要组成部分。要积极引导全县树立海洋国土资源观念，既要做海岸的文章，也要做海上的文章；既要做海面的文章，又要做海底的文章；促进海岛建设从基础开发向功能开发方向转变，下大气力抓好养殖业、捕捞业、海运业、加工业等四个重点，带动

走在雨和雨的间歇里

海岸开发总体水平的提高。

孤寂的平潭兴奋起来，平潭一片生机。

靠海吃海

常言：靠山吃山，靠海吃海。生活在平潭岛上的人，几乎都常年跟海打交道，除了捕捞和养殖外，"一柄橹桨下大洋"，海上运输是祖辈传下来的老本行。习近平书记建设"海上福州"的蓝图，为平潭人发展海洋运输提供了机遇。海洋运输一家一户搞不了，各乡各镇的村民自发组织，自愿结伙，凑钱集资，购买船只，海运生意红火起来。

船有了，货在哪？活怎么揽？通信不发达，只好派人到各个港口驻点揽货揽活。资金有限，都是50吨、100吨的木壳船，没有规模，没有名声，常常船空着人闲着等活，起步十分艰难。怎么办？走出去！去江苏、去广州、去广西、去海南……

上了船，扬了帆，出了海，开弓没有回头箭，光膀子拼命往前闯。庄户人吃得了苦，耐得住劳累，诚实守信是本分，周到服务是习惯，平潭人用言行用人格打动货主与客商。时势造英雄，创业之中出状元。

陈人强就是平潭海运业的一个能人。他原是平潭县财政局乡镇财政所总会计、所长，有职务，有稳定的待遇。但他面对创业浪潮，心中升起了勃勃雄心，决心到大海中去拼搏一番，他毅然下了"海"。

他的海运公司注册在海南，他还当了海南洋浦民营航运企业协会的秘书长。协会有 80 多家会员企业，年营业额达 500 多亿元，平潭人在海南的航运份额中占到 70%。

2004 年之后，平潭海运业迅速壮大，载重量达 1200 万吨，百吨木壳船都换成了千吨以上的铁壳船，1000 多艘船舶遍及国内外数十个港口码头，有 10 万载重吨以上的船舶 19 艘，最大的达 27.6 万载重吨。那些最初在码头驻点揽货的人，都转型做了中间代理商，渔村变成了"海运村"，平潭成了海运大县。但是问题也冒了出来。1200 万吨载重量中，在平潭注册的运力仅 221 万载重吨，仅占 18.41%，有 1000 多万载重吨的运力挂靠在省外各地，每年税收损失 10 多亿元。

平潭出台了《关于加快航运物流产业发展的实施意见》，让海运业回归与物流产业发展相结合，提出了整合零散船东，组建航运船队；加快成立船舶融资资金池；继续优化船检手续，创新船舶登记制度。另对新增船舶、运力规模、经营贡献等方面给予奖励，对引进航运人才、子女入学、海运企业购买或租用办公场所等方面实施优惠政策。

陈人强感受到，平潭海运业大部分是民间家庭式合资入股，自由组合，体制松散，这种模式抗风险能力太弱，直接关系平潭千家万户的财产安全；众多船运公司，大都靠中间商联系货物，不掌握第一手信息，被动而缺乏主动权和计划性，直接影响整个行业的发展。

2016 年，陈人强率先在平潭注册了福建云联合商船电子商务有限公司，打造了国内第一家在线交易第三方海运电商平台。

船货双方、船舶货运代理商可以直接在"携船网"APP上联系交易，到2017年3月底，该平台已注册船舶4661艘，总运力达3300多万吨，注册用户1.2万多人，用户通过平台联系、线下签约，成功交易了5000多个航次。他忙得每天早上6点就起床，晚上11点多才睡觉。

陈人强回乡新购买了2艘5万吨货船落地平潭，拿到了政府60万元的运力回归补助款，起到了示范作用，引领了行业，推动了平潭海运业的回归。

"备战"的收获

中华人民共和国成立后数十年间，因平潭是海防前线，人们经常挖防空洞、修建地下粮库和大型的军事设施，天天与岩石、土壤、流沙打交道。平潭人在长期的挖洞备战中，无意中练就了挖隧道的"绝技"，没承想在今天隧道建设业中有了用武之地，成为全国闻名的挖隧道行家里手。

数字最具说服力。平潭40万人口，有10万人在全国各地打隧道，揽下了全国80％以上的隧道工程量。仅挖隧道这个项目，养活了四分之一的平潭人，成为"隧道之乡"。

挖隧道是个拼命的苦力活，挣的是血汗钱。一位平潭隧道工人在网络上这样留言："钱倒是蛮好赚的……不过啊，是靠命换出来的。"就拿年隧道工程量约占全国40％的海晟建设有限公司来说，也是从"背着铁榔头闯天下"的隧道施工队，抡锤打眼放炮、挥锹挖渣、推车运渣，用自己的双手、拼浑身的力气、冒着塌方的危险打拼出来的。

国内路桥、地铁建设随着改革开放的步伐在国内全面铺开，负责这些工程的核心企业——中铁公司，旗下的工程局不断增加仍满足不了需求，这给平潭隧道建设公司提供了机遇。平潭人熟练掌握了"混凝土防渗漏法"等隧道施工技术，技高一筹，再加他们那种忍受艰辛、不惧危险的精神，赢得了中铁各个工程局的信赖。

海天建设工程有限公司成为全国闻名的龙头企业，董事长兼总经理林仁生有不可磨灭的功绩。1995年前，平潭人搞隧道，都是以施工队给中铁公司打工，是林仁生首次以海天建设公司的身份向中铁旗下的工程局承包隧道工程项目打开的局面，之后平潭的各家隧道建设公司才纷纷仿效与中铁旗下各工程局承包隧道项目。平潭人创建的公司走出平潭岛，向京九线、南昆线、西康线、京福线等重大隧道工程进军，每年要招纳数万民工，约有8亿元人民币进入农民工的口袋。

平潭隧道施工的实力已达到一流水平，国内最大的单跨地铁隧道断面工程北京地铁复八线王府井——东单区间；第二长隧道京福高速公路美弧林隧道工程，都是平潭人创造的杰作。为此，他们拟联合成立平潭隧道企业集团，获取总承包资质，直接参与市场竞争。

他们心中有个梦——承建台湾海峡隧道，他们相信自己有能力创造这个让两岸人惊喜的奇迹。

三、梦想成真

随着"九二共识"的形成，两岸关系得到改善，平潭得到国家经济扶持政策的关注。2009 年 5 月 14 日，国务院《关于支持福建省加快建设海峡西岸经济区的若干意见》，把海西建设从区域战略上升为国家战略，为平潭这个海西"桥头堡"的发展提供了前所未有的战略机遇。中央在全国首次赋予"平潭综合实验区"对台优惠政策，平潭的开放开发上升为国家战略，成为投资热土。

腾飞梦

习近平同志在福建工作了 17 年多，台湾问题、台湾同胞时时挂在他心间。他担任福建省代省长的第二天，就在福州召开台商代表座谈会。他在会上强调，我们主张不以政治分歧去影响、干扰闽台经济合作，不论两岸关系发生什么情况，我们都将切实依法保护台商的一切正当权益，并继续推动闽台人员往来，进一步扩大闽台各项交流。

2013 年 2 月 25 日，习近平总书记在北京人民大会堂福建厅会见中国国民党荣誉主席连战时这样回忆："我本人在福建工作多年，现在想起那个时期，我几乎每天都要接触有关台湾的事情，要经常会见台湾同胞，也结交了不少台湾朋友。我离开福建到现在，始终关注着台海局势，期待两岸关系持续改善。"

"大三通"实现后，闽台海运直航、直接通邮和空运直航正式启动。2011 年 11 月 30 日，最高时速 54 节的高速客货滚装船"海峡号"从平潭首航台中。2012 年 5 月，平潭开通台北航线，2013 年 10 月"丽娜轮"通航台北。除星期日外，每天均有航班从平潭往返台北、台中，运送旅客累计超过 31 万人。

平潭综合实验区，是中央首次赋予一个地区独有的对台优惠政策，目前平潭已有 261 家台资企业在这里扎根。

习近平总书记有平潭情结，先后 21 次到平潭视察考察。他到福建平潭考察特别强调："平潭综合实验区是闽台合作的窗口，是国家对外开放的窗口"，"要以建设新兴产业区、高端服务区、宜居生活区为目标，致力打造'台胞第二生活圈'"。他要求实验区要敢于先行先试、创新机制体制、完善发展规划，努力在两岸交流合作中走在前头。这无疑为平潭的腾飞插上了翅膀。

彩虹梦

清晨日出满海霞光，傍晚涛声醉人心扉；田间农家耕作忙乐，林中燕雀啁啾欢唱；鳞次栉比的石厝民居，波澜壮阔的海景风光，云雾萦绕的峻峭山峰，一片金沙的平阔海滩……这就是沿平潭环岛公路前行观赏到的平潭景色。

过去的平潭"光长石头不长草"，是只靠打鱼为生的贫困县。人和物上岛全靠轮渡，岛上风大沙多，"一夜沙埋十八村"；大路小路，全是泥泞的土路。

平潭主政者认识到，要想突破平潭基础设施差这一发展瓶颈，必须先把路修好，修建平潭环岛路摆上了议事日程。2010年2月正式开工，总长100公里，是厦门环岛路的3倍，总投资50亿元。

导游小何告诉我们，平潭的环岛路1米的造价就得5万元，用老百姓形象的话说，环岛路是用一张一张百元人民币铺成的。平潭环岛路是"国际旅游岛"的基础设施工程，是按国际一流的标准设计施工的。路基宽度23至32米，双向四车道至六车道，设计时速60至80公里；城市Ⅰ级主干路设计时速50至60公里，路基两侧绿化防护林带30米宽。别的材料不说，单说栽树绿化，在平潭栽活一棵树可不是件容易事。海风刮、旱天多、土壤贫瘠，连生命力顽强的针叶松在这里都难以成活，后来引种了木麻黄。木麻黄比松柏更坚韧、更顽强，不怕风、不怕沙、不怕旱、不怕盐碱，别的树种无法相比，但成本很高。栽得梧桐树，自有凤凰来。平潭环岛路建成后，立即成为国际环岛公路自行车赛和马拉松赛的比赛场地。

在平潭与大陆之间的海峡上建桥，对世世代代的平潭人来说，只能是梦想，甚至连做梦都不敢想，更不用说建双层公路铁路两用大桥。平潭离大陆距离最近的是苏澳镇至长乐区的松下镇，之间要经人屿岛，跨越松下港区的元洪航道和古屿门水道，再经长屿岛和小练岛，跨越大小练岛水道抵达大练岛，再跨越北东口水道到平潭岛苏澳镇，有16.34公里。这里是世界闻名的三大风口海域之一，每年6级以上大风超过300天，7级以上大风超过200天，最大浪高约9.69米；施工水深达45米，最大流速达每秒 3.09 米，最大潮差 7.09 米，一年有效作业时间不到 120 天。风大、浪高、水深、流急，建桥的条件远比东海大桥、杭州湾跨海大桥和港珠澳大桥恶劣得多，尤其是波流力，是长江等内河桥梁所经受波流力的 10 倍还多，早被桥梁专家们定为"建桥禁区"。平潭人只在雨后见过跨海的彩虹，要把跨海彩虹变为跨海大桥，只能是白日做梦。

中华民族从远古开始就不信天不信地，只信自己的一双手。女娲能补天，后羿敢射日，精卫会填海，愚公要移山，大自然的一切威胁和障碍，在中国人面前统统不在话下。

2013 年，平潭海峡公铁大桥正式动工。据工程师介绍，大桥上层设计为时速 100 公里的六车道高速公路，下层设计为时速 200 公里的双线 I 级高铁，总投入 120 亿，全桥钢结构先后需要投入钢材 124 万吨，混凝土用量 294 万方，是我国第一座公铁两用跨海峡大桥，也是国内外桥梁建造史上之最。

平潭公铁大桥最大的桥孔跨度达 500 米，整孔吊装重达 1350 吨的钢桁梁，国内尚没有这种起重设备。中铁大桥局历时 3 年、耗资 3.4 个亿，打造出了"建桥利器——大桥海鸥号"自航双臂架变幅式起重船，其起重能力达 3600 吨，主钩起升高度达 110 米，是国内起重量最大、起升高度最高的双臂架起重船，为大桥后续 33 孔简支钢桁梁架设提供了重要施工技术参数，也为全桥上部结构施工的稳步推进奠定了坚实基础。

平潭跨海公铁两用大桥突破了海峡环境桥梁深水基础建造技术、强风环境下高塔施工技术、钢桁梁整体全焊建造技术、海峡桥梁安全运营保障技术等国内外现有技术，为今后同类型桥梁施工提供了可靠的借鉴经验，一家三代造桥人庞孝均对此感慨万千。

庞孝均父亲参加了南京长江大桥的建设，女儿庞春燕在他的影响下，考大学选择了桥梁专业，成为"庞家第三代"建桥人。庞孝均是"建桥禁区"挑战者之一，他参与过京九铁路孙口黄河大桥、苏通长江大桥、芜湖长江大桥、南京四桥等重大桥梁项目的建造，但接手环境恶劣、工程巨大的平潭公铁两用大桥这种项目还是头一次。据他回忆，2015年1月，平潭桥主墩S03号墩钻孔平台施工期间正是海峡风大天寒的季节，月平均风速在8级以上，平均浪高达5米，钻孔平台钢管桩好不容易插打进水下岩层，第二天就被海浪冲歪。水火无情，在棘手的难题面前，庞孝均没退缩，发动大家献计献策，一致认为只有扩大受力范围这一条路。庞孝均想出了运用连接系把桩与桩连接起来对付巨浪冲击的办法，顺利完成了主墩S03号墩钻孔平台的施工。

每个桥墩需要数十根不同直径的钻孔桩支撑，他们自主研发了世界最先进的液压动力头钻机，将直径4.9米的桥梁钻孔桩打入坚硬如铁的岩石海床，是目前国内桥梁施工中直径最大的桥梁工程桩。在几百公里外的工厂生产预制钢桁梁，然后海运至大桥施工处，在风浪中由"大桥海鸥号"起重船，将近2000吨的梁体起吊近百米空中安装到桥墩上，创造了世界建桥史的纪录。

2019 年 9 月 25 日上午，随着一段长 17 米、重 473 吨的钢桁梁被精确固定到位，平潭海峡公铁大桥合龙贯通。从高空俯瞰，大桥如"海上飞虹"卓然而立，更似一条巨龙盘旋于碧波之上，气势恢宏。

逢山开路，遇水建桥。当平潭人眼中的雨后空中跨海彩虹变为现实中的"海上长虹"——平潭海峡公铁两用大桥时，平潭人自豪地感受到，麒麟，本来就是神话中的吉祥动物，麒麟梦更是神话中的神话，但今天中国的新时代，就是一个梦想成真、神话变成现实的时代。中国梦，就是创造奇迹的梦！中国人想要做到的，必将变成现实！他们说，我们的梦才拉开序幕，梦还有两个高潮，我们期待平台（平潭至台湾）隧道和平台跨海大桥早日在平潭举行开工典礼。

黄国荣，中国作家协会会员，中国韬奋基金会副秘书长，解放军文艺出版社原副社长兼副总编，编审，发表文学作品 800 多万字，作品多次获中国人民解放军文艺奖、全军文艺创作优秀作品奖长篇小说一等奖、飞天奖、金鹰奖、"五个一工程奖"等，《乡谣》入围第六届茅盾文学奖。

走在雨和雨的间歇里

人格的神话

◎ 张　茜

　　城隍，城隍爷，对于我这个在山西黄土高原上长大的乡村女子来说，原先是个盲区。

　　我的家乡山西夏县，古称安邑，因我国奴隶社会的第一个王朝——"夏王朝"在那里建都而得名，4500年前的大禹、2400多年前的魏国都曾在那里建都，号称"华夏第一都"。一马平川的黄土塬，土地肥沃，人们生活殷实，故乡人素有"打死不离家"之说。从小到大，记忆里与神有关的祭祀活动仅限于每年除夕夜里——家院照壁灯窝里那盏点亮的煤油灯和极少的一点供品。天空漆黑寒冷，四周静穆神秘，微弱的灯火在朔风中忽闪飘摇，我壮着胆子出院门，孤独地行走在狭长的胡同里。胡同口的碾子上也亮着一盏灯火，我惊恐万分地快速跑过，害怕没家过年的鬼魂在那里游荡，我要去下一个胡同里的姨妈家过夜，我家孩子多火炕少住不下。奶奶告诉我，除夕夜里，天上有神仙下凡清点各家人数，所以出嫁的女子是不能在娘家过年的，以免占用娘家的人口份数。我边跑边担心我是否会占用姨妈家的人口份额。

长大后，匆匆游走于天南地北，城隍，城隍庙是我奔向一个城市繁华商业区的标志，那里有当地的特色小吃，有民俗风情展示，有琳琅满目的商品……

文化人每到一个地方，首先关注的是当地的历史文化，其次才是别的。"平潭五福庙，一庙两城隍！"老师们的声音和语气传递给我的是非同凡响！那年秋天的一个机遇，使我有幸怀揣一颗虔诚之心走向福建平潭的城隍庙。

平潭岛自产的粗粝花岗岩砌成的石头房屋，沿着自然弯曲的街道肩并肩地排列而去；一扇扇苍老粗朴的木门或关或开，风轻云淡；脚下光滑布满小坑小洼的古旧石板路，似乎骄傲地向我展示着她所托起的海岛历史。

五福庙，又称威灵公庙，远年间就屹立在海坛（平潭群岛的主岛）濒海的一块平而坦的巨石上，里面供奉着两位城隍神，一位是明朝的驸马爷陈福，另一位是清朝来自台湾的"台湾城隍"。海岛渔民，祖祖辈辈，围绕着神圣的庙堂，填海扩地，繁衍生息，直到有了一个县的规模，取名叫"平潭"，寓意生存于茫茫海浪间的渔舟平安归家。

五福庙静静地坐落在街道深处，不大也不堂皇，很朴实，有些破败，比一个农家的院落略微好些。有工人站在不高的脚手架上刷油漆，庙里师傅告诉我，正在修缮，工匠来自北京故宫的古建筑队。师傅言语间的放心和期盼，让我揪着的心舒展了许多。在浓郁的老漆香味里细细品读，庙宇昔日的庄重慢慢呈现：雕梁画栋、飞檐翘角，斗拱椽檩、纵横交错，尽显苍劲

走在雨和雨的间歇里

与庄严；白灰内墙上的黑墨清代壁画基本完好，架构简单朴拙浑圆，指头粗的线条清晰流畅，右龙吟左虎啸，威武之气皆从静中来，我联想到太极的力量。

师傅说大殿门楣背后原来一直悬挂着一架和中门同宽的木制算盘，供阴阳判官清算善恶功过，民间经济账目不清也可祈求借用，如果谁企图糊弄，这只算盘的算珠就无法拨动，所谓"阳间骗得过，阴间瞒不了"。我跟着师傅，爬上吱嘎作响的狭窄木楼梯。那是我见过的最大的算盘，漆黑的木珠子有饭碗那么大，算盘框子能将身高 1.64 米的我套进去。敬畏而小心地抚摸沉甸甸的算盘珠子，默默回首自己的来时路，审视着对和错。

城隍神，自古至今是善男信女们心中的保护神：他能惩处邪恶，他是忠诚、英勇、公平正义的标杆。其实，城隍最早起源于古代的水（隍）庸（城）祭祀，为《周官》八神之一。"城"原指用土夯起的高墙，"隍"原指没有水的护城壕。古人为了城池防御，围城修起高大坚固的城墙、城楼、城门以及壕城、护城河，并焚香祈求无所不能的神灵俯身于守护他们的护城工事。城隍借了神的威力，就成了地地道道的城隍神，同时道教也不甘落后，急忙将城隍纳入自己的神系，也宣扬他能剪除凶逆，领治亡魂。

史料记载，周朝时期，每逢除夕，人们都要腊祭八神，其中第七神为水庸神，也就是城隍神。人们对城隍的祭拜、敬仰和期许，塑造了城隍正面完美的形象。人性的天然复杂导致人性阴暗面的丑陋甚至丑恶，人类不懈追求光彩正面人格的理想自然而然就寄托到了城隍身上。

城隍神出现很具体的人格化，是从汉武帝刘邦手上开始。公元前204年4月，项羽派兵攻打封锁荥阳汉军，足足打了一个多月也不停歇，城内汉军兵力物力严重消损，无法突围补给，将士精疲力竭，刘邦心急如焚。将军纪信眼见大势已去，便出谋借投降之计，送汉王出城。纪信假扮汉王前去向项羽投降，项羽识破骗局后怒不可遏，下令就地架起柴火将纪信活活烧死在刘邦的车内。刘邦顺利逃脱后，重整旗鼓，他知人善任，注意纳谏，充分发挥部下的才能，又积极联合各地反项羽力量，击败西楚霸王项羽，统一天下。

刘邦当了皇帝以后，厚赏、追封纪信，并赐黄袍加身，择上林苑皇家打猎修养地王曲镇，修建庙堂供奉纪信，并规定每年农历二月初八为固定的祭祀日。以后每年的这个日子里，官员臣民相继列队结伴前去祭拜纪信，祭祀品、食品甚至物品的需求，自然而然地形成了庙会，这也就是我们如今各地庙会的鼻祖了。到了文景二帝时期，国家管理重视"以德化民"，遂将供奉的纪信加冕为城隍神，借忠臣之势引导、鼓舞和震慑臣民，社会局面和谐，经济得到了快速发展，被史册誉为"文景之治"，留名千古。

城隍神人格的极端威力由明朝的朱元璋发起。公元1328年8月8日，是个特殊的日子，安徽凤阳孤庄村的一对贫困夫妇，在一座四面漏风的破庙里生下了他们的第四个孩子，虽说是个男孩，也高兴不起来，就草草取名朱重八。夫妇俩望着怀中嗷

走在雨和雨的间歇里

嗷待哺的一张活口，愁苦满面，即无心抬头查看天象是否有祥云或霞光及祥瑞紫气显现，更想不到怀中抱的是一位皇帝，他就是明朝开国皇帝朱元璋。

出身贫苦的朱重八，从小饱受饥寒折磨，贪官污吏敲诈勒索又逼死他的父母和长兄，为了活命他小小年纪出家做了和尚。所以，他参加起义队伍后就发誓：一旦自己当上皇帝，一定杀尽天下贪官。

朱元璋天生机智聪慧，打起仗来骁勇善战，一步一步做了皇帝，他大力塑造城隍的人格威力，借助此威，严格管理来之不易的江山。有人说，因为他是在土地庙里出生的，而城隍是土地神的上司，我觉得这个说法只适合平民百姓。公元1369年，朱元璋下诏加封天下城隍，并为城隍定级：都、府、州、县四级。也就是将神官和人官对应起来，言下之意就是请官员们一一对镜自照，时时反省，警钟长鸣。于是全国各地大小官员对照等级纷纷修建城隍庙，规模配置与当地官署衙门标准一致，并按级别配制冕旒哀服。朱元璋说"联立城隍神，使人知畏，人有所畏，则不敢妄为"。

至此城隍神的庙制、爵号与祭祀礼仪达到了史上顶峰。朱元璋亲自撰写告神祭文，规定地方每年将城隍神"合祭于风雨雷电山川社稷坛"，"以鉴察民之善恶而祸福之，稗幽明举不得侥幸幸免"， 城隍从而又增加了一个监察的职责。朱元璋下令官员赴任时"必先谒神与誓期在阴阳表里以安下民"，意思是说，各地官员上任时一律要到当地的城隍庙里祭祀宣誓，并在庙里城隍身边过夜三晚。想起山东胶州城隍庙的那副楹联：

"要作好人自古忠臣孝子都有善报，莫做坏事请看大奸巨恶怎样收场。"

朱元璋实施德政治国，大树正义、忠诚的人格标杆，利用正风正气教化、震慑官吏和民众，营造休养生息的和谐社会。当然作为国家统治者，他也相应出台了一系列管理制度，比如整肃贪污的纲领——《大诰》，收录了他亲自审讯和判决的一些贪污案件，以及他对贪官态度、办案方法和处置手段等详细内容。他号召全国广泛宣传这本书，还叫人节选抄录张贴在路边显眼处和凉亭内，让官员读后自律，让百姓学后对付贪官。还有《铁榜文》《资世通训》《臣戒录》和《至戒录》等，朱元璋事必躬亲，大会小会甚至私下交谈都是劝诫大家，效忠国家是如何的重要，是如何的光荣，而欺瞒犯上又是如何的不可取，如何的会传为千古骂名。朱元璋还下令儒生们去向武将宣传忠诚奉献的光荣使命意义，这就是把思想政治工作做到了军队上。

明朝天下历经十二世、十六位皇帝、十七朝，国祚 276 年，其间商品经济发达，出现商业集镇和资本主义萌芽。文化艺术呈现全民趋势，是中国继周朝、汉朝和唐朝之后的繁盛黄金时代，史称"治隆唐宋""远迈汉唐"。

回到平潭五福庙，袅袅香烟里端坐庙堂的威灵公都城隍陈福，也是从明朝向我们一路跋涉而来。

明洪武年间，有个驸马爷叫陈福，系福建福清县人，白丁出身，因博学多才被皇帝看中，招为驸马。那时福建沿海倭寇侵扰猖獗，陈福屡谏征剿倭乱，遭到奸党弄权罢议，他决然摒弃宫廷奢华生活，奏请圣上，携公主返回故乡。为了保障公主安全，陈福在福塘里筑造围墙防御倭寇，却被奸党诬陷有叛乱意图，遭到斩首。公主不服，进京为夫申冤，皇帝意识到错杀驸马，遂敕封陈福为"威灵公五福都城隍"，祀于京城，移炉原籍，飞炉到海防前线海坛，继续履行守家卫国之职责。家乡人民饱含情感，建成一座"五福庙"——福建，福州府，福清县，福塘里，陈福。

平潭五福庙，一庙两城隍。

话说郑成功收复台湾后，清政府派相距台湾最近的平潭兵力驻守，三年一换防。相传在一次换防途中，眼看船至台湾临岸，却突然风浪大作，几失方向。情急之下，众官兵连忙祷告，只见"五福都城隍"出现，举红灯引路，换防官兵安全抵台后，急忙塑像供奉。一时间台湾民众口口相传，甚是敬仰，香火朝拜绵绵不绝。三年后官兵换防护驾"五福都城隍"塑像返潭，供奉于五福庙，尊称"台湾城隍"，或"台湾客"。

从那时起，台商、台船来潭经商贸易时，必到五福庙焚香朝拜，祈求城隍神除暴安民、护国安邦，佑荫两岸百姓。耳旁响起木鱼清音，香烟缭绕氤氲，我净心下跪三拜。

张茜，福建省作家协会会员，中国散文学会会员，福州市鼓楼区作协副主席，发表作品百万余字，著有散文集《那一方

人格的神话

墨绿的海》《群星灿烂时》，曾获孙犁散文奖、冰心散文奖等多种奖项，《群星灿烂时》入选新闻出版署农家书屋重点出版物推荐目录。

走在雨和雨的间歇里

平潭春色（组诗）

◎ 高 云

京台高速公路

就像突然举手投足之间　就像

与目光所及的那份牵挂之间

一季雨水　落满人生苦短的年华

想起拂之不去的那份记惦

染绿了注定牵手的日子

跨越崇山峻岭　一条蜿蜒的心路

满载临水而居的往事

遇见岁月蹉跎的驿道

疏浚心灵狭窄的潮涌

不去感叹流年

一种柔美的爱总在连接年年岁岁

一场干戈的哀怨却是凄然泪下的相守

抚平内心一摊虚度和暗流

岁月是一双翅膀

抵达相互阅尽沧桑的归途

平潭公铁大桥

呼之欲出的万端景象

是汹涌激流之中气吞山河的磅礴意志

深深扎入海底的桥梁

锁住的万里海疆

川流不息的浪花在你的指尖上下飞翔

一如扁舟的春色掠起青山与蓝天

向往与梦想安静下来

钢筋混凝土可以尽情歌唱

优雅而执着的穿越

舒卷着温柔缠绵的云蔚霞光

一桥风光无限地飞架西东

将桀骜不驯的大海揽在怀里

水涨潮落　阴晴圆缺

感受前生后世的几亿年造化

而今天堑变通途

牛山守塔人

这一阵浪涛只是一个片段

只是夜深人静的时候大海的畅想

这一簇潮汐只是蓝与白的交汇

抒写着缠绵情爱的短笺

而一个守塔人的笑容和寂寞

却是临近海天的一双眼睛和耳朵

聆听立春与秋分之间的声音

台湾海峡碧海连天

浓雾中涵育一种淡定的情怀

暮色里护守海燕翔舞的安宁

日复一日地直面风浪

年复一年地护卫适航状态

手执这盏风雨无阻的灯塔

照亮冷峻与汹涌的缝隙

这是一脸安详的笑容

恰似太阳一身的光芒和温暖

这炬追寻着岁月与梦想的烟火

永远报送着两岸的安好

2021 年 3 月 21 日于平潭

平潭春色（组诗）

137

高云，福建省作家协会全委会委员、福建省民间文艺家协会理事、福建省文艺评论家协会会员，曾在《福建文学》《台港文学选刊》等报刊上发表过大量诗歌、散文、报告文学、小说和文艺理论等作品。

走在雨和雨的间歇里

纵横海峡两岸

◎ 林登豪

又见石牌洋

哦，踏浪中两片石帆，迎着漂冽的海风哗哗作响在海面上。

哦，神话般的石头巨帆，折射神圣的威仪。

哦，是两束耀眼的强光，透过我的本命年，请我起航，漂到日月潭，缅怀诗人郑愁予，再咏颂那首经典之作《乡愁》。

阴阳交感，天地互通。

万物有光。

海风悄悄地收拢最后的听觉，远眺大海深处——

是谁看到高扬的风帆，渐渐靠近宝岛，蔚蓝的水面漂浮许多动人的故事，难以估量。

是谁与天地融为一体？

大海之水毫无节制地高涨。

汹涌之水复苏被冷落的记忆。

唯有朵朵白云，紧紧跟随着，犹如故乡的灯光。

碧浪掀天，远帆渐近，一海回归之水，涌出特殊的亮度，传导特殊的温度，输送后来者……

将军山

青山铭记——

百名将军齐上山，为了民族的神圣，运筹帷幄，船艇竞渡，万炮轰鸣……

隔海相望，已经八千里路云和月。苍山低头，大地无言，故人已老，唯有民族魂不老！

圆桌是圆的，月亮是圆的，地球是圆的，除夕的守岁更是圆圆的！几家灯火闪烁？几多国人望穿双眼——团圆，合家团圆……

伫立将军山上，远眺天风海涛——大海湛蓝湛蓝的，岁月橙黄橙黄的。

海之魂浅吟，耀眼光泽。

将军山上的奇石怪岩异口同声——

唯有和睦，风光无限。

这种和平的心声穿越海峡，激拍千重浪。

海坛天神

是男？是女？

苍天无言，大海不语。

这个问题还需要回答吗？

是女的，为什么有个这么明显的喉结！

瞧，那个男性的图腾裸露的以假乱真！

医生说："这天神五官惟妙惟肖。"

画家说："这天神人体比例颇标准。"

是从天上巡查到人间吗？虽不食人间烟火，却已很累很累了，幽幽的海面当床，虽稍小了些，却有些韵味，海风越吹越猛，下意识地缩起瘦长的颈脖，随手扯过蓝天盖上，一不小心，再也醒不过来了，成了海上的祭坛。

是在等待一个约会吗？

每天，只看见太阳在煮海。

从平潭到台湾

"海峡号"与"丽娜轮"穿梭两岸，渲染过往。

逶迤的海峡两岸，冲天的奇石怪岩，尽是两岸的沧桑历程。

面对时空，还要泅渡几多内心的负载？

从平潭澳前客运站至台中、台北、高雄码头，汽笛声声，急浪扬起祈愿之花，两岸百姓齐欢呼——天堑成通途。

山一程，水一程。

两岸众人齐携手，信念迎风飞扬，在新的时代再次拉响汽笛，冲破台湾海峡的恶风暗流，祈盼新的曙光闪烁天边。

许多人站在甲板上——

面对起伏的浪花，多少音容被掩饰。

冲击旋涡。

赤子的热血，驾驭时代的潮头，穿透岁月的烟云。

在浩瀚的大海，心潮澎湃，几多人的心声汇成恢宏的潮汐。

心底蛰伏的浪花，总有一天开出向日葵。

面对大海，敬仰苍天与先祖，在人船过往的岁月里，舒展两岸的记忆。

阿里山

小火车在穿行，就着秋色，为众人铺展一条回家之路。

方言摇醒绵延的血脉。

上了阿里山，拾到一块石头，循着隐约的纹理，我看到高山族的舞者，听到高山族的民歌，我还触摸到一种心愿。

阿里山上的枝头，荡起橙黄的火焰，染遍两岸的长空。

阿里山的野花倾诉昔日的痛与爱。

光阴无情——珍贵！珍惜！仿佛是你我一闪而过的青春佳年华。

是谁声声呼唤，令满山的野花喜露笑脸，化成游子归来之心。

把山泉一饮而尽，再次抬高视线。

一种满目的期盼，化为菊花般的情怀。

坐在斗室中，端起一杯洞顶乌龙茶，才呷一口，回甘的茶韵袅袅阿里山的云影。

日月潭

日月潭是一个湖，海峡两岸的淡水湖，炎黄子孙情怀中的心湖，中国魂的湛蓝坐标。

那湛蓝吹拂海峡两岸，春意浓浓，岸这边的心声，携手岸那边的心声，旋律共振日月潭。

时而，潭中之水溢出湿淋淋的历史碎片，搅拌清代的风云，令人想起了民族英雄郑成功。

远处的灯火闪闪烁烁，那是故乡的方向。

唐诗、宋词、元曲搅拌出日月潭的微波。

潭中平仄的湛蓝热烈地呼应——

有许多人举杯，只想与你对饮——

杯中腾升闪电与雷鸣！

林登豪，《福建乡土》执行副主编，福州市仓山区作协主席，中国诗歌学会会员，中国散文诗研究会理事，福建艺术摄影家协会副主席。发表作品数十万字，著有诗集、散文诗集、摄影配诗集等六部，散文、散文诗、报告文学等在省内外获多种奖项。

纵横海峡两岸

143

剑胆琴心（节选）

◎ 冯秉瑞

　　《剑胆琴心——张纬荣传》是一部真人真事的传记文学，史实性和故事性兼备。传主张纬荣1923年9月出生，1946年9月入党，1978年11月逝世，终年55岁。中华人民共和国成立前是地下党福清平潭两县负责人、平潭人民游击队政委，中华人民共和国成立后历任闽侯专署办公室副主任、闽清电瓷厂厂长等职。他为人剑胆琴心，刚柔相济，是一位品德高尚、无私无畏、一心为党为民的优秀党员，但他的人生道路却非常坎坷曲折，具有浓厚的传奇色彩。该书用22章回、19万字的篇幅概括他那革命一生的主要经历：他读小学五年级时受进步教师影响，立下"报国救民"之志；初中二年级时发起成立"平潭五四青年会"，出版《岚声》刊物，宣传抗日救亡；大学二年级时领导福州学界抗击反动军警无理殴打、抓捕省福中学生的"抗暴"斗争，取得了全胜；24岁脱下学生装，上山打游击；随后赴台湾为党组织筹款：从台湾撤回后调入福州市委，领导福清、平潭两县城工部；"城工部事件"发生后，从被"诱杀"中死里逃生；在"文革"中同极"左"错误展开不屈斗争；重

走在雨和雨的间歇里

新工作后投身"拨乱反正"，业绩显著；以及正确对待爱情、家庭和子女等。重点讲述他领导平潭游击队"以弱胜强"解放平潭岛，成立全省第一个红色县级政权，创造闽浙赣游击斗争史上奇迹的可歌可泣的传奇故事，展现了张纬荣同志的铮铮铁骨和赤胆忠心。本书节选该书部分章节。

第十一回　临危受命　决一死战

"限四月初十之内，消灭林荫反动武装部分或全部。陈亨源。"

上面说的四月初十是指农历，而公历则是 5 月 7 日。

这是 1949 年 4 月 22 日，为了配合中国人民解放军南下作战和考验平潭城工部领导的革命武装队伍，闽中支队司令部向平潭人民游击支队下达的一道命令。

为了统一指挥闽中各县的人民游击武装，经闽浙赣省委批准，闽浙赣人民游击纵队闽中支队司令部（简称闽中支队司令部），于 1949 年 2 月正式成立。省委常委、闽中地委书记黄国璋为司令员兼政委，地委副书记林汝南为副政委，地委委员陈亨源为副司令员。因黄国璋治伤离开闽中，支队司令部由副司令员陈亨源负责。

执行这道闽中支队司令部命令的难度很大，一是限定时间短，下达命令的时间是 4 月 22 日，距限定时间 5 月 7 日，只有 15 天；二是敌强我弱，双方力量悬殊。

平潭游击队自 1948 年 9 月成立以来，在党组织的领导下，从隐蔽到公开，从 10 多人发展到 130 多人，又由 130 多人发展到 300 多人，并在玉屿、看澳、土库等 7 个村庄连片建立革命根据地，成为一支敢于同国民党反动军队公开对抗的人民革命武装。但是，他们的力量还是十分薄弱，武器装备很差，只有 1 支冲锋枪、40 多支长枪、10 多支短枪。而平潭国民党反动武装队伍有 600 多人，枪支弹药充足，仅机枪就有 21 挺。由于敌强我弱，双方力量悬殊，要在这么短的时间内消灭林荫反动武装部分或全部，解放平潭岛，谈何容易？弄不好就会全军覆没。

由于敌我力量过于悬殊，平潭人民游击支队指战员中难免有部分人产生畏难情绪，个别人说："这是鸡蛋碰石头，根本没有胜算，千万不可轻举妄动。"

然而，4 月 23 日晚上，政委张纬荣接到这个有很大难度的命令后，却满怀喜悦地在支队领导成员会议上说："这是天赐我平潭地下党和游击队走出困境的良机。"

"是呀，这个命令虽然有点'苛刻'，但却来之不易，是政委一直争取的结果，是吴兆英同志冒着杀头危险换来的，珍贵啊！"高飞有感而发。

高飞说得一点也没错。今年 2 月 5 日，张纬荣回到平潭后，面对闽中党企图取缔平潭游击队和捕杀自己，他一点也不怨恨被称为"老大"的陈亨源副司令员。张纬荣知道这位老革命和自己没有个人私怨，张纬荣理解他之所以那样极端对待自己，是因为他忠实执行闽浙赣省委对城工部的错误决定。张纬荣无私无畏，不但胸怀大度，而且远见卓识。他想到平潭是孤悬海外的岛县，县内回旋余地很小，平潭革命队伍必须以大陆为依托，能进能退，方可立于不败之地。当形势不利时，就必须撤到邻县福清、长乐等地，而这些地方都是闽中党组织的势力范围。不取得闽中党组织的谅解，则无退身之地。所以，他必须争取闽中党组织对平潭地下党和游击队的谅解。为了取得谅解，他不厌其烦，在一周之内连续写了3封信给陈亨源副司令员，反复说明平潭游击队是坚决同国民党反动派做斗争的人民革命武装，以他为县委书记的平潭地下党员是为成立新中国和实现共产主义而奋斗的中国共产党党员，所做的一切都是为党为人民利益着想的，同国民党特务毫无瓜葛。先后3封信发出去后，石沉大海，都没有回音，他怕信没有收到，又写一封长信派熟悉闽中司令部驻处的党员刘子辉面交给陈亨源，信交了，但刘子辉却有去无回。在此情况下，副政委兼副支队长吴兆英冒着牺牲之险，亲自前往闽中司令部陈情，说明平潭游击队是人民革命武装和政委张纬荣不能杀的理由，终于获取了这一道用"同国民党反动派战斗中证明自己"的"苛刻"命令。

高飞有感而发后，张纬荣接着说："闽中支队司令部下达这道命令的本身，就说明他们已经承认我们是闽中支队的下属部队，虽说是考验，其深意是要争取和团结我们。那么，作为一支由中国共产党领导的革命队伍，上级党组织的命令又必须坚决服从。如果不执行上级的命令，不消灭林荫国民党反动武装，闽中党组织就不会相信平潭人民游击支队是中国共产党领导的人民革命武装，而要取缔我们。因此，我们必须坚决接受这个命令，破釜沉舟，与敌人决一死战。你们的意见呢？"

"同意，同意。"高飞、吴兆英、吴秉熙和徐兴祖四人异口同声。张纬荣最后说的这段话，是支队领导们的共识，没有谁有丝毫的迟疑。

4月24日上午，高飞主持召开支队全体指战员大会，政委张纬荣在大会上作战前动员报告。他说："虽然我们游击支队力量薄弱，武器装备很差，两军力量悬殊，但我们的优势还是很多的。第一，当前全国革命形势大好，1949年1月31日，辽沈、淮海、平津三大战役胜利结束，歼灭国民党主力150多万人，为共产党解放全中国奠定了基础。同一天，北平和平解放，昨天（4月23日）南京解放，现在南下解放大军势如破竹，全国革命胜利的曙光已经显现在我们的面前，这将鼓舞我们游击队指战员为胜利而英勇战斗。第二，我们平潭游击队指战员，都是在惊涛骇浪中成长的海坛健儿，本来就英勇顽强，加上当前处于内部取缔和外部'围剿'的'两面夹攻'险恶环境之中，这就激励我们指战员'背水一战'，不怕牺牲，破釜沉舟，决一死战去夺取胜利。第三，我们游击队的指挥员都是革命知识分子，熟读兵书，善于用计，用了计就可以像曹操、诸葛亮那样，四两拨千斤，以弱胜强，创造胜战奇迹。第四，曾焕乾3年前派吴秉瑜回平潭组织武装暴动，做了大量有效的准备工作，后来由于'码头事件'而流产，但打入敌人武装队伍中的内应人员，

走在雨和雨的间歇里

没有暴露；为暴动而建立的统战关系，依然存在，这就为我们这次解放平潭打下了极为有利的基础。"

4月24日晚上，张纬荣主持召开第二次支队领导成员会议，讨论制订作战方案。张纬荣首先发言，他说："由于我们支队没设参谋长，只有主管军事的副支队长。因此，负责制订作战方案的任务就落在主管军事的副支队长吴秉熙同志身上了。但由于作战方案关系到作战的成败，所以这几天我们全体支队领导干部都要动动脑子，考虑这个作战方案的问题。"

"我赞同政委的意见。"支队长高飞首先表态，他表态后接着说，"我要补充说的是，制订作战方案要走群众路线，请秉熙同志召开一个连长指导员会议，发动大家献计献策。"

"政委和支队长说的意见都很好。"副政委兼副支队长吴兆英表态后接着说，"我认为，我们也要发动潜伏在县城的地下党员、内线人员一起参与献计献策。"

"兆英同志的意见很好。知己知彼，百战不殆。马上通知潜伏在县城的林祖耀同志回玉屿汇报。"张纬荣接着道，"我再强调一下，这次我们同林荫反动武装作战，只许胜利，不许失败。我们必须制订出一个切实可行的确保胜利的'以弱胜强'的最佳作战方案。秉熙同志，你就多多辛苦了。"

"为支队作战出谋划策，是我的本职工作，义不容辞，何来辛苦之说？"副支队长吴秉熙承诺道，"请政委和同志们放心，我会尽我所能，为支队设计出一个攻城良策。换句话说，我会制订出一个'以弱胜强'的攻城作战最佳方案。"

"我知道吴秉熙同志讲话算数，'一诺千金'。"张纬荣从口袋中拿出一本小册子递给吴秉熙道，"这本《三十六计》，是一部集历代兵家诡道之大成的兵书，总结了以往战争中施计用诈的实践经验，包含有朴素的军事辩证法思想。现送给你参考。"

"谢政委。"吴秉熙接过书道，"这真是及时雨啊！"

4月25日晚上，潜伏在县城的地下党员负责人林祖耀回玉屿根据地，向张纬荣、高飞、吴兆英、吴秉熙等支队领导汇报敌情，使他们对林荫在潭城的兵力布局和武器装备情况有了精确的了解。

为了制订攻城的作战方案，张纬荣和吴秉熙多次同连排干部座谈，广泛听取大家的建设性意见，使他们的思路得到进一步启发。到了4月28日，一个缜密的解放潭城的"作战方案"，便在支队领导的脑子里形成了。

4月30日晚上，高飞支队长主持召开连长指导员以上干部会议，由吴秉熙副支队长在会上宣讲支队解放潭城的"作战方案"要点。

方案要点之一，确定举事的日期为5月7日。

这是闽中支队司令部限定的铁的时间，不能推迟，由于要做大量的准备工作，也难以提前。当然，如果遇到特殊情况，就必须根据新的情况提前或推迟。

方案要点之二，确定进攻的时间为晚上。

这是由于武器装备悬殊之故。我方以大刀为主，武器差，白天作战必然吃亏，只能选择夜战、近战，利用夜色作掩护，与敌人作近距离的拼搏，可以避我枪支弹药不足之短，扬我指战员作战勇敢、武器以大刀为主的优势。

方案要点之三，确定作战的主攻方向为县城中正堂。

平潭国民党武装在县城的布点，除了林公馆的林荫私人卫队之外，还有3处：一是中正堂，驻有自卫队1个中队2个分队100余人；接兵连30多人；盐缉队10多人，合计150多人。二是警察局的警兵40多人。三是参议会炮楼守兵10多人。

中正堂是1946年3月建筑的独立大楼房。整座楼坐东朝西，前半部为木石结构的三层楼房，后半部为长38.8米、宽18米、高9米屋架结构的大会堂，是当时县内屋架跨度最大的建筑物。在国民党统治时期，它是驻兵、集合和大型活动的场所。中正堂的四周没有围墙，同民房隔开比较远，便于布兵包围。只要能够冲进中正堂的大会场内，就可造成"关门打狗"之势。中正堂里虽有驻兵150多人，但兵分3股，各自独立，指挥不统一，战斗力不强。而且，中正堂内的自卫队里有我潜伏的地下党员杨建福同志，可以"里应外合"拿下中正堂。只要拿下了中正堂，夺取3股敌人的枪支弹药来装备自己，驻在潭城的其他两处的敌人武装，就不足为虑了。何况中正堂里还封存着大批的备用武器。中正堂楼层高，又处于县城中心，拿下了中正堂，就等于控制了整个县城。因此，我们的主攻方向定为县城中正堂。

方案要点之四，确定这场战役的计策为以"调虎离山"为主的"连环计"。

在敌我双方的作战中，向来没有道德禁区。要打胜仗，就要用计。用了计，就可以四两拨千斤。在"以弱胜强"之战斗中，历来都是"计取"为主，"力敌"为辅。

根据内线人员林祖耀、杨建福等同志的报告，解放县城的拦路虎有大、小两只，都要分别采取"调虎离山"等连环奇计把他们搬掉，方可取胜。

"大虎"是林荫及其私人卫队，虽然其私人卫队只有30多人，但他们都是林荫的亲信，个个勇武过人；而且武器装备特别精良，战斗力极强。林荫本人又是军事科长出身，善于指挥战斗。如果林荫不离开县城，当我们攻打"中正堂"的枪声一响，他就会指挥其私人卫队和县上其他反动武装一道出来援救，那就麻烦了。因此，我们必须以"打草惊蛇"之计将林荫和他的私人卫队调离县城。

"小虎"是驻扎在中正堂里的中队长林诚仁。他是林荫的得力干将，如果不把他调离，在我们围攻中正堂时，他就会指挥其部属士兵顽抗，使潜伏在自卫队内担任第一分队长的地下党员杨建福难以发挥作用。如果我们袭击中正堂时，中队长林诚仁不在，作为第一分队长的杨建福，便有权代表中队长林诚仁下令缴械投降。当然，开战时如果林诚仁在场，杨建福也可命亲信把他当场杀掉，不过这样做杨建福便暴露了自己的身份，有可能反被林诚仁的保镖杀害，那风险就太大了。那么，如何调离这只小老虎呢？杨建福同志知道林诚仁的德行：好色、嗜赌、鸦片瘾。所以想了一个"美人计"，将他诳出中正堂……

方案要点之五，确定采取各个击破，速战速决的战术。先歼县城之敌，后歼农村之敌；县城中先攻中正堂，后打警察局。县城之战限 3 小时内结束，以防农村之敌赶到增援，造成腹背受敌。

方案要点之六，300 多人游击队伍分为两个梯队开战。第一梯队 117 人先出战，由分管军事的副支队长吴秉熙为主指挥；第二梯队 180 多人，由玉屿党支部书记吴聿静负责带领为后续增援……

"这些作战方案要点都是绝对的军事机密，一旦被泄露，那就千里筑长堤，功亏一篑了。所以要严守军事机密，做到攻其不备，出其不意，一举成功。"张纬荣政委在吴秉熙宣讲"作战方案"要点之后，强调地对连以上干部说了这一番话。

作战方案既定，指战员们便分头行动。

连长们日夜带领本连队攻城队员操练夜战、近战的拼杀武艺。

玉屿党支部书记吴聿静组织村里能工巧匠打制大刀、戈矛。

高参徐兴祖带几名战士前往连江丹阳和福州东岭分别向杨华连罗游击总队和江枫游击队借枪。

5 月 1 日，高飞、吴秉熙带领一个 20 多人的小分队突然袭击林荫小舅子高尚民的江楼老家，抄走他家的全部武器，并放出空气说近日就要抄林荫的豪宅"荫庐"。林荫在老家官井村盖有一座华丽的双层楼房，称荫庐，其门、窗、外墙、内壁的石雕异常精美，乃当时全县第一豪宅。距其小舅子家江楼村仅

500 米之遥。林荫果然中计，他听到风声之后，次日就携夫人率私人卫队 30 多人，浩浩荡荡地回到离县城 10 千米的官井村老巢驻守了。

那时，平潭城关有位名闻全县的大美人陈玉钦，许多国民党军政官员中的好色之徒无不借故一睹其风采，甚至有人企图一亲其芳泽。但其丈夫韩桢琪武艺高强，是位十分了得的人物，曾任县自卫队中队长，所以谁也不敢对其美妻轻举妄动。1943 年，韩桢琪因参与地下党领导人曾焕乾策划到南澳缴枪，被林荫革职开除，现赋闲在家。他有心参加共产党领导的革命队伍，但同曾焕乾失去联系，一时报国无门。韩桢琪正为此闷闷不乐之际，林祖耀、杨建福根据张纬荣和吴秉熙的指示，一起来到他家，动员其妻陈玉钦为革命当一回"美人计"主角，没想到一说两口子就满口答应。于是，给他一笔经费，由其夫妇联名邀请县自卫队中队长林诚仁夜里到他们家喝酒、抽鸦片、打麻将。林诚仁早就看上大美人陈玉钦，对她有非分之想并非一日。现有这个美事，他正求之不得，岂肯拒邀失之交臂？所以，从 5 月 1 日起，林诚仁便夜夜到韩桢琪家，由貌若仙女的大美人陈玉钦亲自陪他喝酒、抽鸦片、打麻将，玩乐个通宵。本来，林荫曾经对林诚仁下过"坚守岗位，夜住中正堂"的严格命令，可他经不住美女、美酒、美烟之诱惑，便把上峰的严令置之脑后，借故委托其手下第一分队长杨建福代他"坚守岗位"了。

5 月 3 日凌晨，张纬荣亲自带领陈孝义、吴吉祥、吴孟良 3 人潜入县城检查内线工作的落实情况。

5月4日午饭后，高飞、吴兆英、吴秉熙等3位在家的支队领导一起来到队部，正坐下来准备商量事情时，忽见陈孝义等3位队员慌里慌张地跑进来报告："政委被国民党海上巡逻警抓走了！"

"啊！"仿佛晴天霹雳，高飞等3人见说都忍不住惊叫起来。政委是他们的最高领导人和主心骨，在这关键的时刻被抓，对于即将举事的平潭游击支队，无疑是个重大的打击。愕然许久，高飞方问陈孝义："政委究竟是怎样被抓的？"

第十二回　以弱胜强　创造奇迹

陈孝义汇报了政委张纬荣被捕的经过。

原来，奇袭中正堂、解放平潭县城的作战方案确定之后，张纬荣深感这场"以弱胜强"的战役，内线的默契配合是至关重要的一环。他为人颇有诸葛亮"事必躬亲"的风范，便于5月3日凌晨携陈孝义、吴吉祥、吴孟良等3人潜入县城检查内线工作的落实情况。他在县城不敢久留，检查完毕，得出"内线布置就绪，可以如期举事"的结论之后，便于5月4日早晨到东坑澳口乘坐小船，准备从海路回玉屿。没想到小船刚离岸不久，一艘国民党警察巡逻船便迎面驶来。为了避免被敌船撞上，张纬荣下令调转船头往回开。敌船见小船形迹可疑，就加速追逐小船。慌乱中小船在一处沼泽海滩搁浅。小船一搁浅，4人都马上脱鞋下水奔跑。不料只跑几步，张纬荣的左脚就被暗藏沙滩上的尖利蛎壳划破，血流如注，刺痛难忍。他咬牙忍痛，跟跟跄跄地上岸后，便再也走不动了。陈孝义等3人都过来要背张纬荣走，但他怕连累大家都走不成，无人回去报信，影响举事大局，便以组织的名义，命令陈孝义等3人立即分散回去，向高飞等支队领导汇报检查结果，举事不可拖延。下完命令，张纬荣强行至一个隐蔽的山洞里躲藏起来。陈孝义等3人都有意把上岸的敌人引离山洞，但狡猾的敌人却循着地上的血迹寻至洞口把张纬荣控制，送到巡逻船上……

听完陈孝义的汇报，高飞、吴兆英、吴秉熙等支队领导当即商议应变计策。他们分析，平潭国民党当局一定会对政委下毒手，一定会从政委突然回城这个行动中引起警惕，加强防备。他们一致认为，如不先下手为强，不但政委性命难保，而且进攻县城也难以成功。为了营救政委，确保解放平潭县城之战一举成功，研究决定提前两天于5月5日夜间发起攻城。

为了适应提前两天举事，确保攻城一举成功，高飞、吴兆英、吴秉熙3位支队领导经研究决定，举事前应该做好7项准备工作，并分工狠抓落实。

第一项，会餐壮行。这天是新历5月4日，是攻城的前一天，正逢立夏节气，平潭农村有过"夏节"吃好饭的习俗。为了给指战员壮行，支队借过"夏节"的名义，杀了一头大肥猪，调出库藏大米200斤煮干饭，配猪肉，给游击队员傍晚会餐，改善一下生活，以鼓舞指战员的战斗士气。

第二项，战前动员。会餐后，全体游击队员集中到后山碉

走在雨和雨的间歇里

堡开会，听取吴秉熙副支队长作临战时的动员报告。他在动员报告中强调说，决定战争胜败是人不是武器。我们虽然武器装备不如林荫国民党兵，但我们游击队员个个都是不怕流血牺牲的英勇战士，一定会取胜的。

第三项，发动报名。动员报告后，请大家自愿报名参加攻城战斗。一下子报了117名。这117名经吴兆英审查全部被批准参加攻城战斗。

第四项，组织敢死队。在参加攻城的117名队员中，采取自愿报名和组织审批相结合的办法，选拔一不怕牺牲、二身体健壮、三武艺高强的40人组成敢死队。敢死队由吴秉熙副支队长总负责，命吴国彩为敢死队队长，下分4个小组，由吴翊成、高扬泽、吴秉华、吴国彩（兼）等为小组长。敢死队每人配备大刀一把、长枪1支（队长和小组长配短枪）、子弹20发。

第五项，整修武器。发动同志们开展"磨刀洗枪"竞赛。磨刀和洗枪两项各设一、二、三等奖，得奖者分别奖励猪肝、猪肚、猪大肠各半只。那一夜，玉屿村响起的磨刀声不绝于耳。

第六项，队伍布局。117名攻城队伍兵分3路：第一路，由吴秉熙带领敢死队队员40名，攻打中正堂，由潭城北门进；第二路，由吴兆英带领游击队员30名，包围郑叔平县长公馆，由城南进；第三路，由高飞带领游击队员30名，包围警察局，由城南进。另外再组织两个班，分别由吴秉汉、吴秉信带领负责封锁参议院炮台和县政府。没有参加攻城的游击队员150多名由吴聿静负责留守玉屿根据地，等下半夜再组织这些留守游击队员和根据地群众在 6 日拂晓前赶到县城助战。

第七项，大造革命舆论。5 月 5 日上午，由吴兆英和吴秉熙各带领一个小分队分别到城东龙王头和城北红山仔等城郊张贴《中国人民解放军布告》（即约法八章），并召开群众会，宣传发动群众支持革命，告诉群众南京已于 4 月 23 日解放，渡过长江的 30 万解放大军正向南方各省进军，全国很快就会解放。

1949 年 5 月 5 日，这是一个载入福建革命史册的光辉日子。这日，当凝重的夜幕降临之际，经过挑选的 117 名平潭游击健儿，人手一把大刀，另加 1 支冲锋枪，10 多支短枪，40 多支长枪，在高飞、吴兆英、吴秉熙的带领下，由霞屿地下党员施修骏带路，沿着一条前人没有走过的海边野径，神不知鬼不觉地向平潭县城悄悄进发。

将近夜半，队伍到达潭城的城郊，高飞命令暂停前进。先派一个行动组进城割断敌人的电话线，使他们不能互相联络。

待到 6 日深夜 1 点，县城解除戒严，巡逻哨皆已撤除，大队人马方迅速地摸进城里。在吴秉熙的指挥下，以吴国彩为队长的 40 名敢死队队员很快就把鹤立鸡群般的中正堂层层包围起来。敢死队第一组吴翊成、吴聿杰、施友声、庄家祥等 4 人首先匍匐在南面墙脚的水沟中，然后爬行到中正堂大会场为主出入的南边大门附近埋伏下来。此刻，只见两个敌哨兵面朝门外警惕地站着，不好动手。"莫非他们已知今晚游击队会来奇袭？"埋伏在离门最近的吴翊成心里正嘀咕时，忽见两个敌哨

走在雨和雨的间歇里

兵转身面朝内点火抽烟。说时迟，那时快，吴翊成一马当先，从沟沿飞跃而起，向大门冲去。不料却被转身的敌哨兵发觉。他们边喊口令边关门。可吴翊成上半身已在门内，下半身还在门外，使敌哨兵无法把门关上。此时，敢死队员施友声等人已至门前，合力把大门推开。吴国彩等敢死队员蜂拥而进，一起高喊："缴枪不杀。"但楼上敌人闻声用机枪封锁大门，冲在最前头的吴翊成面部中弹，子弹从他的左边脸打进去，从右边脸穿出来，整张脸都打烂了，鲜血泉涌，眩晕倒地。然而，队员们个个奋不顾身，冒着机枪弹雨开始了事先策划的各个击破的战斗。最先被消灭的是住在楼座下面的接兵连。他们刚从睡梦中惊醒过来时便在冰冷的大刀下当了俘虏。接着，准备解除住在舞台上的盐缉队。但是，盐缉队长惊醒后用2支驳壳枪向敢死队员射击，吴国彩胸部中弹受了重伤。但他不下火线，忍痛冲上去用大刀砍断盐缉队长的两根手指，并缴了他的2支驳壳枪。敢死队员随之冲上舞台，活擒了全部盐缉兵，结束了楼下的战斗。再接着，攻克住在楼座上的强敌自卫队。该自卫队有100多人，装备精良，宿营于关了楼门的楼座上。他们个个荷枪实弹，居高临下地防守，敢死队难以占便宜。幸好，临时行使中队长职权的地下党员杨建福，一直扼制自卫队开枪，可有一机枪手名叫林其太，是敖东芬尾人，仍然时不时向南边大门口射击。杨建福见状狠甩他一个耳光，骂道："笨猪，楼下油灯昏暗，怎能辨认敌我？且双方正在肉搏，即使白天，也难开枪。谁敢不听从命令，我就毙了谁。"经这一打一骂，楼上才没人敢开枪。此时，杨建福见火候已到，忙吹哨下令："为保兄弟们性命，全中队缴枪投降。"杨建福带兵恩威并重，不但在第一分队说一不二，第二分队的分队长和许多班长，都是他的结拜兄弟，所以无人不服从他的命令；当然，在大势所趋中也无人不顾惜自己的生命。因此，全部投降了。一场奇袭中正堂的战斗仅仅两个多小时便胜利结束了。战斗中，吴国彩光荣牺牲，吴翊成、高扬寿、庄家祥负伤。

6日凌晨3时，中正堂战斗结束后，游击队员立即用缴获的枪支弹药武装自己，使他们如虎添翼。此时，天刚麻麻亮，乘胜前进的游击队员便把县警察局团团包围了。警察局内有武装警兵40多名，他们获悉中正堂驻军已经全部投降，都吓破了胆，岂敢贸然反抗？高飞为了避免不必要的伤亡，立即派施修骏、吴聿杰进去劝说局长游澄清，要他务必在上午8点前投降，否则将强攻警察局。游澄清乃林荫的亲信，本属顽固派，可此刻，他见形势不妙，又有我内线人员陈徽梅、施修若两个警官在旁劝说，不禁萌生了投降之意。但他又怕承担投降的责任，被林荫怪罪查办，故迟迟不肯投降，待拖延到8点时限，方推托说："只要郑县长下令，警察局就投降。"

游澄清的话音刚落，县政府秘书高蔚龄便破门而入，向他交了郑县长的手令。游澄清惊愕地接过一看，只见上面写道："速速缴械投降，切切勿误！郑叔平。"

游澄清看了郑叔平县长的亲笔手令，无话可说，便命令全体警兵放下武器，向游击队投降。但游澄清此时不解，作为林

走在雨和雨的间歇里

荫的第一亲信，郑叔平为何同游击队配合得这么默契，莫非他也是"共产党"？

当然，郑叔平不是"共产党"，他的投降也是事出无奈。就在高飞带领一批游击队员包围警察局的时候，另一批游击队员在吴兆英的带领下，冲进了郑叔平的公馆，向他宣传全国革命形势和我党优待俘虏政策，要他立即释放张纬荣，限他8点之前投降，并要他命令县警察局警兵和县参议会炮楼士兵向我缴械投降。此时，同我党有统战关系的高蔚龄、吴自寿（县副参议长）、林培青（县教育科长）等开明人士也一起撺掇郑叔平向我游击队投降，并答应给予优待条件，保他平安无事，否则将对他大大不利。

郑叔平，平潭大中人，福州英华中学毕业，文人出身，颇为开明，在大势已去的情况下，他便一一点头照办。在释放了张纬荣之后，他急急写了两份手令，分别命警察局和参议会炮楼缴械投降。所以，上午8时，驻县城敌军便全部消灭了。

张纬荣获救之后，知道同志们为了营救自己提前两天攻城，他十分感动；获悉攻城取得巨大胜利，他非常高兴。但他没有被胜利冲昏了头脑，一见到吴兆英跑来迎接，张纬荣就对他说："立即调兵布阵，反击林荫将率部前来围城反扑。"

正如张纬荣和吴秉熙等支队领导所料，上午11时，驻守官井的林荫惊闻县城失守，便亲率私人卫队和驻苏澳的林正乾自卫队共400多人赶来县城反扑。全副武装的平潭人民游击支队，早做严密部署。他们在张纬荣和高飞、吴兆英、吴秉熙等支队领导的强有力指挥下，给予迎头痛击，打得他们寸步难进，只好且战且退，打到下午2时，林荫敌军便全部狼狈逃窜。

由此，平潭县城第一次获得解放，共消灭国民党武装200多人，缴获敌机枪11挺、长短枪300多支、手榴弹5000多枚、子弹5万余发，创造了闽浙赣游击斗争史上的奇迹。

县城解放之后，平潭游击支队兵分两路，一路由张纬荣、高飞、吴兆英带领一批骨干队员留在县城，负责接管国民党政权的财物档案，并召开各界代表座谈会，做好市民安抚工作；一路由吴秉熙率领主力队员返回玉屿，以防溃败的林荫残军向我根据地作报复性的侵犯。

于是，6日傍晚，吴秉熙率领支队主力队员100多人，用3艘大船和12艘小船，运载缴获的枪支、弹药、粮食、药品，浩浩荡荡地回师根据地。夜晚9时，船队到达玉屿澳后，吴秉熙命令队员们，首先搬运战利品，然后吃饱饭，睡好觉，准备明天可能发生的战斗。

果然不出支队领导所料，6月7日凌晨，林荫和他的忠实干将林正乾就率领数百敌兵前来侵犯玉屿村。他们以为游击队主力都在县城，便可一举端掉革命根据地，不料却遭到我游击队主力和根据地人民的猛烈反击。没打多久，就逼得他们败退到林正乾的老巢紫霞村。吴秉熙亲自率领军民乘胜追击到紫霞村，林荫见游击队来势勇猛，锐不可当，自知不是吴秉熙的对手，慌忙携残兵退到地势险要的桃花寨。

6月7日中午，战斗胜利结束返回玉屿村时，吴秉熙获悉，林荫为了破坏我游击队的声誉，指使土匪林起栋、肖善清冒称我游击队开船在海上抢劫。现刻，他们行劫的"海驹"号等2艘汽轮正停泊在娘宫海面上。他们将要同林荫残兵联合起来扼守海面同我游击队对抗。如果他们的联合阴谋得逞，势必对我游击队同大陆联系构成严重的威胁，因此必须消灭他们。但是，此时张纬荣、高飞和吴兆英等3位领导都不在玉屿，如等待请示他们后再行动，必然误了战机。于是，吴秉熙果断地决定，立即组织16名战士，化装成买盐的渔民，由特务连长高名山带领，驾驶一艘小帆船，前去剿灭。小帆船从玉屿澳出发，顺风顺水，只1小时便驶至娘宫海面。匪徒们没有防备，我小帆船一靠近"海驹"号汽轮时，便一冲而上，使他们措手不及。但遭敌顽固反抗，激战2小时。由于短兵相接，可扬我游击队员勇敢拼搏的优势，当场击毙匪首肖善清，俘匪兵20多人，缴获长枪20多支、短枪2支、冲锋枪1支、粮食30多担、"海驹"号大汽轮1艘，真可谓满载而归。

两天4战4捷，陆战海战皆胜，平潭人民游击支队名声大振。民间流传歌谣曰：

　　　　游击队不简单，大刀战胜机关枪；

　　　　游击队真英雄，小帆船能擒大汽船。

林荫见大势已去，一面派代表同我"谈判"求和，要求游击队进驻县城，让他们退居官井，互不侵犯；一面向省保安部队求援，妄图东山再起。我们识破其阴谋，指出只有在3天内向我缴械投降才是唯一的出路，否则将彻底剿灭他们。而省保安五团获悉我游击队英勇善战，队伍只开到福清海口，便借口没有平射炮而拒绝来岚救援。在此"叫天天不应，叫地地不灵"的态势下，林荫于5月12日由国民党"宝应"号军舰掩护，逃往马祖列岛的白犬小岛去了。也是5月12日这一天，平潭人民游击支队解除了东庠岛民防队反动武装。

至此，平潭的反动武装力量全部消灭，平潭全境获得解放。平潭人民游击支队经受了严峻的考验，他们用消灭林荫反动武装的实际行动证明自己是一支忠于中国共产党的革命武装，从而得到了闽中支队司令部的传令嘉奖。1949年5月13日，经闽中游击司令部党委批准，平潭县人民政府成立，高飞任县长。下设潭南区、潭城镇、潭东乡、流水乡、东庠乡、君山乡、龙泉乡、苏澳乡、大练乡、屿头乡等10个区镇乡，由徐兴祖、王祥和、林奇峰、陈孝义、高名峰、高扬泽、吴聿静、陈国义、李登秋、陈功奇等10位同志分别担任各区镇乡长。这是全省在解放战争时期第一个依靠游击队自身力量成立的县级人民政权。

成立平潭县人民政府这一天，吴秉熙带领300多名游击队员从玉屿澳坐"海驹"号汽船来县城驻防，负责保卫新生的红色政权。

红色政权诞生后，高飞在张纬荣的具体帮助下集中精力做好县人民政府工作。平潭游击队的工作就由吴兆英、吴秉熙两人负责，着重抓战备和武装队伍建设。至5月16日，平潭游击队扩大到500多人，其中女队员10多人。10个区镇乡发展的不脱产武装队伍达 600 多人。

平潭县人民政府挂牌成立之后，接收旧政权的档案资料，没收官僚资本，建立乡农会，开展减租斗霸，借粮分粮，发展渔农业生产，禁赌禁鸦片，保护民族工商业，出现了社会秩序井然、人民安居乐业的新局面，平潭全岛处处可闻到"解放区的天是明朗的天，解放区的人民好喜欢"的欢乐歌声。

第十五回　患难之恋　终成正果

1949 年 12 月初的一天下午，张纬荣和平潭几位原城工部党员骨干，因参加闽侯地委党校学习来到螺洲。

螺洲位于福州仓山南台岛的东南端，乌龙江之北侧畔，隔江与巍峨五虎山相望。洲内河网密布，名胜古迹众多，是个远山近水、风景如画的千年文化古镇。福州人以往赞福州之美常说"北有'三坊七巷'，南有'螺洲螺江'"。螺洲钟灵毓秀，名臣贤士荟萃，从明朝至清朝 500 多年间，全镇不足千户人家，共出过进士 33 人，举人 194 人。清朝末代皇帝宣统的老师陈宝琛就出于此，故螺洲又有"帝师之乡"的美名。中华人民共和国成立后，螺洲是闽侯地专机关所在地。闽侯军分区就设在陈宝琛的故居陈氏五楼内。

在闽侯军分区工作的何友芬，获悉日夜思念的张纬荣来到螺洲，喜不自禁，当天晚上就迫不及待地赶到地委党校看望他。张纬荣见到时时牵挂的何友芬，大喜过望，顿时激动得说不出话来。这也难怪，自从 1948 年 11 月何友芬被捕入狱后，接着又发生"城工部事件"，她和他已经有一年多失去联系。有了深厚感情的一对青年男女战友，久别重逢，自然都很激动，都很开心。两人坐在党校大门口的榕树下畅谈别后的各自经历，不觉间就谈到深夜。之后，何友芬一有空闲时间就跑到党校看望张纬荣和其他平潭战友。月底，上级通知，平潭干部全部回县参加解放台湾的备战工作。在临走前一天的晚上，张纬荣独自到军分区向何友芬告别。告别之后，何友芬送张纬荣回地委党校。但到了地委党校大门口，张纬荣又反送何友芬回军分区。那是一个月光如水的静谧夜晚，张纬荣和何友芬两人肩并肩在沉寂的街道上往返走着。虽然没有手牵手，也没有说什么特别亲热的话语，但双方都掩饰不住依依不舍的情愫。

张纬荣回平潭后没几天，何友芬就收到他寄来的一封信。虽然信的内容只是通信息，报平安，但何友芬读起来总觉得字里行间透出一层关爱的情意，令她读了又读。当晚，何友芬就回一封信给他。不久，她又收到张纬荣的第二封信，她自然不甘落后，也在当天晚上回一封信给他。这样书来信往的频率，至少每周一封。也许是火候未到，也许是怕羞难以启齿，两人这样频频地通信半年多，居然都没有在信中表示爱慕对方的词句，所以相互都捉摸不透对方的心思。其实，他们的内心深处早都希望对方能够开口向自己求婚。

1950 年 3 月，平潭来了 3 位福州籍女知识青年干部，县委书记韩陵甫对这批来自大城市的女知识分子干部很重视，命他的得力助手张纬荣负责接待并分配她们的工作。张纬荣奉命热情而周到地接待她们，并根据她们的情况妥善地安排适合她们的工作，使她们感到满意、温暖，从而乐意以岛为家，安心在艰苦的海岛平潭扎根。

这3位女干部分别是林永华、郑孝敏和林素心。她们都是知识世家出身，高中毕业，美丽大方，活泼开朗，对革命工作充满热情。其中，林素心是福州黄花岗中学创校校长、著名教育家林素园之爱女。林素园还是林中长、林正光、施修莪、洪通今等平潭籍地下党骨干的恩师。中华人民共和国成立后，林素园作为爱国民主人士被福建省人民政府聘为省文史研究馆馆员。他积极支持爱女林素心参加革命工作。

初到平潭海岛，林素心对新环境充满好奇，在担任张纬荣的助手工作中，对张纬荣的人品和才华产生倾慕之情。作为一个接受新思想的女性，她勇敢地向张纬荣表白自己的感情，希望与张纬荣牵手一生。在城工部被打成红旗特务组织，自己的前途难料的情况下，这无疑是一盆熊熊炉火，温暖了张纬荣那颗伤痛的心。但是，张纬荣终究不能忘怀和他共同战斗、共历患难的女战友何友芬。但因当时他和她双方都没有表白过心迹，所以张纬荣没有拒绝同热情奔放的林素心交往。他经常应约同她一起散步、谈心，还接受她对自己在饮食起居方面的主动照顾。这样，周围同志便都认为林素心是张纬荣的女朋友。很快，这事就被朋友们传开来。

远在螺洲闽侯军分区工作的何友芬，听闻张纬荣有女朋友林素心的消息时，她心里很是失落。她和张纬荣是在最艰苦的岁月里相识、相知而相爱的。但由于男方腼腆，女方矜持，至今两人都没有捅破这层相互爱慕的窗户纸。眼见自己心爱的男友身边已经有了别的红颜知己，何友芬此时只能将这份感情深深地埋入心底。

毕竟，何友芬与一般女人不同，她是一位经过风雨、受过磨难的坚强女性，巾帼英雄。她理解身处人生低谷的张纬荣此时正需要一位温柔体贴的女性关怀，而她自己作为军人，远在螺洲，无法时时刻刻陪伴在他的身旁。林素心出身书香门第，活泼开朗，能歌善舞，此时正可以日夜陪伴在张纬荣的身边，照顾他，安慰他。想到这些，何友芬的心里稍稍平静了一些。她进而想到，爱一个人，就是要为他的幸福着想；既然有更合适的人能够关爱张纬荣的一生，那我何友芬愿意就此退出。

尽管失恋内心痛苦，何友芬仍然不露声色，她强颜欢笑，努力做好自己的本职工作。那时节，福州刚刚解放不久，何友芬的父母没有工作，而身为军人的她也无经济能力接济家里，一时间她家里的生活陷入困境。这时，军分区里许多南下的未婚青年军官，对聪明美丽、泼辣干练的何友芬都有好感。其中有位青年领导对何友芬特别多情，他主动给何友芬的姐姐何友馨安排工作，从而解除了何友芬的后顾之忧。同时，这位青年领导也婉转地对何友芬表达了爱慕之心。沉浸在失恋痛苦中的何友芬对此充耳不闻，视而不见，她的心里只有和她共同战斗过的张纬荣。何友芬心想："人生得一知己足矣，我和张纬荣未成眷属又有何妨？"于是，她在心中默默地祝福张纬荣和林素心早日成为眷侣。

然而，世事难料，凡事都有变数。谁能想得到，张纬荣和何友芬的患难爱情还有转机？还能够失而复得？还能够修成正果？

1950年10月，早年与林素心有婚约的陈清和从香港回到厦门，约请林素园和林素心父女到厦门见面。陈清和是林素园老世交之子，长得一表人才，风度翩翩，且又多才多艺，对林素心一往情深。为了和林素心完婚，他毅然放弃香港的优渥生活回大陆定居。他对林素园、林素心父女说，几年来，他身边不乏爱慕他的美女佳人，但他的心中只有青梅竹马的素心小妹。他始终为和林素心的婚约守身如玉。林素园本来就喜欢这个才华横溢的准女婿。听他这样讲非常感动。林素心和陈清和多年没有见面，本来对他没有感情，她的心中早已装着海坛青年才俊张纬荣。而此时，面对风流倜傥、早有婚约的陈清和，她真不知道该如何是好。但是，在陈清和的强烈攻势下，她到底扛不过"婚约"这道底线。再说，在平潭的那些日子里，她和张纬荣虽有花前月下的谈情说爱，却无海誓山盟的婚嫁之约。她也知道，张纬荣的一颗心早已被何友芬所占据。她原本是希望，以她的美丽、她的才华和她的真情，假以时日，张纬荣一定能够接受她。可今天，面对父亲的劝说和未婚夫的柔情，林素心终于点头认可了这桩早年有约的婚事。于是，在父亲林素园的见证下，陈清和和林素心于美丽的鹭岛厦门举行了简单的婚礼，步入了婚姻的神圣殿堂。

从此，林素心离开接受她走上革命道路的美丽海坛岛，离开给她刻骨铭心爱情的一代海坛才子张纬荣，跟随其新婚夫君陈清和一起回到丈夫阔别多年的故乡福清县，担任小学教师。

这场无疾而终的爱情，让张纬荣幡然醒悟，他爱的人是何友芬，不是别的女人，他发现自己也只爱何友芬！

之前，张纬荣一直不敢表白自己对何友芬的感情。但在受了挫折的今天，他终于下了决心，要勇敢地向心爱的何友芬明确表白自己的感情。他要让何友芬知道，他爱她，他要和她携手一生。

夜里，在昏暗的煤油灯下，张纬荣伏案疾书，他要将所有的激情都倾注在自己的笔端。然而，这位笔下行云流水的海坛才子，却一时不知从何写起？他想写的本来是情书，但不经意间却写成畅谈理想和进步的文章。不过在最后，他终于鼓起勇气，写道："友芬，我爱你，你愿意让我当你的最亲密革命伴侣吗？"

信寄出去之后，张纬荣就忐忑不安地等待着何友芬的回信。当时海岛交通不便，一封信要走好几天才能送到。

好几天之后，何友芬看到了张纬荣这封热情似火的求爱信，她的心都快要跳出胸口了。这封信，她盼望了很久，很久，但她还是不敢确定张纬荣说的是真的。她心里嘀咕道："纬荣他真的爱我吗？如果是真的爱我，那前面他和林素心的交往又算是什么呢？"

走在雨和雨的间歇里

其实，此时少女的心已经被巨大的幸福所笼罩。但有过挫折的何友芬此时还是不敢贸然答应。她给张纬荣回了一封信，信中说，她希望他尽快从失恋的痛苦中走出来，她劝他要保重身体放宽心，她鼓励他要相信一切都会好起来的，但却没有一句半字提到她是否愿意接受他的爱。这就使张纬荣顿时急了，急得他一连几天食不甘味，夜不安眠。他知道何友芬一定是误会他了，但他也理解何友芬那一颗受了伤害的少女芳心有余悸。于是，张纬荣给何友芬写了很多封的信，他把对她爱的思念和牵挂都倾注在字里行间。他告诉何友芬，虽然林素心对他的情爱在他痛苦的人生低谷中确实温暖了他的心，但他的心里始终都没有忘怀曾经和他共渡难关的女战友何友芬。

获悉张纬荣为婚恋的事如此心急如焚，在闽侯工作的老战友翁绳金（杨华）、施修袰等纷纷出面，找何友芬为张纬荣说辞，但何友芬听了却只是笑而不答。

张纬荣知道这时他必须亲自出马，不能再让旁人出面了。1951年5月1日，他利用劳动节放假时间，赶到螺洲找何友芬面谈。但是，到了螺洲之后，他却不敢到军分区直接找何友芬，而是先到翁绳金处住下，和翁绳金商量怎样向何友芬开口求婚。翁绳金一副大哥哥模样，他拍拍胸膛笑道："你放心好啦，这事就包在我的身上。"

次日一早，翁绳金到军分区找何友芬，告诉她有人找她，请她到他的专署办公室见面。不知怎么回事？刚见到张纬荣时，何友芬顿时羞红了脸。她赶忙扭头欲往外跑，却被翁绳金挡住了去路。

"友芬啊，我这位兄弟一表人才，满腹经纶，和你这位福州美女可是天造地设的一对佳配啊！难道你还看不上他吗？"翁绳金对何友芬说罢便学教堂牧师的口吻高声问："张纬荣，你愿意娶何友芬为你的终身伴侣吗？"

"我愿意！"张纬荣朗声回答。

"何友芬，你同意跟张纬荣结为革命夫妻吗？"翁绳金高声问。

"我同意。"何友芬低着头含羞小声回答。

"好哇，何友芬终于答应这门婚事了！我这个媒人做成了。"翁绳金笑着说后接着道，"有情人终成眷属，我预祝你们早日成婚。"

"谢谢杨华大哥成全。"张纬荣笑笑说。

"但我的父母都还没有见过你啊，你得先到何厝里见见我的父母才好呢。"何友芬对张纬荣悄声说。

听到这话，张纬荣喜出望外，忙趋前说道："走，现在就带我去福州何厝里拜见你的父母！"

"不，现在不行，我是军人，不能说走就走，如果要走，必须办理请假手续，那可麻烦呢！"何友芬说，"今天我就不陪你去了。"

"张纬荣老弟，你好福气啊。友芬姑娘秀外慧中，是女中豪杰，你一定不能辜负她哟！"送张纬荣何友芬出来时翁绳金对张纬荣说。

"杨华哥，我们是不是也该吃你的喜糖了？"何友芬笑着说。

"好说，好说！"翁绳金说着同他们告别。

走出专署办公大楼，张纬荣向何友芬告别后急忙乘车到福州台江区学军路夏礼泉何厝里何友芬家。一进门就见到一对慈祥的老人，张纬荣知道这就是准岳父何孝臻和准岳母董桂英了。他自我介绍说："我是平潭的张纬荣。"何家二老早已听何友芬说起张纬荣的名字，知道他是女儿的男朋友，就乐呵呵地请他吃饭，热情地留他在家里住一夜，等明早乘早班车回平潭。

何家是个大家族，何厝里大宅院里住着何氏宗亲十余户人家好几十人，听说何友芬的男朋友前来求亲，大家都涌到院子里，想看看这个准姑爷何能何德，竟敢向何家最漂亮最出色的二姑娘求婚。塾师出身的何友芬堂姐夫林家祥摇头晃脑地盘问张纬荣，他从秦皇汉武，唐宗宋祖，古往今来，历史时局，将张纬荣考了个遍。张纬荣不慌不忙，口若悬河，说得林家祥姐夫连连点头，忍不住慨叹道："芬妹的眼光果然厉害，纬荣堪是我们的好妹夫呀！"

站在一旁的16岁三妹何友声怯怯地叫张纬荣一声"姐夫"。张纬荣笑着答应后问道："三妹还在读书吗？"何友声不答却说："我想出去工作。"张纬荣沉吟片刻，就向何友芬父母提出："如果二老同意，三妹可以跟我到平潭，我来想办法给她安排个工作，可好？"何友声一听赶忙说："谢谢姐夫。"这些年来，何友声没有书读，整天在家里帮父亲做事，听说能出去工作，可高兴坏了。二老当然也没有不同意之理。次日一早，何友声就跟随张纬荣乘车到平潭去了。

经历了这许多波澜曲折之后，张纬荣和何友芬的患难爱情终于修成正果，瓜熟蒂落了。他们双方都对失而复得的爱情非常珍惜。张纬荣回平潭之后，他和何友芬保持密切的通信联系，交流有趣的信息，互通爱慕的心曲，尽享蜜里调油般的爱情甘甜。

第二十回　重轭再起　开辟新局

1972年7月中旬的一个上午，闽清电瓷厂办公室刘主任接到莆田地区工业局的电话通知，说新厂长张纬荣今天上午将从永泰乘长途汽车到闽清电瓷厂走马上任，请他们派员到梅城车站迎接。

刘主任是位老主任，不但年近半百，而且是中华人民共和国成立初期的老党员，在这个岗位上也有10多个春秋。他是闽清本地人，现为厂党委委员兼厂办主任。一旦书记、厂长外出，他就主持厂里的全面工作。

刘主任工作高度负责，办事一丝不苟。他接到上级的电话通知后，不敢怠慢，忙命一位老司机准时开小车到梅城车站迎接。虽然工厂离车站不远，但考虑到新厂长初来乍到，人地生疏，刘主任便嘱咐老司机要早些出车等候，千万不要耽误了。由于新厂长和老司机互不认识，他特地交代老司机要带上一块写着"闽清电瓷厂"接客车的厚纸皮牌子。见老司机——点头答应，刘主任便到行政科，布置行政科长中午在本厂职工食堂二楼小厅里设一桌便宴为新厂长接风，并通知各位科长、车间主任等厂里中层领导干部一起出席作陪，以示对新厂长上任的热烈欢迎。

布置停当之后，刘主任立马回办公室，起草一份向新厂长介绍厂里基本情况的提纲。然后，他直接打电话到永泰莆田地区留守处，查问新厂长从永泰乘车出发来闽清的准确时间。获得了对方的准确答复后，刘主任估算了一下，新厂长坐的长途汽车上午10点半就会到达梅城车站，11点就会接到工厂里来。因此，他在11点前就走到工厂大门口迎候。然而，刘主任站在大门口迎候到11点过，并没有见到接新厂长的老司机小车开进厂来。他当然再等，等到11点半后，终于看到老司机的北京牌吉普车笛一声开进厂大门。老司机早看到翘首以待的刘主任站在那里，便停了车。刘主任欲趋前同车内的新厂长问好，却见老司机从拉下的前车门窗口探出头来说："没接到。"

"为什么？"

"从永泰开来的长途车一停在车站内，我就举着接客牌子挡在车门口，瞪着一个个旅客从车厢里走下来，但没有一个旅客见到接客车牌同我打招呼。"老司机无奈地说，"可见他们之中没有我要接的新厂长。"

"你为何不再等等？"刘主任问。

"我问了长途车的司机和车站的工作人员，他们都说今天从永泰到闽清的长途汽车只有这一班。"

"这就怪了。"

刘主任说着赶快跑回办公室，再次打电话到永泰地区留守处，查问新厂长张纬荣今天上午到底有没有离开永泰来闽清？接电话的永泰留守处干部说："有，是我亲自送张主任上车的。"

"这就怪了，这就怪了！"这句话在刘主任的心里说了又说。

"那中午一桌接风宴怎么办？刘主任。"行政科长进来问。

"你说呢？"刘主任分析新厂长可能有事提前一站就下车，但新厂长办完事后下午总会来到厂里的，于是他说，"留着晚上用吧！"

"好的。"行政科长点点头走了。

"啊，12点半了。"

刘主任抬腕看一下手表，惊叹一声，赶忙关了办公室门，到职工食堂吃午饭。吃罢午饭，刚走出餐厅之际，他无意间看到一个手提很沉行李的陌生人走进厂里来，心想可能是新来的张厂长，他便走过去同其打招呼："同志，您是？"

"您是？"陌生人不答反问。

"我是刘主任。"

"刘主任，你好！"陌生人放下手中的行李，同刘主任握手，"我今天刚从永泰过来，正想去找你。"

"啊，您莫非就是新来的张厂长？"

"没错，我就是张纬荣。"

"对不起，张厂长。"刘主任再次同张纬荣紧紧握手，"我派小车到车站接您，可是没有接到，真是对不起。"

走在雨和雨的间歇里

"没有接到有什么要紧？让我走走，熟悉一下新环境，不是更好吗？"张纬荣笑笑说。

"您说的也是。"刘主任提起张纬荣放下的行李说，"走，张厂长，我带你到餐厅吃午饭。"

"好，我听你安排。"张纬荣说着跟刘主任走。

吃罢午饭，刘主任带张纬荣到宿舍休息。张纬荣说："下午你带我到厂里走走吧。"

"不，张厂长，您今天初来乍到，一路辛苦，也累了，下午还是休息。等明天上午再带您参观厂房吧！"刘主任说得很诚恳。

"谢谢你的好意，但我不累。"张纬荣说，"不然这样，你有事先去忙着，下午就让我自己一个人随便走走看看吧！"

"张厂长，您既然这样说，那我们下午上班时就一起走走。"刘主任说，"厂长您说，我这个办公室，本来就是为厂领导服务的办事机构，我还有什么比陪同新来的厂长熟悉厂里情况更重要呢？"

张纬荣听了颇为感动，但他不置可否。

于是，急于了解厂里情况的张纬荣，在走马上任的头一天下午就进入角色，视察厂情。

刘主任对厂里的情况了如指掌，又有所准备，他陪张纬荣边参观厂区内外，边介绍厂里情况，整整花了 3 个小时，让张纬荣看完听完厂里的大体情况。

原来，这个地属闽清电瓷厂，是 20 世纪 50 年代中期建立的老工厂，经过 10 多年的风风雨雨，工厂的规模有所发展。现在厂区面积达 5 万多平方米，建筑面积 6 万多平方米，固定资产 2000 多万元，全厂职工 800 多人。其主要产品是陶瓷插板、陶瓷插座、陶瓷接头、闸刀开关、瓷灯座、瓷灯头、熔断器、电子瓷配件、电瓷避雷、接线端子、绝缘子等等。产品主销广东、浙江、上海、江苏、北京等省市。但是，这几年"造反有理"派性斗争，党政领导和技术干部挨斗靠边，给生产带来很大的干扰和破坏，工厂几度处于瘫痪状态，不然工厂的发展会更好……

"你认为，当前工厂存在的主要问题是什么？"参观完回到招待所临时住处，张纬荣问刘主任。

"我认为，当前工厂存在的主要问题，一是派性，至今两派群众还处于对立状态，影响团结，影响生产；二是原厂行政领导和技术骨干还在受审查，靠边站，需要落实政策，把他们解放出来工作。"刘主任如实说。

"你说得很好。"张纬荣很赞同刘主任的看法。

"张厂长，厂里的中层干部听说您来当厂长，大家都很高兴，都想早些见到您。因此，我想今天傍晚在餐厅二楼的小厅里开个见面会，听听您的指示。您看好不好？"刘主任说得很委婉。

"我长期在行政机关里抄抄写写，对于如何管理一个企业，我没有经验。因此，初来乍到的我，只能当小学生，向大家学习，哪有什么指示？"张纬荣说，"不过，同大家见见面，那是应该的。"

"那好，我去通知。您先休息一会，等下我来带您一起走。"

刘主任说着走了，但张纬荣没等刘主任来接，只在房间里休息一会儿，就自个走到餐厅二楼的一个小厅门口。没想到一看，这个小厅内却摆着一桌酒宴，而且已经坐着许多人。张纬荣以为走错门，忙退出来，但迎面碰上急匆匆赶来的刘主任。

"张厂长，是这一间，没错。"刘主任挡住张纬荣说。

"刘主任，你不是说是见面会吗？怎么变成宴会呢？请谁？谁请？"

"张厂长，您听我说，这是我们厂长期以来的规矩。"刘主任说，"新领导来我们厂当书记，当厂长，厂里办个简便的接风宴，见见面，这有不妥吗？"

"那么，酒宴的钱谁出？"张纬荣问。

"这一点点钱，当然是由厂里接待费中报销了。"刘主任说，"张厂长，这项财务制度，是经过'四清'运动审查通过的。我是严格按照制度办事的。"

"制度是人制订的，不合理的制度就应该修改嘛。"张纬荣一本正经地说。

"张厂长，您说该怎么修改呀？"

"我看，应该修改为谁请客谁出钱。"

"张厂长，我同意修改不合理的规章制度。但是，现在还没有修改，今晚就按照原制度执行吧。"刘主任说，"不然，大家没有这个思想准备，难免感到突然，感到尴尬，不开心。"

"刘主任，你说的似乎也有一些道理。"张纬荣说，"不然今晚就按老规矩办，以后就改为谁请客谁结账。好不好？"

"好，张厂长，我同意。"刘主任忙说。

于是，刘主任引领张纬荣走进小餐厅入座，并向在座的科长、车间主任们朗声道："这是新来的张厂长。为了表示对张厂长的欢迎，请大家热烈鼓掌！"一阵掌声过后，刘主任说："现在请张厂长对大家做指示！"

"我没有指示，但有请求。我一向在行政机关工作，对管理企业没有经验，在座大家都是工厂里的管理和技术骨干，有多年的企业工作经验，我请求大家今后多多教我，支持我，帮助我把我们的工厂管理得更好。"

席间，各位科长、车间主任依次轮番向新厂长作自我介绍，并碰杯敬酒；张纬荣以茶代酒答谢，默默记下对方的姓名和职务。整场饭局，杯盏交错，欢声笑语，气氛浓烈。

饭饱酒足散会，科长、车间主任们在回家的路上议论说，这位新厂长与众不同，没有架子，文质彬彬，很谦虚，和蔼可亲。

通过这场"见面饭"，张纬荣大致了解到，这个曾经雄踞华东地区重要经济支柱产业，在这几年派性斗争风浪中，几近停产。许多技术骨干被靠边，领导干部也大多被扣上各种莫须有的帽子，现在的工人的工资都发不出去了，真是百废待兴啊！

张纬荣回到招待所住处后抬腕看一下表，此时才夜晚9点半。49周岁的他精力旺盛，尚无睡意，便伏案写"厂长近期工作计划"。

这是张纬荣的好习惯。不管在什么岗位，从事什么工作，他都要为自己制订一个工作计划，使自己的工作有条不紊，有计划有步骤地进行，以提高工作效率，严防顾此失彼。次日，张纬荣就开始按照他制订的《厂长近期工作计划》开展工作。

第一，大刀阔斧，落实干部政策，调动全厂职工的生产积极性。

张纬荣本身长期蒙受冤假错案迫害之苦，他对蒙冤受害的干部特别同情，特别关怀。他来到闽清电瓷厂上任后，发现这个800多人的工厂，历经6年运动，居然还有12位原厂领导干部和技术骨干，背着种种"莫须有"的罪名，被无限期地隔离审查。探究其缘由，是"左"的思潮影响，专案组的领导权被派性所把持。于是，张纬荣当机立断，采取一系列果断措施，大刀阔斧解决：

一是调整充实专案组，任命党性强的刘主任为专案组组长，把派性严重的人员调离出专案组；

二是加强对专案组的领导，要求专案组订出人头落实计划，限期完成落实任务；

三是指导办案人员掌握"疑罪从无"原则，对于事实不清，证据不足的，应该做出无罪结论。

功夫不负有心人。在张纬荣的直接领导下，专案组办案人员经过3个月的努力，终于对12位原厂行政领导和技术骨干落实了政策，恢复了原来的工作职务，调动了他们的工作积极性。特别是帮助原技术副厂长摘掉了强加其头上的"特务""内奸"两顶帽子，恢复其技术副厂长职务和工资级别，使他对党组织和张纬荣心存感激，忘我地积极工作，成为张纬荣最得力的技术助手。

第二，下大力气，调处两派纷争，创造全厂安定团结搞生产的新局面。

张纬荣上任没几天，就发现厂里派性活动猖獗，两派群众处于对立状态，严重地影响团结，影响生产，已经到了非解决不可的地步了。但是，解决派性问题是个很头痛的难事。张纬荣冥思苦想，想了两个办法解决。

一是同派性头头交朋友，建立朋友之间的感情，做到以情动人。张纬荣自己不搞派性，也讨厌搞派性的头头，但为了帮助其改正，就同他们交朋友，使他们相信你，听你的话。经过6年运动考验之后由上级派来的新厂长是很有权威的。两派头头为了争取新厂长支持自己这一派，本来就都想向他靠拢，见张纬荣主动找他谈心，热情地同他交朋友，无不喜不自禁。又见张纬荣办事公道，注意两派平衡，做到一碗水端平，两派头头和群众对张纬荣都很友好，不但信任他，而且能够听他的活。

二是抓住两派头头的"软肋"，用毛主席有关语录进行启发，做到以理服人。在和两派头头都成了无拘无束的好朋友之后，张纬荣一次到莆田地区开会，就有意携带两派头头陪同。夜晚3人住在一个房间里，张纬荣说："你们两个革命群众组织，一个名毛泽东思想造反司令部，一个叫毛泽东思想革命勤务组，两个组织都高举毛泽东思想旗帜，可见你们两派本来就是同根生，都是按毛泽东思想办事的，我这样说对吗？"两派头头异口同声道："对，我们最听毛主席的话。"张纬荣笑道："我看未必，毛主席有一句很重要的话，你们就是不听。"两派头头同时问："哪一句话？"张纬荣说："'既然都是革命群众组织，就没有理由一定要分裂成为势不两立的两大派'。这句话是伟大领袖毛主席说的，没错吧？你们听了没有？"两派头头无言以对："这……"

会后回厂，两派头头都在工厂的布告栏里发表"公告"，宣布解散各自的群众组织。从此，全厂出现了一个安定团结搞生产的新局面。

三是深入车间，和工人打成一片，千方百计把厂里生产搞上去。

为了把厂里生产搞上去，张纬荣投入了全部精力，采取了许多措施，可谓"千方百计"了。从 1972 年 7 月到 1978 年 2 月近 6 年间，张纬荣几乎都泡在几个车间里，和工人同吃、同劳动，和工人一起研究改进技术、提高工效等问题。厂里工人都把张纬荣当成知心朋友，支持他的工作。

6 年来，在张纬荣的强有力领导下，闽清电瓷厂的规模不断发展壮大，厂区面积达 6 万多平方米，建筑面积 7 万多平方米，全厂职工 1000 多人。厂里集聚一批高素质的专业工程技术人员，吸收国内外最新的技术工艺，形成科学合理的设计和完善的产品结构，具有成套的生产装备和先进的检测设备，确保了闽清电瓷厂的产品质量，受到了国内外用户的一致好评。年产值已破 5000 万元大关。产品远销欧美、东南亚、中东等世界各地，成为世界电瓷主产地之一。

现在，闽清电瓷厂的基础很好，发展的潜力很大。不但具有得天独厚的优质高岭土资源，便利的交通、充足的电力、一流的标准厂房和宽敞的场地空间，而且队伍强大，设备齐全，技术先进，形成了生产高压电瓷的优越条件。这同厂长张纬荣的 6 年苦心经营分不开的。职工们都说，张厂长是我们的好厂长，他办厂有功，功不可没。

冯秉瑞，曾任省台办处长、台湾饭店总经理。福建省作家协会会员，中国通俗文艺研究会会员，福建省通俗文艺研究会常务理事，出版散文集两部，长篇历史小说五部，长篇传记文学六部，《峥嵘岁月稠——翁绳金传》系福建省优秀文学作品榜提名作品。

走在雨和雨的间歇里

遗落田间的鸭蛋

◎ 陈家恬

放鸭，放羊，放牛，是童年的重要经历。它们留给我的记忆是深刻的。放牛写了，放羊写了，放鸭也曾涉笔，一鳞半爪，意犹未尽，决定详写。

当年的鸭子，似乎只有三种：全番、半番和蛋鸭。全番几乎都是自行觅食的，不用专人去放养，只是在幼雏期，必须挖些蚯蚓，或捉些青蛙，作为辅食。此类事一般由小孩操持，也是小孩擅长和喜欢的。如果尚欠，可供些饭蕾——白花花的半熟米粒。过了幼雏期，不再有特供，全然自食其力。如果过了10个月，其个头还是不尽如人意的话，大人就会出手——通常是母亲，把番薯切成小颗粒，然后捉来鸭子，擩入嘴巴。起初，它倒是配合的，不一会儿，它就吞不下了。怎能吞得下呢？你看吧，嗉囊膨胀，活像充盈欲爆的气球，它实在没有食欲，而且远胜于进食障碍者。但是，善良的母亲并没有罢休，而是一边将鸭颈，自上而下，帮助输送食物——甚至抖动嗉囊，使之充实再充实，一边继续填充，直到舌根，双眼翻白，才放手。所谓"填鸭式教育"，盖源于此。鸭子也是聪明的，伸长脖子，甩着，甩着，终于甩出些许强加的番薯，睁开眼睛，趔趔趄趄着走开。唯其如此，它的生长才像母亲所期盼的那样，三天一个样，五天大变样，连同羽毛也油光发亮；到了年底，一般有六七斤，所有的心血都没有白费，甚是欣慰。一户人家通常只养几头全番，超过十头的，极罕见，如同养鹅。邻居的鸭苗大多是自育的。当时的人们，大多是勤劳的，但凡可以自产的，绝不购买，不像如今的懒人，但凡可以购买的，绝不自产。而我家的则由祖母提供，一般是一对或两双，再多也养不起。由是，我对她多了一份感恩。如果她不提供鸭苗，我家就不可能养它，过年就更寡淡了。

我放的是半番，大约是上小学的时候，接连放了三年。在这里，主语仅用我，似有揽功之嫌，毕竟还有二哥和弟弟的参与，尤其是任劳任怨的二哥。

放鸭不如放牛和放羊有趣。起初，我是不太情愿的——固然有个极神气的头衔"鸭司令"，也常常愁眉苦脸，好在有二哥带领。我们放的鸭子并不多，每群都不超40只，主要囿于成本——纵然鸭苗是赊来的，终究每天都要供给稻谷。但凡穷人，一怕鬼，二怕嘴。鸭苗一到家，就要吃饭蕾，数十只喙，叽叽待哺，每一声都是一句急切而凛然的催讨。稍大之后，晚上回来，还要稻谷填饱，而当时的我家，冬季从生产队分回的稻谷，挨到翌年春季，春荒早就闹翻了天，人都顾不上，鸭哪能顾得上？之所以非养半番不可，是因为家运不佳，养猪不成，几经盘算，唯独放半番，方可贴补家用。这固然是好事，父母却也担心耽误我的学业。"鸭母过田塍，代代就那型。"这是别人的嘲讽，更是父母的警觉。好在我会用塑料薄膜包了课本带到田里去，趁便看一看——有时不过是"聋子的耳朵——摆设"而已，也会给他们提供些许慰藉，犹如难以长大的"鸭鬼"，依旧可以寄望。人生不能没有寄托。

放鸭也留给我三个疑问——

挑着大货车轮胎似的鸭篮，走村串户，一路贩卖鸭苗，何许人也？此其一。

他们怎么敢把鸭苗赊给我们，既不立字据，也不让人见证，而且赊期很长——从二三月到七月半或中秋节，鸭子出售后，才来收账，怎么也不怕赖账呢？（毋庸讳言，我那时并不知晓乡村人际还有一个最朴实，最牢靠，比金钱更可贵的维系——诚信）此其二。

如此之多的鸭苗到底是怎么孵出来的，难道也用鸭母孵化？如果也是，那么，母亲为什么会时常念叨"鸭子出世无娘奶"？此其三。

这些问题就像天气骤变时的成团蠓虫，困扰了我好久好久。

其实，我是希望放蛋鸭的——邻居有人放蛋鸭，在我看来，那蛋鸭简直是生钱的神器，主人每天都可以从鸭圈里取出好多崭新的"钱"来，甚至在蛋鸭觅食过的田里，摇摆过的路上，也可以拾到硕大的鸭蛋——我们只有在端午节方可吃到的鸭蛋。但是，养蛋鸭周期长，成本也高，家境决定了我们只能从事成本低、见效快的底端营生。

至于放鸭的记忆，最为铭心刻骨的，要数《将心比心》（三）之《不会放空城》所写的这些："确实哭过，印象最深的有三回：一回是鸭群跑进生产队秧田里，鸭笒不够长，人又不敢蹚进，鸭子赶不出来，泅过的，秧苗全倒了，急得边跺脚边啼哭；一回是鸭群钻入撒过乐果的稻田，情急之下，挥舞鸭笒，几只鸭子被打倒，以为死了，虽都回魂，但我已被吓哭了；一回是鸭群钻进即将收割的田垄，蔚莽莽的，找了半天，一直呼，嘎，嘎嘎，嘎嘎嘎，直到天暗，还有三头没找到，也急得哭了。"来到路上，它们挨挨挤挤，我要清点，却不具备韩信点兵的本事，点来数去，数去点来，终于数清——原来一头也不少！当然也有 2016 年 11 月 6 日日记《分不清》里父亲回忆的那些经历："那里都是山路，鸭子最怕走山路，走几步就蹲下，赖着不走。我只好用鸭笒推，用力过头，鸭子有的翅膀折了，有的脚断了，有的还死了呢。我很怕。"

"行进路上，一个都不能少。"于人是这么祝愿，于鸭子也是。但总有不如意的时候，印象最深的有三：首先，有两头半大的鸭子，头部渐渐肿起，如不施救，必死无疑。怎么施救呢？邻居老人告诉，可能是鸭头生了线虫，要用锥子把它挑出来，涂抹烟炱（拌了茶油）。我照办。鸭子终于得救。这一回，我成了业余兽医。其次，有三头鸭子吃了有芒的稻谷，无法消化，嗉囊被撑欲爆，母亲用剪刀把它剪开，清空，缝合，涂抹烟炱，很快恢复正常。这一回，母亲成了业余兽医。第三，有五头鸭子总是长不大，初一是那样，十五也是那样，三十还是那样，

走在雨和雨的间歇里

简直得了"侏儒症",我按照别人的支招,用针挑了它腋下的青筋,终究没有解除它的束缚,让它成长起来。回天乏术。这一回,我没有成为业余兽医,母亲也没有。它们成了"鸭鬼",被放生,如同被抛弃的"豆鬼"。

当然还有老鹰或黄鼠狼突袭所带来的胆战心惊,呼天唤地。黄鼠狼,俗称鼠鼷。那时是常见的,单单油坊外侧——水井所在的那丘田头就有一大群,至少有二三十头!那里临涧,是一面毛石砌起的高塍,生长着茂密的盐肤木和管茅,成为鼠鼷麇集的渊薮。从中辐射出来的威胁,不亚于一窝匪营。不止一次听老人说到,鼠鼷嗜血成性,只吃鸡血或鸭血,简直是暴殄。它们一旦出没,就像悍匪下山,有的一口气会戳倒好几头鸡鸭。最最骇人的是,它施放的戾气,魔幻如山魈,可能使人迷离恍惚。因此,驱赶它时,不仅不敢靠近,还要先赔不是,然后惊呼,或者央求土地公出手相助。惹不起,躲得起。放鸭时,我总是远离那片危险地带——方圆数里,从不涉足,除非必经,诸如看顾丝瓜、割草、放羊和泡澡,方才路过那里——偶尔碰见匆匆逃窜的它们,裤脚也会被路边杂草传递过来的那种魔气沾上——臭不可闻,而且久久不散,犹如冤魂厉鬼纠缠不休。"怕什么,来什么。"怕什么?我不怕!我正告自己,同时随带训练有素的黄犬充当我和鸭子的"保护神"。终究平安无事。

至于第三个疑问,直到最近阅读《四千年农夫》一书才邂逅答案:原来是用孵蛋器孵的。孵蛋器,我从未听说,更未见过。该书是这样描述的:每台孵蛋器都是一个大陶器,一面开有小门，打开，放进木炭，撒上一层灰，使之耐燃，为孵蛋提供热量。陶罐表面套有枝条编织物，可以绝热。陶罐有盖子，如同茶杯套，里面套着陶罐，内置的篮子放有 600 枚鸡蛋，或者 400 枚鸭蛋，或者 175 枚鹅蛋。为了利用大缸升腾的热气，紧贴在每排孵蛋器上面的，有孵化棚，放着浅托盘，四周垫上棉花，上面盖有保温材料（乍看，貌似本地古老的光饼炉）。

如何孵化呢？该书写道：第四天之后，孵蛋器里的蛋每天都要翻转 5 次。鸡蛋放在较低的孵蛋器里 11 天，其他的稍长些，鸭蛋 13 天，鹅蛋 16 天。之后，它们被转移到孵化箱里。整个孵化过程，最关键的是温度。没有温度计，操作员只好凭皮肤察觉而控温——颇似高尔基的创作谈："我的感觉，都是用皮肉熬出来的。"他们掀起遮盖物，将蛋掉个头，让较大的一端贴于眼窝。他们很像接生婆，富有经验，能够迅速、准确地感知温度变化。同时照料幼雏，让它们先待在遮盖物上，等候出售。

如此这般，孵化率能有多高？该书告诉：孵化 4 天后，有经验的人会把鸡蛋逐一置于灯光底下检验，挑出难以孵化的鸡蛋。鸭蛋在孵化 2 天之后便要检查，5 天之后复查。95％以上可孵化的蛋都能育出雏来。

其实，我还有一个疑问，就是如何辨别雌雄。在购买鸭苗的时候，人们几乎都要雄的，类似于重男轻女，尽管雌的便宜许多。仅凭模样是不可能辨别的。曾经见过：卖者随手捉起一只，翻看一下屁股即可。好生纳闷，而年纪小小的我，怎么好意思询问大人呢？直到今天读到该书这一句"经营者通过轻捏鸡崽的肛门又快又准确地将它们进行分类"，始知大概。不过，我已经敢请教母亲了。她的回答极其简单：屁股若有纽纽，就是雄的。我将信将疑，又找一位富有农村生活知识的女士核实。她很认真，其经验得到母亲确认后，才回复："在您提交问题的时候，我也回想起童年遇见的情景，随后又向家母求证：雏鸭握于左手，腹部朝上，成仰卧状。右手大拇指和食指配合着拨开肛门周边的羽毛，轻轻张开肛门，使其外翻，若有肉疣状器官，就是雄的。"据此，如有机会，我也可以尝试了。

真是奇怪，此时竟想，退休之后，重操旧业——当然不是放半番，而是放蛋鸭；不过，安居附近要有一片水田——那才是蛋鸭的极乐世界，遗落田间的鸭蛋，兴许还会给别人以惊喜呢。

如果也相信"要想富，换肠肚"这一谶语，从此也茹素，可能也会出现福清"食菜屇"主人养鸭那样的奇迹——100只蛋鸭，每日生蛋近 200 枚！

陈家恬，中国作家协会会员，现任永泰县政协党组书记、主席。由作家出版社出版农事主题散文《日落日出》、孝道文学长篇陪护日记《将心比心》，《日落日出》获福建省政府百花文艺奖一等奖、林语堂散文奖等。

"天神"的守望

◎ 周而兴

海坛岛位于台湾海峡西岸的突出部，海边的岩石长期经受风浪的冲刷侵蚀后，形成了千姿百态的海蚀地貌，被誉为"海蚀地貌博物馆"。

近年来，随着平潭两座跨海大桥的陆续开通，便捷的交通，让我亲近了主岛上不少惟妙惟肖的奇岩怪石。海岸线曲折绵长，岛礁星罗棋布，于我而言，短期内那些小离岛是走不尽的，礁岩是看不完的。更多的奇岩怪石，只好在心里与它许下了约期。

一

"五一"清晨，再次踏上"寻岩探石"的征程。

渡轮驶离码头，渐渐进入台湾海峡，身后的海坛主岛轮廓越来越小。置身于宽广无垠的大海，海风轻拂，波澜漱滟，旖旎的风光令人身心放飞，世间的喧嚣与内心的疲惫已然消却……

突然，海上刮来一阵季风，浪花翻腾飞溅，轮船左右摇摆。

走在雨和雨的间歇里

虽然，我生于海岛，从小在海边摸爬滚打，喝着海水长大。然而，毕竟久居都市，自平潭海峡第一座跨海大桥开通后，已有十多年的时间没有乘坐渡轮了。不用说，在汪洋大海之中，一艘万吨货轮如同一片叶子，随时都有被汹涌澎湃的海浪吞噬的可能；更何况我们乘坐的这只小型渡轮呢？这么一想，我的心骤然担忧了起来。于是，双手紧紧抓住扶手，身子随着摇摇晃晃的轮船，徐徐前行。

渡轮的马达声隆隆作响，可是漂浮于茫茫大海上，远处的参照物渺茫，感觉中渡轮没有什么进展。大约经过一个小时，前方海面上，原先隐隐约约的一座扁长形的岛屿渐渐明亮起来，而且越近越大。于是，一颗悬浮的心，渐渐地踏实了。

这就是塘屿岛，它与海坛岛周边一百多个的小岛礁一样，犹如一粒粒璀璨的珍珠散落在广袤的东海上。

放眼望去，氤氲的雾岚缭绕着塘屿岛上空，仿佛给岛屿披上神秘的面纱。

这次，我要上岛探访的是仰慕已久的"海坛天神"石像。它与主岛上的"石牌洋"石帆，并列称为平潭岛奇石的"双绝"。

二

"海坛天神"最易远望，那一尊在雾岚中若隐若现的神人，卧躺在海滩上。

天神是海风和海水侵蚀的佳作，周身均为花岗岩球状风化造型，如此巨大的球状风化石，造型惟妙惟肖，体态栩栩如生，天下罕见，令人赞叹。

天神头枕金色沙滩，双手平直，双脚伸入东海，素面朝天，双目微张。晨观旭阳出海，浪涛盈耳；暮伴孤星寒月，"蓝泪"流萤。让人着迷，引人遐思。

这遐思，穿越时间与空间。天神任凭狂风巨浪、烈日骤雨，不曾动摇。默默守望，阅尽了海坛沧桑而又生动的历史场面。这一个个历史场面，一桩桩生动故事，既有沉重惨烈的，也有明朗欢快的。都在这浩渺的海湾，被一片片粼粼的波光照拂，被一阵阵渺渺的涛声吟诵，在慈祥的天神跟前演绎着。

诚然，天神目睹着上古年代先民蹈风涛，越浊浪拓荒孤岛，耕地捕鱼，薪火绵延；目睹着倭寇袭扰，掠夺劫杀，戍边将士与民众英勇抗敌；目睹着海坛"六次沦陷六次光复"，"两次武装解放"的光辉历史；目睹着这里邻近台湾、福清、莆田三地，在 20 世纪 80 年代是大陆最早的"台轮"停泊点，见证了曾经作为对台贸易先行者的荣耀与繁华……风起云涌，潮起汐落。新的时代、新的故事还在延续。时下，但见海滩上游客熙攘，人头攒动……

伫立天神石像边，环视四周，石像的西侧和北侧，有三个碧绿的小海湾。时值夏初，清风和煦。曼妙的海湾，洁白的沙滩，轻扬的浪花，令人心旷神怡。岸边峭壁礁岩雄奇险峻，岛上还有八仙围棋石、木鱼石、锣鼓石、得炉石、船帆石等海蚀造型景点，它们巧妙地组合在一起，浑然天成。来此观石、滑沙、

走在雨和雨的间歇里

拾贝、游泳、垂钓，独有一番回归大自然的情趣，不愧为度假的好地方。而天神卧躺在海边，守护着一方安宁。

自然，慕名而来的并非都是游客，探访奇岩怪石者有之，更有求子者。

海岛上地瘠田少，岛民只能向海而生。然而海风肆无忌惮，海上谋生艰辛。在岛民的心目中，再大的船也只是浩瀚大洋中的一叶浮萍，而再小的岛屿也是一个坚定不移的陆地。

海坛有句俚语："风细（小）砧板声，风透（大）啼猫（哭）声。"肆虐的海风，时刻威胁着渔民的安危。传说早年渔民出海之前都会到"石牌洋"或"海坛天神"上祭拜，以求风平浪静，护佑一帆风顺，满载而归。这样，夜晚海湾上石厝里渔火点点，渔家人黝黑的脸上才闪烁着喜悦的笑颜。

当然，出海捕鱼需要强壮的男子，出于传宗接代与捕鱼需要男人的缘故，渔家人希望多生男孩便是天经地义的事情。而"海坛天神"形如男性特征的风化岩体，自然成了渔家人传宗接代的膜拜物了。

三

因了惊诧于大自然造化众多"象形石"的神奇，给我的视觉与心灵带来了强烈的冲击。于是，一种莫名的欣慰或忧思油然而生。有时，不由得从中去寻觅与探究其在光阴深处的故事，并思索这些奇岩背后可能蕴含的隐忧。

此时，我不禁叩问，大自然造化了庞大的"海坛天神"，为什么让他位于边陲的塘屿岛？抑或，当初玉皇大帝为了让天神躲开芸芸众生的熙来攘往，刻意将天神搁置于远离喧嚣的小离岛？还有，"海坛天神""石牌洋"日夜守护海岛，默默地庇佑岛民的安宁，那世人应如何让他们也得到安宁的呢？

都说"爱到天荒地老，海枯石烂"。然而，在现实生活中，自然界变化无常，海水也会枯竭，石头也会毁灭。随着海坛岛旅游的越发炽热，观赏类似"海坛天神"等奇岩怪石的游客日益增多。无疑，引发出人们对如何守护好这些大自然馈赠海岛瑰宝的担忧。曾经因人为或自然原因，使平潭不少优质象形奇岩怪石，出现过毁灭或面临损毁的现象。譬如，早年位于岚城东部，比著名的东山县风动石更为奇绝的平潭高坪山风动石，已经消失了。在20世纪海岛大兴建造石厝时，曾经有人盯上了"石牌洋"的石帆，幸好被及时制止，免了一场人为破坏的劫难，目前石帆上还遗留有采石凿开的炮眼。还有，近期有些海滩上发现了疑似盗采精美鹅卵石的行为，令人忧心忡忡。

当然，也有部分岩石长期遭受海风冲刷，风化日益严重，导致岩石的表层逐渐脱落，如果不及时予以防护，将渐渐毁于风蚀，最终丧失了观赏价值。

记得作家萧乾说过："人生就是一次不带地图的旅游。"虽然，目前我尚未知悉完整的平潭奇岩怪石分布方位，那又何妨？大自然鬼斧神工之杰作其妙无穷，使自己能在闲暇中且跋涉、且顿悟，聊以浅白之文字记录探访感念。

周而兴，中国金融作家协会会员，福建省作家协会会员，福州市台江区作家协会秘书长，在《福建日报》《两岸视点》《海峡乡村》《平潭时报》等报刊发表文学作品。

"追泪"人

◎ 丁彬嫒

入夏，南风天，涨潮的夜晚。

这是一年一度"蓝眼泪"即将爆发的季节。

水和微光，都攥在了大海的掌心，一群人窸窸窣窣出现在沙滩上，出没在朦胧夜色中，等待一场梦幻大戏的上演，他们掌握了这样的规律，仿佛握住了一把钥匙，打开与大海、与天际以及与本我的对话，他们也因此收获了一个雅称——"追泪"人。

这些人争相追逐的"蓝眼泪"，其实是一种海底微生物，它靠寄生在海水中获得能量生存，但当它们被海浪裹挟着冲上岸时，离开海水的它们，只能够生存不到 100 秒，随着能量的消失，蓝眼泪的光芒逝去，它的生命也就结束了。百秒的生命比鱼儿七秒的记忆更显浪漫和凄美，更何况是这让人如痴如狂的壮美百秒。

尽管"蓝眼泪"存在已久，但也是近几年才被大众所认知，尤其是平潭"蓝眼泪"的几次曝光，撩得五湖四海的看客欲罢不能。微信朋友圈这时候发挥了"烽火台"的效用，有"追泪者"

探得蓝眼泪之行踪，便往朋友圈一发，零星一两颗"蓝眼泪"也能点燃四方看客狂热的心，收到"烽火台"的情报，岛内岛外的人群纷纷从四面八方闻风而来，有些人不惜连夜驱车几个小时赶往岛内一探究竟，但到了地儿，大片"蓝眼泪"奇景已经消逝了，岛内群众已经一饱眼福回家回味，留下岛外看客心碎一地。这奇景并不是天天有，有些人早早看好了天气预报的风向和潮汛，提前来蹲守，但即使满足了一切必备条件，仍是可遇不可求，抱憾而归的也不在少数。

平潭老一辈的人，看到年轻人对此情此景的痴狂，头都"摇掉了"，觉得这一个个小年轻都"癫了"。"蓝眼泪"之于他们，可能更多的是年轻时为了讨生计，与海谋生、与夜为伴的见证者，早已是司空见惯，眼前这再平凡不过的景象，却被现在的年轻人当成宝竞相追逐，他们真的无法理解。

平潭"蓝眼泪"季节在4月后，以我多年来对它的观察，得出了自己的一套"追泪宝典"，虽然不是百发百中，却也屡试不爽。反正就是记住，在春夏交接的首个南风天和涨潮的起雾的夜晚，多是"蓝眼泪"爆发且规模最大的一次首秀，能在这些条件都满足的情况下，邂逅"蓝眼泪"的概率极高。在首秀之后的初夏的若干个南风天夜晚，也时不时会来一场或大或小的"蓝眼泪"秀，到了盛夏，就变得极少了，很难才能遇上一次。

在平潭，坛南湾、龙王头、猴研岛、长江澳、流水镇北港村、大福湾等绝大部分海域都能欣赏到"蓝眼泪"美景，这几个点是重点蹲守地，当然还有一些不为人知的隐秘观赏点还未被挖掘。坛南湾作为未来一个重点开垦的"处女地"，海岸绵延22公里，环境优美无污染，湾内海域辽阔、岸线曲折，前几年光污染影响小，是观看"蓝眼泪"的最佳位置之一。2013年初夏，岚岛首批"追泪"人就是在这里，捕捉到"蓝眼泪"的神秘身影，揭开了它的神秘面纱，而我也有幸成为他们中的一分子，为首批"蓝眼泪"美照的问世贡献了极大的力量。

那一年，我还在平潭一家报社工作。某个南风天的夜晚，众人料定了有"蓝眼泪"出没，摄影记者们准备到坛南湾碰碰运气，他们早早准备好了"长枪短炮"，计划好一宿的熬夜拍摄，我也跟着出发了，一起见证和记录下这梦幻时刻。

在坛南湾的夜空下，我们在海边静坐，听着潮水温婉地拍打沙滩，聊起天南地北的话题。夜渐渐深了，天空的额际涂染了一道光晕，南风天加剧了咸湿空气的黏稠度，全身仿佛罩住了一层海水。不久，海水偷偷打湿了静坐的双脚，开始涨潮了，"眼泪"真的来了，闪烁着蓝色的微光，用手捧起，可以明显感觉是晶体状，仿佛是生活在海里的萤火虫，它们与海浪同行，有些被挽留在了沙滩上，失去了海水的庇护，只剩下百秒的壮美。这是一次很小规模的"眼泪秀"，即便是这样，也让我们激动不已。在沙滩上流浪的"蓝眼泪"，渐渐失去光芒而开始黯淡，用脚轻踩，又亮了起来，亮度能保持几秒，我们开始把玩，碾碎的"蓝色眼泪"在沙滩上碎成了一道蓝光熠熠的涟漪，与沙子混为一体，难怪它的英文称为"blue sand"。

这些梦幻的微弱的光芒，不成规模，显得零散，肉眼尚可欣赏，但手机就拍不出来了，就连专业单反相机也遇到了技术难度。那怎么办？总不能就这么回去吧，这么美妙的景致竟无法刻录下来，未免遗憾。突然有人一拍脑袋，既然"眼泪"轻踩可以发光，那何不几个人同时在沙滩上用脚轻踩且滑行？这样不就有了成片发光的"眼泪"了吗？所以接下来的画面就是，听着摄影同事的指挥，我们在镜头前，在沙滩上"哼哧哼哧"快速来回晃动身影，用脚"唤醒"着"眼泪"，终于，镜头成功留住这几秒的蓝色记忆。照片定格在，沙滩上星星点点的蓝光，与天际的光晕互衬，这些"眼泪"仿若浩瀚的银河星空，第二天随着报纸和网络的传播，这些"蓝眼泪"照片一度引起了轰动，并上升到"阿凡达"美妙世界的高度了。殊不知，那些美妙的奇景，是我们踩出来的，所以刚才说的"贡献了极大力量"并不是空穴来风夸大的。追泪成了踩泪，这是无奈之举，就当是一次与"蓝眼泪"的击掌为盟吧。

第二年，"追泪"小分队继续行动，这次是在龙王头遇到了大规模的荧光海，半夜十一点多，收到情报，本已经准备入睡的小伙伴们，速速穿了衣服就出发了。如果你看过《少年派的奇幻漂流》，你一定记得这个画面：深夜，少年派的小船孤独地漂浮在茫茫大海上，海面泛出点点蓝光，像极了蓝色星辰，如梦如幻。这样奇妙梦幻的荧光海，就真真切切地出现在那晚的龙王头海域。岸边的岩石被蜂拥而至的"蓝眼泪"包围，仿佛镶嵌在岩石旁边的蓝宝石。丢一块石子，海面泛起一圈圈荧光粼粼的蓝色涟漪，让人震撼，规模之大，连手机都能很清楚地拍摄出来。我走在沙滩上，这时已经开始慢慢退潮了，大片的"蓝眼泪"随浪潮而去，部分渗透在沙滩上，我从岸上奔跑而来，想要追逐即将离去的"眼泪"，在黑夜里，我惊奇地发现，每走一步，脚下就生出了梦幻蓝紫色的流水状发光经络，天啦，那一刻仿佛就像踩着银河，一个人安安静静独享这份天赐美景，心情久久不能平静。我当下就发现了，这一次的流水状"眼泪"与此前遇到的晶体状太不一样了。原来，这其实是"夜光藻"，它们是甲藻门的一个海产属，藻体近圆球形，当大量"夜光藻"积聚时，晚上便会发出蓝色的光，产生美到不可思议的奇景。有一种说法是，晶体状"蓝眼泪"和"夜光藻"都称为"蓝眼泪"。

不用说，这一次摄影师们完成了对"蓝眼泪"的完美诠释，他们的作品迅速传遍大江南北，平潭"蓝眼泪"也一炮而红，更多的人蠢蠢欲动，想要来一饱眼福。甚至有热心者，时刻关注天气预报，制作出详细的"蓝眼泪"预测图，将风向、潮汐、预测观赏地点和时间分析得头头是道，表格一传十，十传百，"追泪"的队伍愈发庞大。

追的人多了，也让我惆怅。每有人在网上发布"蓝眼泪"行踪，岛上的群众就沸腾起来了，岛上已经拓宽的道路也承载不了成千上万的痴狂之心，总在"眼泪"现身之际堵成了沙丁鱼罐头，而这时候，"蓝眼泪"正隐匿在繁杂的喧嚣中，屏息凝神。

多年后，当我再回平潭"追泪"时，发现真的很难追上。

因为但凡哪里被发现有"泪"，经微信一传播，通往那个地方的路很快就堵了。记得某日夜里，朋友圈里说坛南湾有"泪"出没，我就和朋友驱车前往，顺着环岛路一路冲刺，到了坛南湾入口处，发现附近的路边已经停满了车辆，估摸着车子估计是开不进去了，朋友就近找了个空位停了车，然后跟着人流徒步前进，走到一半，发现人潮开始回流，拦住一个问，说是没有了快回去吧，心顿时凉了半截。

这几年，随着微信、抖音等平台的宣传，平潭"蓝眼泪"名声大噪。在福州工作时，有位书友问我，平潭的"蓝眼睛"真的好看吗？我当下被她这一名词吓到，我知道她要问的是啥，但很快我脑海里的梦幻景象就被满沙滩的蓝色"眼睛"所替代，甚是可怖，我赶紧纠正了她，随后又想起鲁迅先生所写《论照相之类》中S城的人谈论洋鬼子挖眼睛腌在缸里，"一坛盐渍的眼睛，小鲫鱼似的一层一层积叠着"，"蓝眼睛"一词给我的冲击，大概不亚于这状如小鲫鱼的盐渍眼睛。

平潭本地自媒体"坐享平潭"还组建了微信追泪群，"追泪"队伍不断壮大，已经增至7群，还在源源不断地增加。我在群里了解到，现在大家将"蓝眼泪"趣分为"手动挡"和"自动挡"，用石头、用手等需要借助工具才能使"眼泪"发光的是"手动挡蓝眼泪"，随海浪涌动、拍打岸边而发光的是"自动挡蓝眼泪"，同时，根据规模大小，"蓝眼泪"也被民间分为了五等，从微量的一等，到大爆发的五等，一二等相对常见，五等的奇景就真的可遇不可求了。

我的老家在平潭澳前镇猴研岛度假区内。凭借"祖国大陆离台湾最近的 68 海里"名号，猴研岛这两年的旅游热度越来越高，每逢节假日老家房子前的路就被车流和人流堵得水泄不通。房子长久闲置，故装修成民宿，由母亲打理。四五月，正是平潭"蓝眼泪"高发期，今年五一期间，家里的民宿陆续入住了北京、江西、贵州、上海、广州、成都等地的游客，都想一睹"蓝眼泪"的真面目。其间，澳前码头断断续续都有少量的"手动挡蓝眼泪"，码头能被找到的石头都扔光了，没有石头就只能看着湖面干着急，有人想到妙招，找来了长长的绳子，将石头牢牢地绑在绳子一端，这样扔到海里的石头还可以回收回来，反复投掷，多次欣赏。5 月 4 日晚 9 时许，民宿附近的观音澳出现了较成规模的"蓝眼泪"，我在微信告知了楼上的游客，没过几秒，楼梯响起"噼里啪啦"的拖鞋声，游客正从楼上冲下来，大喊，眼泪在哪里！风一样的速度惹得我们哈哈大笑。

诚然，平潭的美不仅限于"蓝眼泪"，碧海、蓝天、石头厝……都能让人钟情。"蓝眼泪"就好似一把钥匙，在不同时空打开了平潭之窗，广袤、清新、素朴、神秘、灵性的平潭，便悄然进入到全国乃至全球的视域，吸引着大家纷纷来到这个素有"海蚀地貌甲天下,海滨沙滩冠九州"之称的岛屿探秘，像诗人一样。

丁彬媛，现供职于福州市文联，福建省作家协会会员，作品散见于各类报刊。

走在雨和雨的间歇里

像木麻黄一样守望

◎ 欣 桐

1

不知道为什么，每次回冠山村，看见村口那一段遮天蔽日的木麻黄所形成的"人"字形的丛丛绿色，我总会将车速慢下来，再慢下来。四周寂寂无人，仿佛这一片深黛色的林海，只为等我来。

海风调皮地在林间绕来绕去，吹得林子沙沙沙地响，阳光在路面投下斑驳的光影，林畔的老石厝映在这斑驳里，让人心里莫名有了一种柔软的感觉，如同游子久不归乡，见到熟悉的景物，听到熟悉的乡音，岁月就在这光影里重叠起来。

木麻黄，许多年前初闻这树的名字，觉得一股土气，树型也没有特别之处，春来不发芽，落叶不惊秋，一年四季除了深黛的绿，毫不起眼。安居平潭后，最经常走的一条路线是娘宫港—城关—中楼乡—冠山村，在这一条路上，无数的木麻黄，陪着走过寒暑春秋。

记得有一年台风过后，我发现一对喜鹊在一棵木麻黄树梢垒起窝来，一天，两天，三天，这两只喜鹊飞进飞出，用嘴左缝右补。它们头碰着头，叽叽喳喳的声音，似乎在商量等"新家"造好后，计划生几个宝宝吧！

那一段时间，我如同一个偷窥者，时常定定地望着不远处努力垒窝的鸟儿，感慨不已。它们一会儿衔来一根树枝，一会儿衔来一块碎布，经过二十几天的辛勤劳作，慢慢地一个密实的巢形成了。那个椭圆形的草窝，在高高的树杈间十分醒目。成年的木麻黄树可高达20米，甚至30米，原来喜鹊选择高且有分杈的树，一是为了防止爬行动物上树，二是筑巢更为稳固。

从秋到冬，这对安家于木麻黄树的喜鹊，令初到异乡的我，生出一种愁肠百结的心情。这对双栖双飞的鸟儿，天天在我的窗前"撒狗粮"。而为了爱情投奔海岛而来的我，守着这片海，这个岛，等待他也能为我们筑一个巢。

因为这对喜鹊，我喜欢上了外形并不出众的木麻黄。

早年从娘宫港到城关十几公里的路上，长满了高耸笔挺的木麻黄，特别是那围着厚厚篷布的"天目山"三轮车行在这木麻黄林中，车子后面的踏板都挂满了后生仔。记得经过跨海村有一段弯度极大的路，木麻黄树枝茂密得很，每个坐在车屁股的后生仔，都要歪过头躲避那树枝碰到头，而车子如同一个患了严重肺病的老病号，发出"硿硿硿"的喘息音。车子随着路面的坑坑洼洼，东倒西歪，艰难地行进，吊在车后的后生仔，被这颠簸抖得受不了。

多年后我与平潭籍导演丁小明聊起他早年拍的《漂流瓶》，

又名《杨子的夏天》这部电影，里面木麻黄和大海还有捕鱼的场景，是每个海坛儿女童年最深的记忆。

2

那些年，我经常在这木麻黄树林中穿行，自然留意它的来历。

原来，这种树种 80 年前从澳大利亚引种到中国，成为东南沿海海岛防风固沙的生命树。

翻开《平潭县志》，大事记里有一则记录："乾隆十四年（1749），大风成灾，海沙随潮壅上，近海乡村悉遭压废。"

寥寥数语，记录了平潭风沙之大，生态之恶劣。"狂风过处风沙起，一夜沙埋十八村"成为平潭妇孺皆知的典故。

平潭四面环海，历史上有五大风口——长江澳风口、燕下埔风口、远中洋风口、流东风口、流西风口。大面积的迎风口沙荒，成为困扰平潭发展的生态难题。"平潭岛，平潭岛，光长石头不长草，风沙满地跑，房子像碉堡。""平潭有三多，风多、沙多、石头多。锅里能有一斤米，锅下难烧一把柴。一夜台风飞沙石，千亩良田被淹埋。"平潭当地流传着不少风沙灾害民谣，诉说着平潭岛曾经的贫穷与无奈。

20 世纪 50 年代，平潭开始实施海岸基干林工程，即在最高潮水线向岸上延伸 200 米地带，植树造林，防风固沙。

在这场持续多年声势浩大的植树造林活动中，有一个带头人，那就是时任平潭县委书记白怀成。当年他还兼武装部及平潭驻军守备团政委，平潭人亲切地称呼他为"白政委"。

1952 年，这位山西来的干部，和下乡的知识青年一样怀揣绿化平潭岛的梦想，开始了筚路蓝缕的"绿岛征程"。

时年 37 岁的白怀成，豪情满满，憧憬着十年内要让荒岛变绿岛。他这样想，也这样做。据当年参与植树造林的老人回忆，白政委和干部职工一起深入田间地头，到五大风口实地调研，了解风沙的走向，寻找适合的树种，如黑松、相思树、木麻黄、杉木、川楝、苦楝树、柠檬桉等树，这些树种按地貌土壤试种，以观最终大面积种植的成效。

当然十分不易，树种下去，死了一拨再种一拨，经过反反复复的摸索实践，形成了黑松与杉木混植的方法。这种原产于日本的黑松，有一种特殊的繁殖、更新能力，只要几年，母树林下就会自然育出第二代幼林，当年引种成功后大面积在平潭推广。

另外就是常绿的相思树与木麻黄的混植。相思树较矮，植于山峦之间，木麻黄较高，则植于相对平缓的风口地带。

平潭的相思树源于台湾，故称台湾相思，据记载最早是清末平潭商人从台湾带回。日本占领台湾期间，对树种控制严格，平潭商人从台湾返回，每次只能在粮食中偷偷夹带少量种子。《平潭县志》记载，民国十四年（1925），原北厝镇半山顶自然村人林斗宝一次从台湾带回 5 公斤相思树种子，在七里埔创办育苗基地。

平潭林业发展服务中心相关负责人王平介绍："1952 年至

1956 年，平潭造林树种仍以相思树为主，并从外地调进木麻黄等树种。1954 年平潭开始大量引种木麻。全球木麻黄科有 60 多种，福建主要种植的是细枝、短枝和粗枝木麻黄 3 个品种。这种树不怕风、不怕沙、不怕旱、不怕盐碱，生长迅速，即使被海水浸泡，也不会死亡，生命力极其顽强，因此成了岛上种植最为广泛的树种。"王平说，木麻黄属深根性树种，扎根深，枝叶柔韧，抗风力强。木麻黄的根系带有菌根菌，能固定空气中的氮素，供应树木生长需要，能够在连草都无法生长的沿海流动沙丘上生长，并改良土壤。

在许多人的口述中，我们眼前浮现白政委的形象，他率领全县林业科技人员，一步一个脚印，探风口、查沙丘、绘地形图，最后试种抗风、耐旱、耐盐碱的木麻黄获得成功，开启了平潭岛植树造林、防风固沙的动人篇章。

许多年过去了，如今在连绵蜿蜒的平潭海岸线上，成片的木麻黄林犹如忠诚的绿色卫士，守护着海疆生态。

从中华人民共和国成立到 2020 年，整整 71 年过去了，一代一代人，为了平潭岛的生态建设，谱写了一曲青春之歌，在这悠扬的歌声背后——2019 年，平潭揽获国家森林城市这张生态名片。

"功成不必在我，功成必定有我"——粤 501、粤 701、粤 601、平潭 2 号、惠安 1 号、A13、莆 20、闽平 2 号等，这些木麻黄树种，如同一代代植树人一样，可能并不被世人所知，但它们已成为平潭绿化史上的一个符号，一种精神象征，就像白政委虽然离开平潭，离我们远去，但一念及木麻黄，海岛人都会说，看到木麻黄，就想起白政委啊……

3

现在行走在平潭，各个澳口、海岸都能见到木麻黄的身影。这层层绿林，如同绿色长城守护着海岸线。

"如果你带一根它的树枝上船的话，哪怕是再短再小的一根，也必定会招来顶头的风。"偶然读到英国小说家毛姆的短篇小说集《木麻黄树》，他在描写木麻黄时这样写道。毛姆在自序中认为其可以概括东南亚的英国人，"（忆起故乡的植物时）他们发现这种在严峻环境中依然恪守自己职责的坚韧树木，正是自己流落他乡异国的生活的象征。"

如同毛姆小说中所言，木麻黄这种原种在澳大利亚的树种，80 年前漂洋过海来到中国，除了要适应异乡的环境，还要适应当地的气候等，才能从幼苗长成大树，这与他在《木麻黄树》中表达的"异乡"与"在地"、流浪与归宿如出一辙。植物也有故乡，与人没有两样。

白云苍狗，云卷云舒。

从青年到中年，我在这个岛上定居已整整 25 年，岁月偶然带我到了平潭，如同落在岛上的一粒木麻黄种子，扎根于斯，成长于斯。时常错觉我本就是这岛屿上的"诸娘子"，讲一口流利的地瓜土话，从疏离到融入岛上的风土人情。一年又一年，岛上的独特文化吸引着我，慢慢地熟悉了这山，这海，这风景。这些年变身平潭文化的"导游"，一遍又一遍地向岛外的客人们诉说着平潭故事。

欣桐，本名余小燕，中国作家协会会员，鲁迅文学院福州研修班学员，著有散文集《指尖起舞》《萤火流年》《坛中日月长》，平潭民俗文化专著《行走海坛》《海坛掌故》《平潭行旅》等，现任平潭时报社专副刊部主任，平潭作家协会副主席。

像木麻黄一样守望

乘船出岛高考记忆

◎ 张飞舟

一年一度的高考开始了！看到一批批应届高中毕业生整装赴考，以及社会上"安静待考""爱心送考"之类的温馨画面，不由得让我联想起56年前，也就是1965年参加高考的情景。

1965年7月10日至12日，我作为平潭一中应届高中毕业生，与全校参加高考的72位同学一起，乘船跨海，前往福清县城参加高考。平潭县考生为什么要去福清县赶考？我猜想，一则因为平潭岛孤悬海中，风大浪急，交通不便；二则当时平潭全县只有一中这所完全中学，每年应届高中毕业生充其量也就只有100多人。

因为担心可能受台风等恶劣天气影响开船，我们这批参加高考的同学提前几天到福清县城。出发的那天早晨，全体考生在班主任及相关科任老师陪同下，从平潭一中出发，乘坐部队大卡车直达娘宫码头。我们每个人除了带齐笔墨文具和复习材料外，还要备好自己的日常生活用品，包括被单、草席、脸盆、蚊帐等。当时塑料拖鞋稀罕，有的同学还带了木屐。

上午9点许，我们乘坐上娘宫开往对岸小山东的机帆交通

走在雨和雨的间歇里

船。这条机帆交通船是当时出入平潭岛的唯一交通工具，每天只有一个航班。那时，两岸的乘客分别乘坐客车到达码头，换乘机帆交通船过渡，到岸后再换乘接驳的客车。我们出岛的那一天，海坛海峡风浪不算太大。但这里是峡口瓶颈，风尖流急，无风也有三尺浪，机帆船摇晃得厉害。因为绝大多数同学都是第一次乘船出岛，因此多位同学感到眩晕，有的女同学一开船就呕吐起来……那个年代，因出入岛承受晕船呕吐之苦的平潭人及旅客不在少数。

机帆交通船到了对岸福清县小山东渡口后，我们分别乘坐早已等候在码头上的军用卡车，就一路直奔福清县城。啊，外面的世界真精彩！同学们或席地而坐，或手攀站立。不一会儿，大篷车内就笑声朗朗，歌声嘹亮，充满豪迈的青春气息。高考之前，母校平潭一中全面加强考生的思想教育工作，同学们也都做好了"一颗红心，两种准备"。

到了福清县城，立即投入紧张的考前准备，谁也顾不上去看一眼街景风光。我们的住宿点安排在福清卫校，而高考考场设在福清一中。大家每天早出晚归，直至完成三天高考任务。50多年后，老同学们回忆这次出岛高考时，都还记得母校平潭一中为我们准备的餐食不错！每餐都有白米饭，还有"四菜一汤"。要知道，当年我们来福清赶考之前，在平潭一中食堂长期吃的是个人炖饭。多数同学的主粮就是红薯或地瓜干，至于菜吧，多为咸鱼、萝卜干。

当年的高考科目，文史类为本国语文（一）、本国语文（二）、政治常识、历史和外国语。本国语文（一）为作文，题目是：1.给越南人民的一封信；2.谈革命与学习；考生任选一题。本国语文（二），为两段文言文，要求将其翻译成现代汉语。当年各科成绩满分均为100分，文史类总分满分是500分，其中包括作文100分、古文翻译100分。理工类总分满分是600分，考试科目为本国语文（一）、政治常识、数学、物理、化学和外国语。

记得设在福清一中的高考场室井然有序，肃然安静。每位考生单独一张课桌，监考老师不时巡查。每个考室前面都有时钟。但为了合理安排时间，我考前就向在平潭海带场打工时认识的一位陈姓朋友借了手表。其时正逢酷暑高温，考室内没有电风扇，但大家埋头答卷，寂静无声，似乎也都忘了闷热。不过后来听说，有几位"拔尖"的理科校友，因天气太闷热而引发感冒，从而影响了正常发挥，未能如愿考上全国一流名牌大学。

母校平潭一中对这届高考十分重视。高三这年，根据学生数和教学需要，分成文科和理科两个班。并安排富有经验、水平最高的优秀教师担任教学。学校在思想教育工作中，突出"一颗红心，两种准备"，但要求每个学生都要努力考出最好成绩！

就我个人来说，早已征求母亲意见并获同意：如果考不上大学，全家人就迁移到永泰山区。为什么有这个念想？因为平潭人多地少，当时邻村已有人举家迁移永泰。而实际上最主要的原因，还是要解我们孤儿寡母受人欺辱之困扰。伴随着高考

走在雨和雨的间歇里

时间的一天天临近，村里个别人的"嫉妒恨"情绪越来越严重。我的父亲于1959年病逝，姐姐在父亲逝世"百日内"出嫁。母亲带着我们4个孩子，日子过得十分艰难。一天，生产大队张榜公布全年救济名单，其中包含给我家的5元救济款。但有人却在救济名单中，把我母亲的名字撕掉了！他们明目张胆地说："困难？困难怎么还要读书？怎么还不回乡劳动！"更有甚者，生产队在分红薯时，因为我家工分不够（其时弟妹年幼，主要靠母亲这个强劳动力），一个"工头式"的彪汉，蛮横无理地把我母亲的竹篓子踢飞了！母亲为这些事伤心透了！我很清楚，这一切都是冲着我考大学而来。我们这座小乡村位于狭长半岛的岬口。当时在这个半岛20华里范围内，还没出现过一个大学生。"嫉妒恨"的人，不甘愿我们这个最贫困家庭能出个半岛范围内的第一个大学生。但我暗下决心：为了养活母亲，我一定要考上大学！然而，凡事预则立。万一呢？万一考不上大学，全家就迁到永泰山区去！

此外，为了不影响总复习，高三上学期我就把受折磨许久的蛀牙拔掉了。拔牙是在平潭县城古街南街的一家私人牙医诊所进行的。为了减少麻药带来的"副作用"，我要求牙医不上麻药。牙医惊奇地问："你不怕痛？"我斩钉截铁地回答："我不怕！"牙医没再说什么，他小心翼翼地帮我挖出一颗蛀了一半的后牙。我至今还记得牙医使用小铁锤、小锥子敲打蛀牙烂根的叮咚声响……事实证明，我的这种省钱拔蛀牙的决定是正确的。但没有想到的是，待到大学毕业拿到工资想去补牙时，医生却告诉我："牙床两边的牙齿，基本上把那颗蛀牙的空间挤满了！"

由于做好了考不上大学搬迁去的思想准备，又加上解除了蛀牙疼痛的长期困扰，我就全身心地投入高考总复习。当时的平潭一中，除了受极"左"思潮影响、在考生个人政审上存在"唯成分论"倾向外，政治空气较为清明，教学氛围民主自由，尤其关心贫困学生。我作为全校最贫困家庭的学生之一，不仅享受学杂费全免，还领到学校难得的助学金。班主任多次深入农村家访，耐心地做我母亲的思想工作，鼓励我要努力考上大学。在学校领导和老师们的关心鼓励下，我振奋精神。每天清晨天未大亮，我就起床独自绕到校园后山。所谓后山，其实就是树木稀疏的土坡。这里曾是荒冢野地，"鬼影"绰绰，因此来人很少。清晨，我在这里背诵、朗读，等待初升的太阳，常常感到心旷神怡。

作为文科班的学生，除了积极参加课堂教学活动、认真完成老师布置的作业外，我还经常上学校图书馆。我关心国内外时事，每天必看报纸刊物。这次高考作文，我选择了《给越南人民的一封信》。由于平时关心了解这方面的时事，我便即兴写了《给越南南方青年的一封信》，阐述了一位中国青年的立场和观点。在练习古文翻译方面，我几乎把平潭一中图书馆内《古文观止》系列的文言文藏书全都翻过一遍。我还土法整理出文言文中"一字多义"等方面的例句，把它制成数万字的"古文笔记"。在这次政治常识、文言文翻译、历史等科目考试中，母校图书馆内的藏书和报刊，对于完善我的答题也都起了积极作用。

高考一结束，我们就立即从福清县城乘军用卡车直达小山东码头。然后，又转乘机帆交通船回到平潭娘宫码头。我家就在娘宫码头附近的小山村，于是就在码头上与老师和同学们挥手告别。回到家见了母亲，我不爱多说高考的事。但从母亲口中获悉，村里的社员正在附近海上滩涂洗乌鲇（一种含有海瓜子的土肥料）。

于是，我二话没说，抓起工具直奔村前的那片海、那片滩涂地……没有想到，我还在海上烂泥中挣扎向前时，忽然感觉脚底下踩到软软的还会蠕动的东西。我急忙弯下身子，从海水中拖出一对连泥带水的海鲨。这是我生平第一次捉到海鲨，不由得开心地笑出声来。附近的几位农民兄弟连声说，这是个好兆头！你的高考一定会被录取！

8月上旬的一天，乡村邮递员来了！说是有我的一封挂号信，需要我签字。我打开一看，原来是厦门大学中文系的录取通知书。说实在的，我当时并不是特别兴奋。因为我报的第一志愿是中国人民大学历史档案专业，我太爱首都北京了！我的第二志愿才是厦门大学中文系呀！后来我上了厦大后才听说，中国人民大学历史档案专业招生对象，基本上都是中共党员，许多人还是被保送去的呢！

不久，高考统招结果就全部发榜了。感恩母校！感恩老师！平潭一中72人参加高考，37人被录取。其中，文科9人、理科 28 人，录取率超过 50%。尤其是录取全国重点大学的校数和人数都是平潭一中前所未有的。

8 月底的一天，按照厦门大学新生报到的要求，我与同样录取厦大的林正武（历史系）、翁绳腾（数学系）两位同学一起，结伴同行离开了平潭岛。我们每人花 3.65 元买了一张平潭到福州的客车票，在平潭娘宫码头会合后，依旧搭乘机帆交通船到对岸的小山东，然后再换乘开往福州的客车。只是车到闽江岸边时，乘客需要下车，然后连人带车再摆渡到对岸（当时乌龙江大桥还未建造）。到了福州后，我们立即凭录取通知书花 4.8 元买了福州到厦门的火车硬座半价票。绿色车皮的火车，经过一天一夜的绕道行驶，终于把我们送到了厦门。凤凰花盛开的厦门大学，热情欢迎我们三位来自平潭岛的学生。

半个多世纪过去了，但纯真的同窗友谊，经久不衰。我与林正武、翁绳腾 3 个人，在厦门大学度过了 5 年的美好时光。当年我们赤脚走进厦门大学，一起欣赏凤凰花，一起攀登五老峰，一起游览鼓浪屿……其情其景，历历在目。"文革"初，我与林正武等同学一起，沿着工农红军走过的路线，徒步 3000 多里路。我们从厦门走到龙岩、长汀、瑞金、赣州、吉安、井冈山。最后，再纵贯江西南北，直达"八一"起义之城南昌。而翁绳腾同学则是我们全家人都很熟悉的好兄弟。我的母亲晚年在家乡经常生病，多亏他及当医生的中学校友翁其庭的鼎力相助。我们三位厦大老同学偶尔也会在家乡见面。大家相互勉励，永续友谊，乐享晚年！

每一位同学都有自己的母校，都有自己情同手足的同窗好友。但对于我们平潭一中老校友们来说，这种对母校、对恩师、对同学的情感，或许更为浓烈，也更为深沉。因为我们同为命运相济的海岛人，同在艰难困苦中成长。

2015 年 7 月初，平潭一中 1965 届高中毕业 50 周年大聚会，在平潭金海湾酒店举行。同学们从五湖四海汇聚而来。岁月在我们的脸庞上刻勒下鲜明的印记，但不变的是当年那种纯真的同窗友情。永恒体现于瞬间，瞬息可以延续永恒！此时此刻，我们的心都显得很年轻。没有官位，没有贫富，拥有的全都是当年彼此阿猫阿狗般的轻松、纯真与自然！

原本我们商量好了，5 年之后也就是 2020 年夏天，在家乡岚岛再次相会。可是好不容易过了 5 年，却遇到突然飞来的新冠肺炎疫情。无奈之下，去年老同学们搞起了视频网络聚会，聊补彼此思念之情……俱往矣！人生怎能再有 56 年？祝福，是年迈同窗好友间最好的情怀。走过半个多世纪，哪个人的面貌和认知水平，还会停留在很久以前的那个原点？还是彼此多一点宽容和谅解吧，穿越时空隧道，跳过时空间隔，记住 56 年前纯洁无瑕的你我他！

弹指一挥间，半个多世纪过去了！如今，高考的条件和环境也大大不同了！平潭的考生再也不要出岛赶考了！今年平潭考生就有 2600 多人，是我们当年参加高考人数的 30 多倍。高考考点也分布在平潭全岛的广阔区域。而饱受晕船呕吐之苦的平潭人，再也不要在风浪中摆渡出入岛了！一桥跨两岸，天堑变通途。平潭现在不仅有了全长 4976 米的海峡一桥，还有了全长 16.32 千米的我国首座公铁两用跨海大桥。不仅平潭与福州间成为半小时生活圈，就连厦门与平潭间也只需两个半小时的车程！

习近平主席曾经强调说，少年强、青年强则中国强。当代中国少年儿童既是实现第一个百年奋斗目标的经历者、见证者，更是实现第二个百年奋斗目标、建设社会主义现代化强国的生力军。任重道远的青少年们，加油呀！

张飞舟，1970 年毕业于厦门大学中文系，长期从事新闻工作，曾任厦门人民广播电台新闻部主任、对台部主任，主任记者职称，厦门市广播电视学会创会秘书长，厦门市作家协会会员，著有游记散文集《国外掠影》等。

走在雨和雨的间歇里

天风海涛走平潭

◎ 张冬青

岁逢庚子，真可谓气候异常多变，时令已近三伏，福州竟几十日滴雨未下，而广西、四川和长江中下游多省及闽北武夷山却是洪涝告急，往年一般早就会有一两次南太平洋生成的台风探访闽都，而今却毫无动静，气温多日保持在40摄氏度左右，阳光金亮，7楼窗外小区庭院里几棵榕树纹丝不动，树冠密实郁绿得让人透不过气来，幸灾乐祸的蝉声一浪高过一浪。午后的酷热难耐，我将近年收藏的相关水波、幽境与海洋生物的奇石图片挑拣若干用"九宫格"形式，题名《一片汪洋都不见》在微信圈中发出，很快收到半个多月前走访平潭一路陪同的微信名"豆丁"（小魏）的点赞留言："图四像极了平潭的海岸线。"这是我近年淘到的一方颇为得意的近尺高长方形国画奇石，主体大部为微澜荡漾的浅蓝波纹，右向长弧蜿蜒的三分之一画面内则恰到好处密布金黄间杂黑灰的斑纹，有如金色的沙滩上迎风摇曳成片的木麻黄。纯属老年人的一点个人喜好，能有年轻人欣赏，我随即写道："同感，像极平潭长江澳的某段海岸线。"秒回发出，脑海里立马闪回盛夏午后行走在平潭长江澳海滩的情景：我目不暇接，忙着挑选各种角度拍照，摁紧头顶老被海风吹落的草帽，每次它在绵软的海滩上顽童般翻滚出老远，"豆丁"总是快步追去帮我拣回。怀想平潭之行，顿觉心地澄明，通体舒泰清爽，天风海涛阵阵，不绝如缕横空而来。

大暑时节，参加省作家采风团走访平潭，我受邀专访"平潭南北部生态旅游走廊"。据主办方介绍，平潭近年着力创建国际旅游岛，"平潭南北部生态廊道"即为特色鲜明的滨海旅游工程重点项目之一。北部生态廊道项目主要为立足平潭旅游实际，着眼平潭旅游发展大势建设的一条慢行观光路线，不仅打造出独具特色的滨海山地旅游观光道，让游客尽可能临风观海，看尽平潭极致的滨海风光，还与振兴乡村有机结合，盘活周边村落的原生态自然资源，让沿途村民共享发展红利，开源致富。南部生态走廊则主要为滨海漫步体验带，让游客在山海之间尽享亲水乐趣。

这个刚过中伏的阳光灿烂的日子，上午8时许，小车从我下榻的宇城海景国际酒店出发，沿环岛路一路向南。陪同导游林秀兰看上去像个邻家小妹，娇小，语气轻柔，健谈，很有亲和力。宽敞的环岛景观大道路两边满眼葱翠，路两边景观树有木麻黄、相思树、罗汉松等，鸡冠刺桐、三角梅争奇斗艳，姹紫嫣红开遍。小林一路指点远远近近的景点介绍，南部生态廊道项目分为三期，总体要求将南部坛南湾、将军山、象鼻湾、山歧澳等名胜串联一体，让游客体验漫行，回归自然，在天水相连、山海交融中找到悠闲自在、放飞心灵的感觉。小车拐入一片木麻黄林的小道，小林有意带我就近去看漫行步道，前方一条临海铺设的崭新暗红路面却被拉起围挡，一旁木牌上写着："修建之中，油漆未干，暂缓通行。"小林告诉我，南部生态走廊一期工程还在修建扫尾阶段，大致年底才对游客开放。小车返回环岛路行驶一段，拐进小道沿海堤驶入一处海湾。眼前的大片灰黄色海滩呈微凸的山字形向大海深处延伸。海正在退潮之中，左边海风送潮水形成一线绵长的白浪轻抚沙滩，右边海滩上则是大片灰黑色的泥浆滩涂。小林说，这里是平潭独具特色的"建民沙堤"海景，眼下退潮看不出所以然。等到涨潮或大潮之时，右边滩涂海水倒灌，潮水巨浪从左右两边联手冲击海滩，从空中看下来，两潮合击后的海滩形成的近千米沙堤有如波涛翻涌中腾空跃起的一条金黄色巨龙，蔚为壮观。

我们行走在由崎沙村至远垱澳的滨海漫游步道上。小林介绍，一期工程计划修建步道3.7千米，脚下的1千米多木栈道已基本完工。步道沿途有若干观景台，登上海岸边的礁石高处，海风阵阵，蓝天碧海，巨轮帆影，心旷神怡，美不胜收。步道两旁有高大的棕榈树、海枣树、相思树和绿色的草坪，其间用藤条编织的休闲座椅和秋千架别致舒适。为了让游客流连忘返，能够慢下来、住下来，还在漫行步道附近的田美澳海滩，设置了8个玻璃巨蛋的星空篷，宛如太空舱一般。每当夜幕降临，静卧其中。俯瞰海面渔火点点，仰观夜空星汉灿烂，枕浪听涛，何其快哉。

猴研岛也称猴研山，是平潭岛的最南端，尤为显著的特点是半岛上高低错落的礁盘大多为风蚀地貌，怪石嶙峋，形态各异，写满岁月的沧桑。漫步其中，仿佛进入某部电影的魔幻现场。

岛中心面海的一块礁石上立一方高近2米、底宽2米多的灰白雕塑，中空，有如长方形的取景框，其上镌刻红字"68海里"。小林告诉我，从石雕取景框望出去，这里离新竹直线距离只有68海里。猴研岛是祖国大陆离台湾本岛最近的地方。

返回酒店午餐后稍事休息，午后2时驱车走访北部生态廊道。领衔陪同的是苏平片区主任科员张立，还有两个喜好业余摄影的女孩小魏和小倪。交谈中了解到，两人都在实验区机关上班，因平常热爱摄影，前些年便由小魏牵头与一帮相同志趣的年轻人组成"爬山涉水户外拓展摄影协会"，利用节假日登山踏浪，不辞辛苦，走遍了平潭，为每一方奇石、每一处奇景拍照命名，有时也为旅游团队等当义务导游。对年轻人由衷热爱家乡的自然风光、人文地理、一草一木，我内心油然而生敬意。张立介绍说，北部生态廊道拟修建连接平潭北部地区约22千米的纵向旅游观光主道，串联起沿线旅游资源，打造原生态、独具当地民俗特色的慢行系统，为旅游车、自驾游提供一条游览、探险的旅游路线。其中，将建设车行观光道路35千米，人行景观步道6千米，停车区、观景台等配套设施20处。北部生态廊道分两期建设，跨越白青乡、平原镇、苏澳镇等多个乡镇，沿线经过29个村庄。项目投入后，对盘活周边村落的自然资源，带动乡村振兴具有重要意义。目前，一期工程主要包括从白青乡青峰村至榕山村长约8千米的观光主线路段，历时 5 个月，已基本完工。其间依山就势、临海而置的 7 处观景台，加入文化创意元素，设置风向标、漂流瓶、心锁堤等景点设施，让游客互动参与，打造更具体验感的"网红打卡点"。

小车沿君山山麓宽敞的滨海观光道一路蜿蜒向北，方圆十多千米的君山海拔 435 米，是岛上最高峰，陡峭的岩壁上满布成片的相思树、木麻黄，林木葱郁。青山在左，碧海盈右，海风轻拂，由不得你不神清气爽。

小车右向拐入山间水泥小道，爬坡行驶一段，在一缓坡草坪上停下，这里是岳上顶村，数十座民居参差错落在峭壁与树林之间。张立介绍说，半山的岳上顶是平潭岛上典型的石厝村，所有房屋四壁皆就地取材，一色由采自君山的花岗岩青石砌成，石门石墙石台阶。这种石厝建筑坚固耐久，冬暖夏凉，为岛上的人民因地制宜建筑的。我们看到，低矮的人字形屋顶灰瓦上都压满了大小不一的石块。张立说，海岛风大，屋顶压石是为了防风。岳上顶的石厝都有百多年的历史，早年因交通不便，居民大多往山下搬迁，荒废了古石厝。这些年随着平潭大开发，环岛路开通，旅游愈见红火，村民又纷纷回迁，将古石厝修葺一新成民宿。这里坐山面海，空气清新，交通便捷，石厝民宿很受游客欢迎，旅游旺季常爆满，要预定才可能入住。石厝之间都有坡度且相隔一定距离，房前屋后坡地上间杂种了玉米、马铃薯、剑麻及一些花草，喜好摄影的两个姑娘跑前跑后选取角度拍照。

有户筑于陡坡之上的石厝民宿主人别出心裁，将门前的小片坡地砌出 20 平方米左右的大水池，盈满的山泉水波荡漾，上置一透明玻璃钢小船，从厝门口池边俯身用手机拍过去，满池清水和山下的大海无缝连接，镜头中小船一浪就跃入无边的碧海，我从心里钦佩厝主的借景巧思，相信此处会成为年轻情侣绝好的婚纱拍摄地和"网红打卡"的不二之选。

从岳上顶村返回滨海景观路，我们走在白沙细软的海滩上。盛夏的海滨浴场游人如织，戏水嬉闹声和着涛声阵阵传来，有个年轻母亲被女童拉扯湿漉漉地一身小跑往岸边西瓜摊买瓜，看母女俩大快朵颐的样子，真想自个也甩去外衣，下海试水一番。海风吹拂，临海的悬崖上，建了长长的玻璃栈桥，我们走一段，看透明的脚底海浪冲击峭壁不断激起的雪浪，涛声如雷轰响。

我们屹立在巨石堆拥的高高的"祈愿观景台"上，放眼四顾，八面来风，整个长江澳的海景尽收眼底：一望无际的海面碧波推涌，渔帆点点，鸥鸟翻飞；海岸边山麓间的渔村石厝幢幢隐现在葱郁的林木之间；最让人震撼的是山海之间成百上千座的高大风电机架，顶端巨型风叶凌风旋转，无数的风电机鸣声和海浪声交织一片，共同奏响一曲惊天动地的海天交响奏鸣曲。张立告诉我，长江澳是与好望角齐名的世界三大海峡风口之一，历史上曾有多处村庄被风沙埋没，近些年，平潭强调绿色生态发展，主推风力发电，长江澳目前已成为东南沿海最大的风电场，最近 3 年来发电达 5 亿度，除满足本岛用电外还对外输出。

海风呼啸，波涛汹涌，一浪高过一浪，大海正在涨潮。大

走在雨和雨的间歇里

片的云朵正携着海峡的劲风从四面八方朝这里赶来。无数的鸥鸟和鱼群在海面上下欢呼跃动。我看见一只灰黑色的大鸟正扇动着巨幅的翅膀，缓慢地掠过海面、沙滩、山坡、石厝、成片的木麻黄、林立的风电田场。阳光照耀的所在更加明亮，阴影的部分愈见幽深，大海正从浅绿向深蓝过渡，身前身后高悬的无数风电机叶铆足劲地旋转，仿佛眨眼间就要腾空飞升而去。阳光海风和云朵合谋，要将这里的美好景观拓印了到远方去展出，告诉海天满世界的人，此生你不来一回平潭岛，你就不知道什么叫真正的蓝天碧水天风海涛，风景这边独好。

张冬青，1954 年生，福建浦城人，福建省作协原秘书长。诗作发表于《散文诗》《福建文学》等。

散落的丰碑

◎ 曾章团

在福建的海边，总会不期而遇渔村里形式各异的石头房，而在福鼎的太姥山下更会迎面望见一座座石头垒起的城堡，围坐在大海之外，沉默不语。寂静的石头，写满沧桑的城墙，让人探寻时光背后的故事和秘密。

据清嘉庆版的《福鼎县志》记载：

水澳堡，大白鹭东五里。明洪武二年，置福宁卫军防守。州志作水屿堡。

我的老家就在水澳，在我的记忆里，村里的那段老城墙似乎就是现在模样，只是越来越多的树和草长满墙身，那些爬满青苔的石头已被杂草掩盖住，像是有意要遮住过往的旧事。

城墙至今还完整保留着西门和北门两座城门，村的南面是码头和海，小时候听老人说他们也没见过南面城门的模样，因那是通往大海的，在没有倭寇的岁月，村里的渔民是一直要向着大海敞开一切，大南门不复存在应该是非常久远的事。原来还有东面城门的遗迹，记得只有一段城墙的凹陷处，城门早已荡然无存。小学三年级时，有一次我曾在那爬过，不小心从左

走在雨和雨的间歇里

边凹陷处那段旧城墙上掉下来，好在树枝没有插进眼睛，而是伤到眉眼上，当时还流了很多血，事后，我妈妈还给城墙烧过香。

那时村里人经常围在城墙边大榕树下聊天，老人们偶尔还说起古时候的故事，说村里原来是将领训练水师的地方，个个都英勇善战，曾经杀敌无数……有时候，大人会和我们小孩说城墙下藏着很多尸骨叫我们千万不要站在城墙边乱找乱挖，我就读的水澳小学就建在北门边上，所以，从小我们都不敢太靠近城墙，隐隐约约觉得那里一定有神灵。

村里的城墙因为长久闲下来，就逐渐被人遗忘。长大以后才知道老家的城堡是明初卫所之下在福鼎（当时隶属福宁卫）境内设立的两个巡检司之一，另一个是离秦屿不远处的大筼筜，可以说水澳堡和大筼筜堡是明代为抵御倭寇在福鼎境内最早建的两座古堡之一，同时，还建有烟墩和水寨。福鼎市区山前的烟墩山就是其中的一座，现体育中心旁的小山包旧时亦被叫作"烟墩山"。驻扎秦屿的烽火门水寨，是明初福建所建三座水寨之一。如此可见，福鼎的海防位置是相当重要的，《福鼎县志》在《海防》部分开篇就说：

> 福鼎地处闽北，与浙洋交界，最主要口岸有三曰南镇，曰潋城，曰秦屿，逼近外洋……其余各澳及诸港汊，在在均可通海，前代屡遭倭警。

卫所建城，巡司建寨，又有烟墩星罗棋布，明朝政府在闽沿海建起了看起来非常严密的海防。按常理看来，这样的海防岂能让倭寇在沿海肆无忌惮地侵扰？著名历史学家黄仁宇在

散落的丰碑

《中国大历史》中曾描述：

> 有的卫所早已在历史之中被疏忽遗忘，此时无从动员，临时募集的士兵则不愿战，也不知战法，更缺乏款项足以供非常状态之开销，因之自公元1555年开始，倭寇流毒于东南沿海达20年之久。

据《福鼎史话》（白荣敏著）中《海防积弛，倭祸荼毒》一章中描写的：嘉靖三十四年起，"倭从浙江来，蹂躏福宁州"，"自此以后，无岁不犯州境"，"沿海民居，焚毁一空，春天燕子北翔，找不到旧窠，把新窠都构在树林上面"。在福鼎，嘉靖三十五年（1556）十月，一万多名倭寇攻打秦屿堡，乡民程伯简率领大家奋力抵御七昼夜，程伯简战死城上，但城未被攻破；三十七年（1558）四月，倭寇再次攻打秦屿堡，亦未能破城；三十八年（1559）四月，倭陷桐山，遍地几成焦土，民居所剩无几；四十二年（1563）五月，倭攻流江……

400多年的时间过去了，时间的灰尘遮不住它的血迹，倭寇的烧杀掳掠暴风骤雨一样冲刷着沿海的每一个角落，冲洗着鲜血和死亡，淹没了多少哀怜、哭泣、呻吟、绝望的呼吁。

那些可歌可泣的百姓抗倭行动在县志和一些宗谱里都有不少的记载。清嘉庆《福鼎县志》载，嘉靖三十五年，倭寇侵犯秦屿城，程伯简组织百姓奋起抗倭，青壮年守卫在前，弱者次之，连妇女也盘起头发运石送饭。倭寇连攻七日不下，程伯简还设下巧计，与倭寇展开决斗，流矢并发，消灭了一部分倭寇，其余的连夜逃遁。英勇的程伯简却身受重伤死于城上，而且在这次战役中死难的民众共有四十余人。事后，乡人李春荣等建"忠烈祠"，以祀英烈。

嘉靖四十二年五月，倭寇在沙埕、流江等地骚扰，沙埕人民配合把总朱玑率领的舟师迎头痛击，歼战甚众，俘虏五十余人；四十三年（1564）四月，水澳人民积极配合明参将李起率领的军队打败倭寇于水澳，歼战千余人。当然，这两次痛击倭寇，都是在戚继光统一指挥下的军事行动。

当我的脚步穿过潋城古堡，我听见了它的呐喊，它的城墙上还留有炮台。当我的脚印踩在玉塘古堡残存的女墙上，我看见了它的伤痛，夏氏族人寡不敌众，尸横遍野，血流成渠。当我的手抚摸过石兰城堡仅存的那斑驳的城门，我听见了它的呼唤，练武强身，扫除倭寇。

为抵御倭寇，在福鼎境内，沿着海边建起了不少的城堡。《福鼎县志·城池》就收录达31个之多，较大的城由政府倡建，绝大部分较小规模的堡则是由当地老百姓自发组织建筑。这些古城堡，就是福鼎人民抗击倭寇的一座座丰碑。

秦屿城、桐山堡、店下堡、沙埕堡等许多有记载的城堡都已被时光之手推倒，现有保存比较完好的除了福鼎县城附近的玉塘堡，还有秦屿的潋城堡、屯头堡，沙埕的水澳堡、官城堡，硖门的石兰堡以及店下的古家岐堡等。

在太姥山下秦屿镇西北角，有一座几乎被人遗忘的古堡叫潋城古堡，据《福鼎县志》记载，潋城古堡建于明嘉靖元年（1522），是当地族人为抵御倭寇而兴建的。至今，古堡内还住有百余户人家，但由于年代久远，一些建筑已渐渐被水泥砖瓦所替代，唯有整座城墙依然完好如初。

堡城墙周长1127米，由自然石和溪卵石叠砌而成，高5.6米，底厚4.6米，依地势而筑。由于北面靠山，整座城墙仅开有东、南、西三个城门，每个城门宽不足2米，高不足3米，仅可供马车通行，所有大宗货物都得在城门外拆分运入。

激城三面环山，东面临海。初冬之际，福鼎诗人林典铇陪同我来到城外，远远望去，杂草在石缝中瑟缩，堪称完好的古城墙还残留北门炮台一座，愈显苍茫。遥想当年，从海面而来的倭寇，必然出现在激城东向的平坦地带，正好处于炮火的打击范围。

据当地人介绍，古时，城堡内有大宅20余座，城仓10余间，庙堂、戏台若干，小巷甬道纵横交错，置身其中如入八卦阵不知所向。由此可见，这座当年位于闽浙交界的激城古堡有过繁华景象，而这繁华又与"坚不可摧"的城墙不无关系。

沿着古城墙巡视，除了沧桑的石头，唯一可读到的文字信息是一块嵌在东门外墙石砖上的碑记："福宁州杨家溪司主老爷罗某捐奉重修蓝溪东门桥（东门护城河桥）道立碑记康熙四十年七月。"

数百年过去了，古堡内外发生了巨大变化，古城墙却能完好如初。护城河依然清清流趟，听村中老人说，整个激城呈圆形，早年一条石板街自东贯西，将堡内建筑布局一分为二。内有环城路，还有长220米、宽1.2米的清水河自西向东走向，中间分渠向南沿街而过……

今年金秋，因着福鼎一片瓦诗社在玉塘文化山庄举办一场诗歌研讨会，又是一次诗人雅集，在午后暖阳，我因此了解了玉塘古堡。那里已经不见400年前的剑影刀光，只有连绵青山，阵阵风涛。

玉塘堡，位于福鼎市桐城镇玉塘村，明嘉靖三十九年（1560），为抗倭御寇而筑。北顺山势，南沿海边环绕，城墙有874米，有东、西、南三门，西、南门为拱形，东门为方形，保存基本完好。诗人林典铇还陪我寻找到东门外县级文物保护单位"玉塘夏氏忠义冢"，它就是那次抵御倭寇而被杀害的夏氏村民集体埋尸之处。

回望历史，抚摸城堡的肌理，那些无畏和坚韧，依然在秋阳下闪着光芒。福鼎人民奋起反抗，众志成城，保家卫国，更是筑起了一道道血肉长城，立起的是一面精神的丰碑。

在石兰村，为了抗击倭寇，邓氏的先祖于明万历八年（1580）绕村建成城堡，城内呈长方形，以石堡城门为入村口，连一条长长的古巷道，铺以青石，巷道两旁砌2米高的石墙，巷道宽的地方不足1米，窄的只容一人穿身抗击倭寇，石兰的先祖们不仅利用先天的地理以及自然的优势，同时，发动村民，奋起习武，当时上自古稀老人、下至儿童都练拳弄棍，常常给匪寇以痛击，令倭寇死伤累累，闻风丧胆。据村里老人介绍，那时候整个村是崇尚武术的，全民皆兵，为了抗击倭寇，瞭望樟放哨的那个人，锣鼓一敲，村民就马上从门口跑出来，上面城墙上面原来刀枪林立，从上面刀枪拿一下就出去抗倭寇。于是就有了传至今日的拳棍术，为了纪念先祖，后世的人们称这种拳棍术为"石兰邓姓抗倭拳棍术"。

现在的城堡，已经很老了。斑驳的红褐色石块，遍布着的青苔，昭示着古城堡的百年沧桑。只有北面的一个城门依然挺立，城墙3米多高，向两处延展一直到海的无边尽头。

秋天在远去，我突然看见了落叶的背影，海边时空苍茫处，隐约传来的海潮声正拍打着我的心胸。因为，这些古老的城堡，我记住了一段历史。现在每天在都市车水马龙中穿梭，有时仰望天空，向着故乡的方向，我的心底，蓦然而生一种敬仰，不由得会举起右手向着那些丰碑敬礼！

（原载《福建乡土》2016年）

曾章团，福建福鼎人。现为《福建文学》杂志社社长。福建省作家协会会员，福建省美学研究会理事。诗文入选《百年文学大系》《不老的长安山》等选本。曾获福建省第九届社会科学优秀成果三等奖。

走在雨和雨的间歇里

梅韵悠悠林阳寺

◎ 雨 花

我的家乡在晋安区石牌村。林阳寺是陪伴我长大的一座千年古刹。

林阳寺，又称林阳禅寺。据宋《三山志》记载，它初名林洋院，建于后唐长兴二年（931）。《闽都记》则称，为后晋天福元年（936）创建，明初废，万历四十年（1612）重建，改为寺，后又废。现存寺院为清光绪年间鼓山涌泉寺住持古月禅师募资重建的，称林阳寺。

在儿时记忆里，林阳寺是我们全家每年正月初一必去的地方。印象中，最早的林阳寺没有厚重的山门，只有三个大殿。第一个殿叫天王殿，殿中供一尊弥勒菩萨，两旁供四大天王，又称四大金刚。天王殿大门横匾上写着"林阳禅寺"四个大字，是赵朴初先生于1981年在林阳寺所书。天王殿东侧为20世纪90年代新建的玉佛堂，内供有自印尼空运而回的玉质卧佛。玉佛神态安详、端庄，雕刻精美，堪称寺内一宝。第二个殿是大雄宝殿，殿前横匾上"大雄宝殿"字样为清末帝师陈宝琛题写。殿内还有弘一法师书写的"证无上法"横匾，并保存着一口康熙五年（1666）铸造的大铁钟。殿内中间有两尊大菩萨，背靠背坐立，两旁供有十八罗汉。第三个殿则供着三尊菩萨，各有坐骑。

经过多次扩建，如今的林阳寺殿堂雄伟壮观，佛像庄严肃穆。整座寺庙建筑仿效鼓山涌泉寺，在保留三大殿主体建筑的基础上，左右峙立钟鼓楼、祖师殿、伽蓝殿、报恩堂、西归堂、地藏王殿、禅堂、念佛堂、古月院、大悲楼等20多个殿堂，占地面积3.5万平方米，建筑面积1万多平方米。

寺院建筑群坐北朝南，三面环山，一面临水。山上林木葱郁，有数株千年古树，其中最为出名的是寺院东侧一株树干比洗脸盆还粗的千年罗汉松，枝繁叶茂，如巨伞般直逼云天，乃镇寺之宝。

说起这株千年罗汉松，尚有一段惊险故事。2019年8月，这株罗汉松遭虫害，树叶快被吃光了。林业部门派来的专家发现，古树被众多的橙带蓝尺蛾侵袭，便组织消杀，并派出无人机对罗汉松进行喷药治疗。虫患消除后，又实施了树体康复方案。终于，古松重现生机。

林阳寺内本来并没有梅花树。2003年，释修达法师任住持后，发愿在全寺遍种梅花，并付诸行动。2005年以来，寺院内外已有500多株梅花开枝散叶。如今，每到1月下旬梅花开花时节，遍布寺内外的梅花就相继绽放，红、粉、白、黄四色芬芳吐露，迎客而笑，在千年古刹的红墙黛瓦、檐角屋脊间争奇斗艳，引来蜂蝶无数花间闹。众多爱梅者纷纷前来观赏，寺内外游人如织。真可谓："冰雪林中著此身，不同桃李混芳尘。忽然一夜清香发，散作乾坤万里春。"

林阳寺有一观音池，也称放生池。池中莲花宝座上立着一尊净瓶观音像，背对着一排红墙。红墙上"南无大慈大悲观世音菩萨"几个金字在梅花的映衬下，愈加庄重。

林阳寺里梵音声声，似乎梅花都有了灵性。你随时可见花瓣从枝头翩翩而落的情景。梅树下，铺着一层红白交叠的落英毯，让人不得不小心翼翼，不忍心下脚。两棵梅树中间有一口小水池，水中浮着无数白梅、红梅的花瓣，探之如镜中花、水中月般摇曳生姿。有时，晃动着的涟漪，把天空都收入其中，更显林阳寺之韵味。如若一阵风过，再飘点微雨，整个林阳寺笼罩在雾里，暗香浮动，让人淡然从容间忘却了世俗烦恼。

雨花，本名苏秀珠，中国青年诗歌学会会员，福建省作家协会会员，福建省诗歌朗诵协会理事，福州市作家协会会员。2013年出版个人诗集《追梦心情》。曾在《青春潮》《现代青年》《海峡诗人》《生活·创造》等各类刊物上发表作品。著有诗集《心情港湾》和中长篇小说《烛光有泪》《网恋的痛》等。

梅韵悠悠林阳寺

热血啸秋

——"鸡角五子"烈士余长钺纪事

◎ 陈声龙

引 子

闽东南沿海的著名侨乡福清，在其城郊北大门逶迤连绵一群山峰，人称"十排山"。山脉自西往东走向，宛若十匹腾跃的骏马；山峰西侧遥望，又似犀牛的角，当地人赋予雅称"犀棱山"，又俗称"金鸡山"。半山之处，在缓坡的山头矗立着一座庄严肃穆的烈士陵园，陵园三面环山，面向福清石竹山，视野开阔，风景优美。

如此风水宝地，乡人把烈士安葬于斯，足见崇敬之情。这里长眠的人是闽中早期共产党人，著名的"鸡角五子"烈士余长钺。

风萧萧兮易水寒，壮士一去不复还。烈士已逝，然浩气长存……

1986年5月，在家乡故土已长眠半个世纪的烈士，迎来了久违的故知，一个两鬓斑白的妇人。她叫李若兰，广东人士，衣着朴素，齐耳短发，中等身材；随行陪伴的还有她那人到中

走在雨和雨的间歇里

年的儿子，以及福建省、福清县当地的领导。

5月的玉融，乍暖还寒。山风过处，微带丝丝凉意，仿佛响彻英灵的呜咽。

李若兰肃立在阳下村口烈士纪念碑前，泪眼婆娑。躬身整理花环丝带后，心里默念：对不起呵，我来晚了，整整迟到了50年。我有太多太多的话要对您说，您听见了吗？

时光飞逝，日月穿梭。30多年过去了，烈士纪念碑已迁至十排山麓的犀棱山下，但李若兰已无法再来了。如果她能再次站在风光秀美的陵园前，内心是否会感到极大的慰藉？让英灵驻此，足可告慰那为之奋斗一生的忠魂：山河已无恙，故土换新颜，一切如您所愿！

也许人们会问，余长铖烈士为何许人？那个年迈妇人又与他有何千丝万缕的情谊？我们只能打开历史的记忆之锁，沿着烈士的足迹，去复原一个革命者星火燎原的生涯，青春热血的轨迹……

12岁：逆风飞扬的少年

福清北部城郊阳霞。1918年10月，仲秋时节，一户家道殷实的余姓人家，一个男婴呱呱落地。这是家里最小的幺儿，给人到中年的父母带来无限的欢喜。

他就是余长铖，原名长秋，化名啸秋、澎秀。父亲余孔封，母亲方氏。中年得子，父母喜上眉梢，他们那时大概也没想到，这个白白胖胖、眉清目秀的爱子，日后能成就一番伟业；当然，也给余家精心编织的生活掀起翻天的巨浪，从此打破余家人平和度日的宁静……

余家祖上经商，余长铖父亲在印尼经商，往返于家乡福清与东南亚椰城之间。20世纪初，民国刚成立不久，古邑玉融尚处在风雨飘摇之中，历经数次瘟疫，民不聊生，百姓大多艰难度日。

应该说，他的童年虽无锦衣玉食，车马轻裘；但因家中富有，童年生活还是衣食无忧的。长铖是幺儿，大哥已长大成人跟随父亲远涉重洋经商，大姐不幸夭折，二姐三姐和母亲三个女性格外钟爱他，呵护他过着快乐的孩提时光。

长铖自小聪慧异常，知书达礼。对父母、哥姐尊敬有加，对族内长辈彬彬有礼。祖屋是清末福清典型的"大块厝"，一进式，有大天井，上下两落数十个房间，住着宗亲百把号人。长辈亲戚多，余长铖就在这温馨和睦的大家庭里长大。随着家中小孩逐年长大，余父凭着一己之力在南洋打拼，赚回真金白银，就在祖屋边上起了新房。新房几度扩建，耗时数十年，与叔伯兄弟的房子连成两进三落的民国"红砖厝"。余长铖的青少年时代，基本上是在这"红砖厝"里度过的。

也许是打小生活在大家庭大厝里，也可能是余氏家风使然，尽管长辈宠溺，但奇怪的是，长铖从小并没有养成任性刁顽的恶习，反而长成讨人喜欢的"阳光男孩"，受到邻里族人夸奖，母亲方氏更是喜在心上，疼爱有加。哥姐中，数三姐惠忠与他最亲。二姐长彬是读书人，知书达礼，反而要求严厉；三姐惠忠在家侍候母亲，帮忙料理家务，伴随着小长钺整个童年生长，姐弟俩感情笃厚。

余长钺到了该上学的年龄，家里把他送进阳霞小学读书。小长钺背着花碎布书包，揣着对未来的求知憧憬，蹦蹦跳跳跟着姐姐走进当时屈指可数的学校，开始了童年启蒙学习时光。

相比于其他乡间孩子，长钺可能比较早慧。这孩子接受能力强，求知欲旺，喜欢与成年孩子玩，喜欢跟老师交流，一点也不怯生。当时的阳霞小学，已经是新式办学的学校，老师也大都从福州的正规师范毕业，教授的课程知识都是新科学和新文化，给原本就聪明沉稳的小长钺带来了全新的感受，这个"小大人"顿觉天更高了，地更阔了，幼小心灵犹如春雨滋润，正噌噌生长，蓬勃着未来和希望的种芽……

1928年，余长钺10岁，时读小学三年级，与陈振芳（后名程序）、余长经、翁家棣、施友锟等人同班同舍。学校的夏昌福老师是陈振芳的二舅，毕业于福州乌石山师范，思想进步，常对学生讲解传播反帝救亡、反封建破迷信的新思想，还教学生唱《打倒列强》之类的进步歌曲，很受学生欢迎。

余长钺跟着陈振芳，形影不离，十分追捧崇敬夏老师，课余时间几乎都泡在夏老师的宿舍，听老师谈天说地，讲福州和全国的见闻和时势。因学校离家距离远，长钺寄宿在校内；与夏老师朝夕相处，耳濡目染的熏陶，在他心田里逐渐萌生了反帝反封建的思想幼苗。

某个假日，他们在村里闲逛，恰好看到村里一家小店铺正在兜售日货，想起夏老师说的，倡议国人用国货，抵制日货。余长钺眉头一皱，计上心来，问陈振芳和随行几个同学："咱们一起过去，把店里日货搜出来，一把火烧了，敢不敢干？！"

几个同学跃跃欲试，异口同声："有什么不敢？你领头，我们上。"

就这样，五六个半大小子的学生一哄而上。店家措手不及，拦又拦不住，只好哭丧着脸，眼睁睁看着他们把一件件日货搬出，扔在店前堆成小山，最后一把火烧成炬灰。围观乡民齐声叫好，交口称赞学生有胆量，有爱国心。

小试牛刀，旗开得胜。余长钺和小伙伴们回校受到夏老师的首肯和赞许，他的底气更足了，心里在酝酿一场更大的风暴。

阳霞小学当时没有独立的校舍，校园就是村里古祠堂"保来堂"。学校，在灌输反帝反封建的新思想，而近在咫尺的祠堂东房还供着当地乡人崇拜的"狐仙""郑三哥"塑像，信徒甚众，时不时涌入乡民摆供品，烧香奉祀，香火很旺。在眼皮底下搞迷信，让这些"愣头青"的学生很是看不惯，余长钺更是如坐针毡。

怎么办？长钺心里在琢磨，阻止大人，靠一己之力，无异于螳臂当车；"打蛇打七寸，擒贼先擒王"，要想阻止信徒，必须连根拔起，断了他们的念头。小伙伴们碰头一合计，一不做二不休，干脆把"郑一""郑二""郑三"的头像摘下来，扔进粪坑，这样，他们也没得拜祭了。

说干就干，长钺和几个同学瞅个空当，溜进东屋，依次摘了头像，信手转身丢进村里的茅厕……

这下子，可捅了"马蜂窝"。当时民国刚刚建立不久，村里遗老遗少相当多。老辈人思想守旧，动了他们的信仰，无异于要了老人们的命。有顽固老头怂恿，煽动乡民一大帮到学校闹事，声言亵渎了神明，村里会死人的，还公开指责夏老师蛊惑学生，管教不严。

巧的是村里刚好有一女人精神失常，疯疯癫癫。这些顽固老人一口认定，这是神仙的惩罚，报应来了。屡次三番作闹，最后以夏老师被解聘，余长钺和陈振芳从此离开阳霞小学，转入玉屏和融美学校就读而收场。

捅"马蜂窝"事件，促使两个少年从此开启反帝反封建的人生序幕，直至成就了热血革命的一生……

14岁：血雨腥风的洗礼

如果说，家乡阳霞小学是余长钺童年成长的"摇篮"，那么，明义中学就是他成为革命者的锻炼"战场"。中学阶段，伴随着身体心智的飞跃，余成钺的信仰理念已成熟形成。两年时间，先后经历革命生涯两个重要的节点：1931年13岁时加入共青团组织，1932年14岁时加入中国共产党，成了福清当时屈指可数的党员之一。年龄之小，胆魂之大，睿智之识，令地下组织同志们眼光为之一亮……

1931 年夏天。小学刚毕业的余长铖，和几个同学冒着暑热，远足步行数十里，来到龙田福庐山名胜游玩。其实赏玩风景只是幌子，此行真正的目的是到龙田街上找仰慕已久的进步青年张端哲，借阅一些进步书刊阅读。后来，经张介绍，又认识了何希銮、谢廷清等人，不久，他就被吸纳入地下组织，加入共青团。

同年秋季，余长铖进入县城教会兴办的明义初级中学读书。

中学生活，无论老师还是学生，都使充满活力和热情的他如沐春风。明义中学由于是教会学校，施行的是一套近代文明的西式教育，对师生约束桎梏相对宽松。这对热血少年的余长铖来说，无异于如鱼得水。三下两下接上了组织，兴高采烈融入了当地的抗日救亡运动。

当时，当局为了局势稳定，不断施压，大肆搜捕共产党人。3 月，在厦门的中共福建省委机关秘书处和宣传部遭到破坏，白色恐怖弥漫八闽，波及福州及邻近各县。当时，福州党组织惨遭破坏，只剩下两个支部，革命处于低潮时期。

1931 年 10 月，林靖部在福清驻防，当地人蔑称"兴化兵"。林靖原是土匪残部，搜罗一批地痞流氓；被省保安团收编后，招兵买马扩充为一个旅，派驻福清。驻军横征暴敛，霸产辱女，无恶不作，激起民变，发生了闻名全省的"龙高暴动"。暴动义民在当地进步人士的助推下，攻打保安团部，震惊了八闽大地。"龙高暴动"打响了福清人民反抗压迫的第一枪，也引起福州中心市委的高度重视，就在这个当口，福州中心市委派委

走在雨和雨的间歇里

员黄孝敏来到福清。

黄孝敏应该是余长钺走上革命道路的"引路人"。他到福清后，找到了已是共青团员的中学生余长钺。当时，黄孝敏身患疟疾重症，脸色枯黄，身体羸弱。黄孝敏急于了解"龙高暴动"的情况，余长钺见他重病在身，当机立断带他到海口斗垣村，找到时在融美中学就读的好友陈振芳家。年轻的余长钺处事老到，少年持重。他一则考虑陈振芳跟随龙田融美师生参与"龙高暴动"，情况熟悉，又是自幼发小同学，正直可靠；二则更为重要的是，振芳祖父是个医生，黄孝敏的疟疾顽症能及时得到治疗，可谓是一举两得。

这个1931年的冬天，天寒地冻。但内心似火的共产党人黄孝敏，在斗垣村陈家养病的日子里，仍然不辱使命，苦口婆心宣传革命真理，循循善诱点燃了两个热血青年的"北斗"心灯……

1932年，余长钺14岁，在明义中学已长成翩翩少年。尽管家庭富足，但他衣着朴素，生活节俭，既重同学情谊，又极具同情心。家里给他的生活费，他经常拿出来接济困难拮据的同学，完全没有"少爷"的纨绔之气。有一次，父亲南洋回来，让他去向佃户收租。他收了租钱回来，路上遇见一位邻里婶娘，闲谈之下知道她家里无米可炊，正愁苦无钱过年，当即擅自做主，把所收租金悉数倾囊相助。回到家里，父亲问知，也是又气又爱，无可奈何。同年7月，何希銮等进步青年在福清组织"同攻读书会"，余长钺成为该会的骨干。

青春焕发的余长钺，一面贪婪汲取革命真理，一面积极投身反帝救亡运动。他天资聪颖，悟性很高，在校学习成绩优异，还是个不折不扣的"文青"。读书会公演鲁迅名篇《阿Q正传》时，他参与了演出，还担任了重要的角色。

标准"文青"余长钺还写一手好文章，先后在该会会刊上发表了《尼姑庵》和《血与泪》两篇作品，引起会内轰动，影响甚众。

同年秋季，福州中心市委派人来福清组织"反帝大同盟"，余积极响应，并担任该盟的福清负责人。这是他首次独当一面开展革命工作，小荷初露尖尖角，虽偶露峥嵘，但气场甚大。出色的组织才华，口若悬河的演讲，赤诚的革命热情，毫无悬念地推动他，很快投入组织的怀抱。在此期间，他加入了中国共产党，时年14岁。

年少有为的余长钺不仅在校内发动师生，罢课抗议，为捍卫真理和权益与校方抗争；求学期间，还经常在晚上，带领同学翻越明义中学围墙，在福清七街三十六巷，用蜡笔或柏油，趁着夜深人静，刷写革命标语。"打倒土豪劣绅贪官污吏""打倒蒋介石""中国共产党万岁"，这一幅幅的标语当时在福清县城成为人们街谈巷议的话题，穷苦百姓甚为解气。

余长钺尽管花费大把时间从事革命活动，但他在明义中学求学期间，学习成绩优异；加上他为人真诚，人格魅力很强，老师和同学，包括校长在内，一点也不觉得他另类，反而都很喜欢他。该校一位姓陈的老师曾撰文回忆，"……长钺给我留下很深的印象。当时我去阳霞小学看望当教员的朋友，他拿出余长铖的作文本给我看，说这个学生不但文章写得好，思想也与常人大不相同。曾经和小朋友一道，把庙堂里的泥菩萨给砸了……1935 年，我与妻子举行新式旅行结婚，过了几个月，忽然接到余长铖的一封贺信，他在信中对我带头冲破封建礼教同姓不通婚，以及旅行结婚给青年人树立榜样大加赞赏。"

革命者的道路不可能一帆风顺，该来的终究会来。

1933 年 9 月，余长铖在明义中学的同学兼好友余长桐在去福州途中，路经道口关卡，宪警在检查他的手提包时，翻出一本革命读物，扉页题有一首革命诗歌，署名"余啸秋"，余长桐当即被拘。警察后来多方查清，这个余啸秋就是福清明义中学的学生，遂通报福清县党部。福清当局派军警到明义中学，余长铖在校内被捕，旋即解送福州。

得知长铖在学校出事后，家人焦急万分。母亲托人找到了长铖堂兄、时任南京法院推事余长资。堂兄修书致函福建省保安处军法科，函中称：余长铖年仅 15 岁，尚属学生，未届法定年龄，不得刑讯苛刑。省保安处慑于其当时在法界威望，终于不敢轻举妄动。长铖虽免受皮肉之虐，但仍被囚禁在"反省院"里"读书"，直至 1933 年 11 月，十九路军发动"闽变"，成立新的革命政府，余长铖方与其他政治犯一同获释，返回福清。

两三个月的囹圄洗礼，使余长铖从身体到意志得到一次血与火的锤炼，没经历风雨，哪能见得彩虹？！风霜洗礼，使他的意志更坚定、经验更多、思想更成熟了！

17 岁：远涉重洋筹经费

1934 年初，十九路军闽变失败撤出福州路过福清县，余时任新政府"福清特派员"前往迎接。蔡廷锴将军在福清明伦堂召开民众大会，余长钺上台作了慷慨激昂的演讲。演讲毕，蔡将军拍拍他的肩膀，称赞道："年轻人，好样的！"其时，余长钺尚年仅 15 岁。

"疾风知劲草，烈火见真金"。1934 年 1 月，中共福清县委成立。何文成任第一届县委书记，余长钺等五人为委员。这是福清中共党史上开天辟地的大事。同年春天，福清地下党组织在县城产塘街召开秘密会议，时任团县委书记的余长钺在会上传达省委指示，会议决定组织"南西亭暴动"。县委成员分散开展行动前准备和组织工作。在紧张筹备过程中，余长钺即便抽空回家，也都是为了革命工作。

余长钺从事革命活动，母亲和姐姐一再叮嘱他，出入行事须万分小心，时不时托人捎话，要他回家。可他放不了手头工作，家人的牵挂他怎能不洞察呢？二姐是读书人，话急理直，攥住这个不安分的小弟，十分不解地问他："小弟，按说我们家也不愁吃穿，你干吗不好好读书成家立业，整天折腾那些让全家人担惊受怕的事情呢？"长钺不恼不怒，笑着对姐姐说："我们家只是一家呀，天底下还有那么多穷苦人家；做个知识青年，不能只考虑自己享福呀……"二姐还是无法理解，摇摇头，长叹一声，也只能任弟弟闹腾去了。三姐疼爱弟弟，甚至有些宠溺了，小弟有求必应，从不问为啥。这次"南西亭暴动"需要制作袖章旗帜，三姐二话没说，偷偷背着母亲拿出家里的布料，缝制了十几块红袖章和两面红旗。她知道自己小弟人品正直，惩恶扬善的事是大事，她得帮小弟一把。

初夏时节，天气转暖。地下党组织领导的"南西亭暴动"终于打响，余长钺和县委成员何文成、陈炳奎等人都直接投入战斗。武装暴动人员先后在官元、山兜、塔石、蟹屿等乡焚烧地主豪绅的田契债券，没收囤粮财物分给穷苦农民，攻打了军警卡点，缴获了一批枪支弹药。

"南西亭暴动"在福清周边地区影响震动很大，也引起了反动当局的恐慌。1934年7月，县委书记何文成被捕，县委工作群龙无首。为了重建加强福清党组织，8月，从福州转移到福清的黄孝敏、刘突军两人在角楼组建福清中心县委，黄孝敏任书记，余长钺等任县委委员，陈振芳任团县委书记。

"南西亭暴动"震惊了省里和福清当局，国民党政府派军警大肆搜捕参与人员。余长钺和县委领导们化整为零，分散隐蔽。相当长一段时间，他潜伏在县城北门外马山村舅舅家。长期奔波，加上衣食无着，余长钺身心疲惫已到极限，终于爆发成一场大病。肺部咯血，周身长满疥疮，奇痒难忍，身体非常虚弱。就是在此情况下，也不能安心养病。三天两头的搜查，一来情况需转移时，即由姐夫家的婢女把他背来背去。家人看在眼里急在心上，可风声越来越紧，已有不少人被捕入狱。

有一天，姐夫家远嫁长乐的婢女宝钗回到马山，过来看望长铖。她觉得这里离县城太近，仓促出逃很危险，倒不如躲到她长乐的夫家去，也好养病。其时，余父恰好从南洋回乡，便同意了这个主张。舅舅连夜雇竹兜把他抬到长乐，余父因受不了乡人攻击他"纵子为非"，更不愿被迫登报声明脱离父子关系，无奈之下，也只好随行前往长乐避风头……

　　半年时间在长乐养病，余长铖的心却还在福清，病未痊愈就潜回福清，参加西区樟溪党组织秘密会议。其时，福清中心县委根据全国革命形势，于1934年11月组建"工农红军福清游击大队"。1935年5月，莆田、福清两地党组织合并，成立"闽中特委"，余长铖年仅17岁，就担任特委委员。

　　1935年，闽中地区久旱无雨，春荒连连。百姓艰难度日，闽中游击队经费陷入困顿。余长铖重病初愈，见革命工作受阻，心急如焚。恰巧，父亲一直唠叨劝说他，随父出国做生意。余长铖遂自告奋勇向组织请求，远赴印尼筹集革命经费。

　　父亲不明就里，以为小儿子终于想通了，不再闹腾那有杀头危险的事，一路上欣喜异常、疼爱有加。

　　漂洋过海、历尽艰辛来到印尼爪哇岛，父兄就是在此苦心经营生意。他学着做生意，但在店里遇上穷人来买布，经常背着父兄，或赊或免；店铺虽然整天人来人往，车水马龙，但最后月底一结算，月月亏损。父亲终于发现长铖是始作俑者，苦叹他"江山易改，禀性难移"，不是做生意的料。大哥提议让长铖继续读书，长铖趁机向家父提出要一大笔钱，回国深造。

余父对这个小儿子实在没辙，只好答应给他600大洋，送他回国读书。大哥要求他回国后必须就读上海中国医学院，还写信要他二姐余长彬转学到医学院，以监督照顾小弟读书。

于是，在椰风蕉雨中苦熬了4个月的余长铖，又于同年7月到达上海，进入中国医学院读书。所筹款项，大部分用于革命活动，只留小部分作上海求学所用。此时余长铖已17岁了，青春洋溢，朝气蓬发，到上海后很快找到党组织，融入当地抗日救亡运动。

18 岁：遇识李若兰

俗语道："有缘千里来相会，无缘见面不相识。"余长铖与李若兰巧遇，朝夕相处又并肩战斗，着实结下一段难解的情缘。年轻的余长铖当时一心想着革命，忙着抗日救亡，是否曾经心有所仪，滋生爱的情愫？数十年后的今天，人们不得而知。当然，在家国存亡的危急时刻，又有哪个革命者会在个人问题上卿卿我我呢？

余长铖进入医学院后，即频繁参加抗日宣传活动，他是在上街刷标语发传单，联络进步学生时邂逅认识李若兰的。

那时的李若兰刚满19岁，是从老家广东逃婚来到上海读书，投奔堂弟、进步青年李平来的。很快，余长铖和她姐弟俩就一见如故，无话不谈。学习生活、革命工作都在一起，三个人如影随形，互相鼓励，其乐融融。

李若兰身材高挑，长相漂亮。毕竟是大家闺秀出身，知书达礼，又能冲破封建礼教束缚，追求自由和大义，令人由衷钦佩。余长铖特别欣赏她。因大长铖一岁，李若兰常称长铖为"小余"，余长铖则俏皮地叫她"老李"。

上海十里洋场，纸醉金迷的地方，加上国民党当局腐败，物价连连上涨。余长铖的款项正常求学、生活绰绰有余，何况还有二姐资助。按理说他不会囊中羞涩、捉襟见肘的，可他频繁参加活动，又接济他人，花销不小。很快，经费就告罄了。

李若兰看着他抓耳挠腮，在屋里急得团团转时，不由得抿嘴偷笑。她悄悄拿出首饰盒，里面有娘家当时准备陪嫁的27件金饰，慨然交给余长铖，让他用作上海革命活动经费。仗着这些首饰和找借口向家里要的钱，余长铖组织学生参加各种集会游行，还成立了"上海学生救亡剧团"，轰轰烈烈开展抗日救亡运动，每天都是血脉偾张的！

但是李若兰的首饰毕竟不多，对庞大的救亡宣传和长期革命活动来说，只是杯水车薪。经费再次陷入危机，余长铖因为多次向二姐借钱已经受到训斥，无论如何不敢再涎着脸造次了。随着抗日救亡活动不断深入，抗日剧团演出宣传频繁，经费耗用如滚雪球越滚越大。余长铖在这段时间里，经常以各种托词写信向家里要钱充当革命宣传经费，花样百出的由头令母亲和三姐有所警觉，加上同在上海求学的二姐写信回家，告诉家人他在上海的情形，家人已逐渐停止给他寄钱，开始"断供"了。其时，余长铖借住在李若兰姐弟租住的房子里，已经欠了李若兰不少钱，她的首饰也一件件卖光了。可抗日救亡宣传正如火如荼开展着，经费短缺是燃眉之急。

正当余长铖一筹莫展之际，李若兰袅袅娜娜从门外进来。余长铖一拍大腿，高兴地叫道："有了！"一旁李平莫名其妙，说道："小余，经费有啦？你哪变的魔术？"余长铖哈哈笑着，就是不说话，用手指了指门外进来的李若兰。李平焦急地一把拉住他，俯耳悄声说："可不能再开口，我姐首饰不都给你了吗？她现在也是'弹尽粮绝'呵……"余长铖拍拍李平肩膀，笑着说："放心，我心里有数。不借钱，借人！""借人？"李平满是疑惑。

李若兰看着两人窃窃私语，又是笑又是闹，一头雾水，以为自己外出回来沾染了什么可笑东西，上下左右环顾，没有啊！

余长铖把她拉到一旁，悄声兴奋地说了一通。李若兰听后，瞬间两朵红晕飞上了双颊；余长铖以为她不愿意，一再声明：这是假的嘛，为了革命工作，请您委屈一下！

李若兰红着脸沉吟半晌，终于点头答应了。原来，余长铖这两年一直受到父母催婚，尤其是三姐左一个右一个介绍女孩，他一律笑哈哈婉拒，不松口。现在机会来了，如果跟李若兰假照一张订婚照，寄回家给母亲和三姐，岂不是可以趁机索要一笔钱，正好解革命活动经费的燃眉之急？而且，多少也给为自己担惊受怕的母亲和姐姐一些安慰和欢喜，起码三姐的"媒人"活动也会消停消停。这不是"一石二鸟"吗？是个好主意，李平也赞赏附和。李若兰红着脸，郑重其事地说，要假就假得真一点，我织的一件毛线衣也一并寄回，权当"儿媳妇"给"婆婆"的礼物……三人一致叫妙！

三个人说干就干，一番梳妆打扮，径往照相馆去了。镜头定格瞬间，余长钺做梦也没想到，几十年后这张郎才女貌、珠联璧合的"订婚照"，竟然是他存世留下的唯一一张影像；更没想到，那个疼他到骨子里的三姐，竟然苦苦追寻"弟媳"李若兰长达半个世纪之久……

"订婚照"寄回家后，母亲和三姐欣喜若狂，当即给他寄了百把块大洋先用，后续估计还陆续汇钱到上海给他。这笔巧钱，及时用在抗日剧团等宣传工作，帮助渡过难关。

1936年，余长钺在江苏省团委书记陈国栋领导下，与孙大光等人组织成立"中华人民抗日救国义勇军"（简称抗日救国义勇军），是其中发起人之一。随后，他参加义勇军的"先遣队"，与一大批热血青年奔赴广西，要求抗日救亡。

自此，余长钺与李若兰分道扬镳，各自奔向革命征途，再也没有交集。李若兰参加革命一生，1949年后因丈夫被错判，坎坷颠簸几十年，直到十一届三中全会拨乱反正，才恢复生活正轨。1986年5月，她是在上海参加"抗日义勇军"成立50周年座谈会上，见到有人拿着当年她和余长钺假"订婚照"复印件在打听寻人时，才知道这一切。

于是，她当即在会后飞到福州，才有了本文开头那令人肝肠寸断的一幕。我们无法洞悉半个世纪后的李若兰心里复杂的波澜。假如余长钺没有南下广西，假如李若兰没有北上，他们

走在雨和雨的间歇里

是否会假戏真做，成就天作之合呢？然而，历史没有假设，革命者从来无私无畏，更不会为私情所阻。多情的李若兰在花甲之年，能循着故友烈士足迹而来，对烈士来说也可含笑九泉，对余家三姐而言也是巨大慰藉，终于了却多年苦苦追寻的夙愿了……

19岁：血洒鸡角弄

激情澎湃的余长钺随"抗日义勇军"南下广西南宁，一心抗日救国。令他没有想到的是"反蒋事变"很快被平息，他们只好转道香港。在香港，余长钺与中共南方临时工委取得联系后，写信约黄孝敏到香港，共同向南方临时工委汇报斗争情况。

其时，闽中特委与上级党组织已中断联系达两年之久。由于时局动荡，组织内部出现叛徒，中共福建省委各级地下组织网惨遭反动政府破坏，已七零八落。闽中特委像一个嗷嗷待哺的孩子，急迫得到上级党组织的指示。地处山区，交通资讯闭塞，余长钺又远在上海，闽中游击斗争困难重重。

接到余长钺的来信后，黄孝敏即启程动身前往香港。

1936年11月，余长钺和黄孝敏带着中共南方临时工委的指示，返回闽中。随后，又召开特委会议，向闽中特委汇报中央红军长征胜利的喜讯；同时，传达部署南临委对闽中革命斗争的指示方针。

东风吹来满眼春。一度低潮的闽中革命形势，在余、黄两人带回的火种点燃下，又开始燎原成熊熊大火了……

12月，余长钺兼任"抗日救国会福清工委"书记。此时，北方日本侵略者虎视眈眈，全面抗日战争一触即发，民族命运危在旦夕；余长钺把全部精力投入抗日救亡工作。

暮冬时节，天寒料峭。时局危急，民不聊生。春节临近，但古邑福清还一点没有过年的气息，只能在县城大街上，看见商铺店台为招揽生意高高挂出的红灯笼，有气无力地渲染着惨淡的年味。

1937年2月9日，多年在外且中断联系的余长钺突然回家过年。除夕下午，当他风尘仆仆地出现在家门口时，老母亲和三姐全家喜出望外。短暂的团圆相聚，虽难以愈合慈母胞姐的思念之苦，但对于余家来说已是喜从天降的大喜事了。余母看着全须全尾、活蹦乱跳的小儿子，心里乐开了花。细心的三姐余惠忠在激动难抑的同时，感觉到了小弟乐哈哈的外表下，总藏着重重的心事。

到底是机缘巧合，还是冥冥之中老天有意安排，这次相见竟成余长钺与家人的最后诀别。他只在家里待了三天，尽了儿女之孝，正月初三即离家外出，告别亲人踏上征途。从此，再也没能返回祖宅，亲人们望着村口，翘首顾盼，却在半个月后，等来他出事的噩耗……

正月十六，元宵节第二天。一轮圆月清冷地挂在天上，春寒尚未退去，元宵社火还在闽中兴化断断续续延绵。就在零落的鞭炮声中，余长钺与闽中特委书记王于洁、委员黄孝敏、潘涛四人集中在莆田梧塘洪渡村，召开特委会议。

他们没有料到，因叛徒出卖，一场危机正在悄悄逼近他们。叛徒薛宝泉把他们骗到另一叛徒家中住宿，结果被预先埋伏在那里的宪兵逮捕。随后，叛徒薛宝泉又利令智昏，带领宪兵队赶至福清南西亭路下村，抓捕了中共福清县委书记陈炳奎。敌人随即连夜将闽中特委五位领导人押解至福州宪兵四团团部，着重兵严加看守。

入狱后，国民党宪兵软硬兼施，严刑拷打，但终无所获。五位共产党人自始至终，不屈不挠。宪兵司令部黔驴技穷，想了个招，派叛徒魏耿前来劝降。五位被捕同志义愤填膺，不待叛徒开口，便一拥而上，拳打脚踢，把叛徒分子揍得鼻青脸肿、落荒而逃；而他们却摩拳擦掌，仰天长笑！此时的余长钺，与战友们一样，已抱着赴死的信念，还有什么可畏惧的了？！革命者一旦无私无畏，流血牺牲也是酣畅淋漓的快意人生……

6 月 23 日凌晨，宪兵队突然要把他们五人押出狱外。五位难友彼此郑重拥别，他们知道，英勇就义的时刻就在眼前。

原来，西安事变和平解决之后，国共双方一直在谈判合作抗日。福建当局害怕一旦国共合作，这批政治犯都得释放。他们苦苦搜捕多年、屡次漏网的"大鱼"，这回到了嘴里岂能善罢甘休？！因此，当局冒天下之大不韪，心狠手辣，提前下毒手，准备枪决闽中特委五个领导人。

五位共产党人从容不迫地将自己的衣物分送狱中难友，与他们一一拥别，然后齐声高唱《国际歌》走出牢门，悲壮的歌声在牢房里久久回荡……

在保安处的审判庭上，保安处处长叶诚装模作样履行法律程序，扯着公鸭嗓，阴阳怪气宣读判决书。当他刚读到"奉陈兼司令……"时，站在最前面、还戴着手铐的余长钺大喝一声"狗司令"，随即躬身一脚把横在面前的公案桌踹翻。叶诚被这突如其来的一击吓得不轻，恼羞成怒，当即下令将他们五花大绑押赴刑场。在押往刑场鸡角弄的路上，五人一路高呼口号，视死如归，浩气冲天！

鸡角弄洒下了五位坚贞不屈共产党人的鲜血，历史终将铭记这慷慨悲壮的一幕，余长钺是牺牲的五位烈士中最年轻的一个，年仅19岁……

烈士遇难后，陈振芳（程序）曾化装潜入福州城，偷偷到鸡角弄刑场战友罹难地看过，在心里默默哀悼。事后，为悼念"鸡角五子"烈士，他还专门写了一首悼念诗：

闽中多俊杰，五子最称贤。

骂贼敌庭上，成烈鬼亦雄。

光辉昭日月，遗爱足世传。

后继齐努力，摧毁旧王朝。

余长钺牺牲后，噩耗传至家乡，家人悲痛欲绝。当时迫于白色恐怖，其姐夫大约在三年后才托人帮忙，把他的遗骨移回老家阳霞安葬。

至此，余长钺终于又回来了。忠魂归故里，烈士回家乡，永远安息、守护在生他养他、又为之奋斗一生的玉融大地……

走在雨和雨的间歇里

愿烈士精神永存，浩气如虹，永垂不朽！

后　记

行文至此，我心潮澎湃，掩卷沉思。

余长铖烈士英年早逝，牺牲得太早了，他实在是太年轻了；但他又异于常人，有着超过成年人的睿智和沉稳，对党、对家庭无异于一大损失。19岁，正是青春烂漫的花样年华，余长铖却抛家舍业，只身赴义。他选择的就是这样一条充满曲折坎坷却始终不渝的青春之路！青春要融入时代，与国家、民族和社会的命运同脉跳动，这样的青春才不至于庸碌无为，才会成为永恒。

历史终将铭记80多年前玉融英杰余长铖的热血青春、碧血丹心；他的生命虽然定格在19岁，但他留给后人特别是青年人无尽的宝贵精神财富：那就是理想、信念、信仰永存，并高过生命之一切！

倘若后人铭记于此，将极大告慰九泉之下的英烈，因为这代代相传正如他们所愿……

陈声龙，男，1965年10月出生，现供职于福清市某单位，福清市作家协会名誉主席，福建省书法家协会会员。

热血啸秋

梁"铁头"传奇

◎ 吴安钦

从巍峨的炉峰山到雄奇的可门港海岸，从广袤的马透平原到迤逦的闽江口水域，在连江 4000 平方公里富饶而美丽的山水之上，在 60 多万勤劳勇敢的百姓中间，自 20 世纪 40 年代以来，无论是刚入学堂的稚气孩童，还是年过八十的耄耋老人，都在传扬着一个传奇式的英雄人物，他，就是梁"铁头"———一位 15 岁就加入中国共产党，当过特务队队长、游击队队长的梁仁钦！遗恨的是，他不是牺牲在抗日沙场上，而是喋血在他同窗布设的机关陷阱里。

山风呼啸，吹枯无数蓊郁的草木；巨浪奔腾，淘尽亿万泥沙瓦砾；只有英雄的故事世代流传，英雄的精神千古传颂！

梁"铁头"入党

天阴阴，地昏昏，幽风四起，满街落叶，尘灰飘零。这几乎是 1928 年整个中国年景的写意图。

5 月 3 日，"济南惨案"的消息传到福州。整个福州城愤怒了。梁仁钦所就读的闽侯大庙山中学的学生更是义愤填膺。所有热血青年都沉不住气了。日寇凭什么如此胆大妄为敢在中华大地上虐杀我们的平头百姓？为何竟然如此有恃无恐地杀害我外交官员？要是不给日本鬼子一番应有的教训，我们岂不沦为亡国奴！

5月4日，正是五四运动第九个纪念日。这一天，福州的天空格外灰暗。大庙山中学的学生自发起来了。他们举着横幅标语，高喊"打倒倭仔""把日本鬼子赶出国门"的口号，一道冲向日本驻福州领事馆。时年15岁、来自连江县下洋山乡的梁仁钦，饱含强烈的爱国热忱，毅然走进了反帝抗日的示威行列。在领事馆门前，抗议之声如浪潮一般一阵高过一阵。出人意料的是，反动当局竟然出动军警镇压。这下更加激起了学生们熊熊燃烧的怒火。一气之下，学生们砸门而入，冲进领事馆与日本人论理。走在前头的梁仁钦，喊声最响，呼声最高，表现最为勇敢，用力最猛，把领事馆的门楣和窗户敲打得最具震撼力。这时，三名反动军警手舞警棍，正面向他冲杀而来，三根警棍顿时不停地朝他头部作猛烈敲击。梁仁钦当场血流如注。高个子的同学见状立刻一拥而上，硬将他从警察手中救了出来。这时，他已经昏迷不醒。在送往医院抢救的路途中，同学们一路护着他的头部。梁仁钦的头上浮肿着一个个馒头般的肿块，这把不少女同学吓坏了。同学们一直担心梁仁钦即使保命，至少也成了头瘫脑残的人。奇迹出现了，经过医生的救护，梁仁钦不仅苏醒了过来，活了下来，而且大脑肿块很快消退。

不久，他便重返校园，和同学们一起上课学习。同学们在惊讶的同时，无不钦佩敬重，便给了他一个特别的绰号——铁头！从此，梁仁钦在同学们的心目中成了梁"铁头"。

梁仁钦在学生运动中的出色表现，和他绰号的知名度越来越响，引起了福州市委的关注。市领导黄孝敏介绍他加入福州市反帝联盟。经过一段时间的考察和培养，梁仁钦很快加入了共青团组织。梁仁钦更加发奋，暗下决心，立志为中华民族的独立和解放奉献终生。根据组织要求，他做了充分准备，化名任志忠，意为自己的任务和志向就是忠于祖国忠于党。他积极组织和投身到各种的反帝救国活动。1928年12月，福州市委根据他的表现，决定吸收他为中国共产党党员！刚满15岁的梁仁钦，成了学生中最年轻的党员。

入党的这一天，在火红的党旗面前，梁仁钦无比激动，他攥紧拳头，举手宣誓：努力革命，牺牲个人，服从组织，阶级斗争，严守秘密，永不叛党！

营救何利生

山乡茶垄七墩即下洋所在地的炉峰山，是连江县海拔最高的地方。这里可谓山清水秀，风景如画。尤其是梁仁钦出生地的下洋村，草木蓊郁，水土丰饶。一条美丽的下洋溪穿村而过，一条蜿蜒的下洋岭妖娆多姿。伫立炉峰山峦，不仅可俯瞰沃野千里的敖江平原，还能眺望碧波荡漾的罗源湾，连闽江口和可门口也一览无余，可谓风光胜地和鱼米之乡。

梁仁钦的家境在当年的下洋村没有第一二，至少也可列三四名。他爹梁木枝既务农，也做着小本生意。靠辛苦打拼，置下了数十亩田产。他家虽有八口之人，却也家底殷实丰厚，是村庄中人人羡慕的"土当户"。梁仁钦身高体壮，长得一表人才。这样家庭出来的孩子，本来可以坐享其成，可是，5岁那年，他爹就送他上了私塾，让他接受良好的启蒙教育。有幸的是，启蒙老师陈位崇向学生灌输爱国思想，勉励男儿当奋发图强，做救国栋梁。这对少年梁仁钦的成长影响深刻。他考入的大庙山中学，也是一所受五四新思潮影响的学校，学校传播马克思主义和反帝反封建的主张，使学生思想异常活跃。中国受到列强欺凌，以及军阀统治的黑暗腐朽现实，使年轻的梁仁钦心灵产生巨大震动。于是，在革命思想的熏陶下，他迅速投身到学生运动中去，并很快成了一名打先锋走前头的骨干。

1929年7月，梁仁钦中学毕业后，被市委留下当地下交通员，这期间，他秘密参加了多种军事训练。梁仁钦秉性聪颖，又刻苦好学，很快便熟练地掌握了各种长短武器的操作技术。训练后的他枪法娴熟，有百步穿杨之神功。由此，梁仁钦的名气越来越大。

1930年底，中共福州市委军委负责人、琯头长门电光山炮台党支部书记何利生，受中共福州市委委派，潜入国民党海军中秘密开展兵运工作。那时，国民党海军中腐败成风，存在官长贪污士兵饷银的情况，导致常年严重欠饷，连长以下的官兵，几个月领不到一分钱。官兵不满情绪溢于言表。何利生知道这事后，认为这正是可利用的斗争机会。于是，他便鼓动底层官兵起来做反"欠饷"的斗争。这一天，反欠饷暴动终于被何利生发动起来了。数十名底层士兵向旅部聚集，要求补还军饷。士兵情绪越来越激烈，打砸了旅部的办公设施，这下引起了师部重视，师部纠集武装力量实施镇压。参与暴动的士兵，全部被抓了起来，并实施脱光裤子打屁股的惩处。一个士兵受不了刑罚，便把何利生供了出来。这下，参与"闹事"的士兵或被开除，或被关押。入党介绍人。二人不仅志同道合，而且情同手足。战友身陷囹圄，梁仁钦心急如焚。他接受这个任务后，立即行动，与郑厚康一番化装后前往琯头电光山。他们用三块大洋，很快买通了值班看守，并迅速与海军中我党内线取得联系。当天夜里，他们俩顺利地与何利生见上了面。战友相见格外亲切。他们在一起，既激动又兴奋，既喜悦又悲伤，从子夜聊到拂晓，真是千言万语说不尽。当得知何利生尚未暴露真实身份时，梁仁钦在天亮之前赶回连江，又火速向他的老家下洋奔去。他到家时已是翌日中午。梁仁钦到家，一身疲惫样，连水也顾不得喝一口，一言不发躺上了床铺。父亲知道他一定有心事，便耐心地劝导他，要他直言相告。梁仁钦看见父亲这般热心，就把好友何利生被抓需要钱财打点的事情和想法和盘托出。父亲梁木枝二话不说，果断做出变卖部分田产的决定。遗憾的是，当时，想买田产的人多，要一时拿出几百块大洋的人少。当他父亲的田产变换成大洋时，时间已经过了一个多月。当梁

走在雨和雨的间歇里

仁钦兴致勃勃地携着变卖田产所得的几百块大洋想打通关节保释何利生时，已是1931年的3月底。这时，形势发生了大变化，设在厦门的中共福建省委机关被破坏，我党部分领导人的名单被敌人掌握。何利生也被当即抓了起来。福州市委知情后，立即指示连江县委派出得力干部营救何利生。连江县委即把这个任务交给了梁仁钦和郑厚康。何利生与梁仁钦是大庙山中学时的同窗挚友，还是他的何利生，中共福州市委军委委员名字赫然在册。国民党福建省政府获知这情报的当天，就命令海军长门要塞司令部将何利生立即押往福州监禁。4月初，何利生在敌人的利诱和酷刑面前，威武不屈，英勇就义。

梁仁钦知悉这一噩耗，跪在长门炮台，捧着大洋，长歌当哭，挥泪闽江，把天哭泣得阴云沉默，把地喊叫得草叶失色。

畲乡当道士

营救何利生失败，使梁仁钦清醒地认识到，要想取得革命的胜利，必须有一支自己的队伍及革命的武装。

这时，中共连江县委已经成立，梁仁钦担任县委组织部部长，同时还是共青团连江县委书记。这时，县委交给他的任务，就是从各地群众中挑选出忠诚可靠的青年加以培养。在梁仁钦的组织发动下，短短几个月，城关、透堡、马鼻、下洋等地便成立了团支部。为了争取更多的有志青年投身革命队伍，他把目光瞄向畲乡。

茶垄七墩也是闽东畲族群众聚居地，广大畲民深受阶级压迫和剥削，终年啼饥号寒，挣扎在死亡线上。他们反抗思想十分强烈，只是在等待一个可靠的组织和可信赖的人的出现。1931年夏天，梁仁钦和时任县委书记杨而菖，乔装打扮。梁装作道士，杨扮成算命先生，两人顶着杲杲烈日，翻山越岭来到总洋、叶洋、洪塘等村落开展活动。初来乍到，畲民对他们存有戒心。他们俩走村入户，替他们看生辰八字。这样，渐渐赢得畲民的信任。巧的是，这期间，一畲民家一个老人去世了，这家人正苦于没钱请道士替老人做法事，梁仁钦和杨而菖主动上门来了，提出免费为老人做道场。这下，他们俩博到了畲民的好感。经过一个月的接触，三个村的畲民终于把梁和杨二人当成了好友。畲民中每有什么活动，比如婚丧喜庆等，都会邀请他们俩参加，他们俩也有请必到，从不爽约。一来二去，畲民对他们俩，从戒备到好感又到无话不说。这时，他们俩认为时机已经成熟，便亮出身份。他们和畲民兄弟讲我党的民族平等政策和畲汉一家亲、穷苦人结同心拔穷根的道理，指出贫苦民众只有起来反抗和斗争才有出路和希望。在他们俩的思想工作下，蓝礼义、蓝礼送、蓝弟弟、蓝元和等十余名畲家青年，决定跟随梁仁钦和杨而菖干革命。一天夜里，经过他们俩的精心安排，在总洋村砖瓦窑里，点起了烛光，举行隆重的兄弟结拜仪式。他们俩和蓝礼义等十多名畲家青年一道，先喝鸡血酒，接着举手发誓："不中途变心、不出卖兄弟、不怕任何困难，经得起任何考验！"

畲家青年被发动起来了。在梁仁钦和杨而菖的组织和发动下，茶垄七墩的下洋、洪塘、总洋三个村同时开展起"抗捐、抗税、抗粮、抗债、抗丁"的"五抗"斗争。畲乡的革命烈火越烧越旺。在梁仁钦的提议下，县委及时将在"五抗"斗争中表现突出的蓝礼义发展为党员，这更加激发了畲乡群众的革命热情。畲乡的革命斗争由星星之火蔚成燎原之势。

这时候，畲乡人家才知道，与他们结拜兄弟的梁仁钦就是他们心中所敬仰的梁"铁头"！

此时，连江的武装斗争已成大势。中共福州中心市委在合山村开辟游击根据地的同时，决定成立闽东工农第 13 支队。梁仁钦成了首批 20 名游击队员之一。梁仁钦在游击队中始终以苦为乐，视死如归，风餐露宿却甘之如饴。在艰苦卓绝的斗争中，他锻炼成长为一名优秀的军事指挥员。1932 年 9 月，游击队在官坂一带打土豪，用所得的钱财购置了一批崭新的驳壳枪，同时根据形势发展的需要，成立了特务队，由梁仁钦兼任特务队队长。

有了武器装备的特务队，主要任务是镇压税棍和土豪劣绅，以及混进革命队伍中的叛徒和内奸。3 个月里，有十多个横行乡里无恶不作的土豪劣绅和捐丁税棍，倒在梁仁钦的枪口之下。

总洋村大土豪林某，对起来做"五抗"斗争的畲民刻骨仇恨。一天，他趁梁仁钦的队伍到别地活动时，深夜组织人马将参加抗租斗争的积极分子蓝元和抓了起来，并剥光蓝的衣服，用竹棍敲打，逼他交代指使人员，还要他负责追回被游击队没收走的粮食和田产。梁仁钦闻讯后，带上两名队员，当即赶回总洋村，寻找机会。当夜，林某自鸣得意，与他的团丁们浩浩荡荡赴家族之宴，正跨出家门时，一声枪响，林某应声倒下。这个神不知鬼不觉的反清算，在茶垄七墩震动很大。从此，这一带的土豪劣绅收起了他们反攻倒算的算盘。

革命形势的发展令不少恶霸地主和土豪劣绅极度恐慌，同时也给动机不纯的坏分子以浑水摸鱼的可乘之机，他们想以积极分子身份混入革命队伍，窃取内部消息，以达到暗中保护他们自身利益的目的。垱里村是打土豪分田地做得比较好的村庄，有的土豪表面上装模作样服从安排，可暗中阻挠，联络附近村庄的土豪地主，准备花钱纠结黑帮和民团联合实行武装对抗。一名姓孙的地主，指使他的外甥加入"五抗"队伍。这外甥假装积极参加各项活动，当获得重要消息时，他就溜出去，向他的舅舅报告实情。一次，游击队和特务队正准备组织揪斗一地主，外甥以解手为名溜了出去，结果，这地主逃之夭夭，使游击队的活动扑空。据此，梁仁钦断定队伍内部出问题了。他立即着手调查。很快水落石出。原来，正要揪斗的这名地主是这个外甥的堂舅。为打击这些投机取巧分子，梁仁钦决定对这个姓黄的外甥做游街示众处理。那天，特务队押着这名被五花大绑的外甥，从街头游到巷尾。游街结束后，当即开除出队。这不仅教育了参加革命队伍的同志，农民群众也无不拍手称快。

正是在开除这名黄外甥的第二天傍晚，孙地主不知从哪里请来了一个二三十号人着装的乐队，他对外声称是替他被游街

走在雨和雨的间歇里

后自杀的外甥治丧。这支队伍也长腔短调吹吹打打，这引起了梁仁钦的警觉。果然，当更深夜静时，这支队伍放下琴瑟等乐器，拿起刀枪等武器，悄悄地向游击队所住的地方集结，企图将游击队和特务队剿灭。子夜时分，枪声在档里村的夜空突然响了起来。早已有了防备的特务队立即应战。只有五六名队员驻守的特务队在梁仁钦的指挥下，镇静自若，以一当十，奋起拼搏。梁仁钦学过的激战枪法终于派上了用场。他手举驳壳枪，一弹一个准，仅七八分钟，就平息了这场地主恶霸有预谋的剿灭战。除几个头脑比较清醒的闻声逃跑外，其他的，全部毙命在特务队员的枪口之下。一不做二不休，收拾完这支假乐队后，梁仁钦带领特务队冲进孙地主家，一枪也把这个阳奉阴违的家伙给收拾了。

这一下，特务队和梁仁钦在马透平原声名大震。土豪和地主恶霸听说梁仁钦就是梁"铁头"时，吓得手足打战，坐卧不安。各乡土豪恶棍不敢动武，只好联名请求国民党连江政府当局"清剿""匪首"梁仁钦和杨而菖。这样，连罗两县保安队协同海军陆战队便开始"围剿"游击队和特务队。梁仁钦知情后，和杨而菖一道，带领两支队伍，指挥若定，避实就虚，在连罗两县的山区真正"玩"起了游击战术。当"围剿"的国民党队伍赶到罗源的仙茅山时，梁仁钦的队伍已经转移到了连江的蓼沿乡；当敌兵追到蓼沿，特务队已打转到了官坂。敌人对梁仁钦的特务队共进行三次大规模"围剿"，结果，不但找不到梁仁钦的身影，反被特务队拖着鼻子满山转，人困马乏，劳师糜

梁「铁头」传奇

饷，而且在反"围剿"斗争中，游击队伍不断发展壮大。梁仁钦还在城关、马透、下洋、官坂、下屿等地成立了多个森林会、读书会、农会、赤色工会、反帝大同盟、互济会等群众团体，培养造就了一批中坚骨干，进一步传播了马克思主义。在总洋、下洋、洪塘等多个村庄还成立了党支部，党的影响力不断扩大。

梁仁钦的父亲到这时还不知道，他的儿子梁仁钦已经是我地下党特务队和游击队两个队的队长！

"虎口"抓团总

溪东乡的一个地主民团就是在梁仁钦特务队的反"围剿"中被发现的。

溪东乡地处五峰山谷之中，四周群山环抱，只有一条窄小的山路与外界连通，是一个易守难攻之地。当地民众有着习拳练武的传统，村里每个人几乎都会几套拳术，扁担拳是当地流行的武艺。正是这样一个地方，却网罗了一批不走正路不务正业的闲散人员，他们被一个姓郑的头目所利用。他以有福共享为诱饵，鼓动人家加入他的团队。郑头目自号团总，鼓吹凡跟随他的，干一单分一单，得多少分多少。几年里，这支鲜为人知的民团人马竟然超过100人，成了一支有枪支有弹药有武艺还有等级之分的队伍。他们要干什么？原来，这个团队是用来被利用的。谁需要他们，只要肯出钱，谈好了价格，只要郑团总一句话，杀人越货，什么事都敢干。因此，这个团成了无恶不作为害乡里的流氓之团。他们曾多次被当地的土豪劣绅所利用，使得打击当地土豪地主恶霸的局面难以打开，这引起了特务队的高度注意。

对于梁"铁头"及其特务队的声名，郑团总也早有所闻，团丁多次提醒要小心谨防，但他不把特务队和游击队当一回事。他扬言，溪东地势险要，村口又设有多处碉堡，简直是固若金汤，共产党就是插翅也难以飞进来！再说，民团的人哪个没有几手技术？就是不用枪也能一顶三。溪东简直就是老虎之口。郑团总说，连枪都没有的共产党难道敢钻进虎口拔牙？

1933 年 3 月的一个夜晚，天黑得像锅底一样，梁仁钦和新任游击支队长任铁峰，率领 9 名骨干摸黑进入溪东乡村口。梁仁钦跃进碉堡，借着值班看守团丁点火吸烟的光线，快速行动，一把揪住一个团丁，厉声喝道：我是梁"铁头"！三个团丁听说来者是梁"铁头"，吓得浑身哆嗦，连说话都打牙。梁仁钦接着说：老实配合，免得一死！这三个被缴了械的团丁，只好老老实实地一问一答。这一查才知道，原来，这郑团总却风流得很，仅在溪东乡里就有三个姘头，一天换一个姘妇过日子。据这团丁推知，这夜应该在沃西的二情妇家里。他所住的地方必有 6 个团丁值守。就这样，梁仁钦和任铁峰等人由这三名团丁带着，直扑沃西的二姘头住处。因为有看守人员带领，直接推门而入。和姘头抱着睡得正香甜的郑团总，哪想到游击队的人马突然威风凛然地直扑他的住地？当团丁点亮烛火时，梁仁钦一步上前，把郑团总像拎小鸡一样从被窝里拎起来，并大声道：我是梁仁钦！不老实，一枪崩了你！一听梁仁钦三个字，郑团总马上意识到来者就是梁"铁头"，他浑身抖得像筛糠一样。他做梦都不会想到，在这个山高皇帝远的地方，此时此刻却成了共产党的俘虏。他十分害怕，连忙说：老实老实。只要给我一条活命，梁队长需要什么，尽管说来。梁仁钦说，把所有枪支弹药交出来！郑团总只好照办，并主动送上一箱大洋。

这支藏在深山的反动民团武装就这样被瓦解了。消息传出后，五乡八里的农民称赞梁仁钦的特务队是"从天而降的神兵，土豪劣绅的克星，老百姓的福星"。

从此，溪东乡也成了我党的一个交通联络点。

巧捉副舰长

1934年1月，连罗苏区的土地革命进入高潮。工农游击队在透堡进行改编。改编后的中国工农红军闽东第13独立团，辖两个连、特务队和赤卫总队。梁仁钦继续兼任特务队队长。改编后不久，在福建的十九路军举事失败，革命形势直转而下。国民党军队趁机卷土重来，对闽东苏区进行大规模的"围剿"。连江的革命运动受到影响，处在寻求出路的低谷之中。

连江县委认为，为打破封锁，连江要在海上下功夫，以备在万不得已情况下做好向海上战略转移的准备。因此，县委决定在罗源湾南岸的可门口施家里村成立连罗红军海上游击队，同时筹集粮饷，以打破海上封锁，保障红军后勤供应和搜集情报工作需要。梁仁钦接受这个任务后，迅速在第 13 独立团各连和特务队中精挑细选了一批对党忠诚、身体健壮、水性好、枪法精的战士充实红军海上游击队。梁仁钦还为海上游击队配备了 7 艘大船在可门口待命。

罗源湾是东海之滨的一处天然港澳，口小腹大，湾内湾外，景观大异。湾外的东海波涛汹涌，水白浪高；湾内却波光潋滟，蔚蓝清澈。罗源湾有江南的湖光水色景致，是难得的天然避风港，湾内又有十多座玲珑别致的海岛，因此，有海上西湖的美誉。此外，自古以来就有许多关于罗源湾的美丽传说和故事。因此，罗源湾历史上就是大城市游客所向往的海上旅游胜地。

"祥安"轮就是福州城一个大资本家开发的来往于福州港、罗源湾的海上大游轮。游轮每天游客如云，依潮汐往返于两地之间。但是，从某一天起，"祥安"轮上突然多了持枪的军人，射击我海上游击队驻地。梁仁钦转移地方，率队在可门口外的墨屿岛埋伏，准备打击轮船上的敌人。为了游轮上的客人安全，他观察多天后，终于选择游客最少的这天行动。

这一天，初夏的阳光和煦而温柔地照着碧波荡漾的罗源湾，海湾内两岸的山峦镀上了一层金色的光华。中午 12 点许，突然来风了，天上的乌云向西空渐渐聚集而来，明媚的阳光顿时被灰暗的天色取代。风越来越大。这正是行动的好机会。梁仁钦一声令下，7 艘大船形成大包围圈，立即向"祥安"轮围拢过来。"祥安"轮上的敌军见状，鸣枪警告。梁仁钦在船头对敌人喊话：放下武器，否则毙命！

"祥安"轮上的敌人经不起风浪的颠簸，开始眩晕，又看见他们的轮船已经被包围，再说，他们的兵员只有6人，无论如何不是7艘大船上我军游击队的对手。他们便不敢作声，乖乖地听从了我方的指令。这艘"祥安"轮就这样被我海上游击队拖带到施家里码头扣了起来。

国民党马尾海军司令部闻讯后，当天派出"楚同"号军舰进驻罗源湾。一进湾，便架起大炮猛烈轰击我海上游击队总部，妄图一举消灭我海上游击队。面对敌强我弱的形势，梁仁钦决定与敌人斗智不斗勇，任凭"楚同"舰在罗源湾海域耀武扬威。游击队不但不发一枪一弹，也不派一条船只出海。几天过后，"楚同"号正副舰长看见游击队总部里一个人影也没有，认为我海上游击队不堪一击，该舰艇上的官兵防备渐渐松懈。三天后，他们开始壮着胆子上岸来了。

一天，埋伏在施家里民众家中观察的梁仁钦突然眼睛一亮，禁不住在心中喊道：好了！原来是"楚同"号的副舰长也上岸来了。副舰长与随带的几个勤务兵一同走进了一家理发店。副舰长一落座，理发师的剃刀刚刚举起，埋伏在一旁的梁仁钦手一挥，游击队员一拥而上，坐在剃头椅上的副舰长束手就擒。

在施家里游击队总部，红军团长魏耿、政委叶如针、特务队队长梁仁钦共同提审这个被抓的副舰长。哪想到，这家伙极其顽固，不但拒绝回答问题，咆哮不止，还企图夺枪顽抗。梁仁钦执行县委决定，当场将其枪决。

"楚同"号舰长对此既气急败坏又无可奈何，朝我海上游击队总部胡乱打了几炮后，只好将军舰开回马尾港。

投资"祥安"轮的资本家以为投靠了国民党海军，便能够妥善解决他们轮船的利益问题，哪想到，他们不但保护不了"祥安"轮，还白白地丢了副舰长的性命。这下，资本家气馁了，只好派员来施家里和梁仁钦谈判。不久，达成协议，"祥安"轮交还该方继续经营，但不能搭乘持枪的国民党士兵。

有趣的是，马尾的国民党海军司令部竟然还不知道，从此之后，"祥安"轮还成了我海上游击队的交通船。

下屿岛枪声

这真是个多事之秋。

1934 年 10 月，我红军主力部队长征北上后，国民党认为他们反攻倒算的日子到了，于是，便纠集重兵"清剿"闽东苏区，重点抓捕我地下党员。梁仁钦、杨而菖、任铁峰、林孝吉等领导人名单赫然在列。"清剿"队伍气焰嚣张，扬言要活捉参加土地革命运动的我"五会"人员。连罗的革命形势处在危急存亡之际。

特别是国民党 87 师进驻连江后，派舰艇封锁了东冲海面，切断了连罗苏区和闽东苏区的联系，使连罗苏区陷于孤立境地。1935 年 1 月 24 日，国民党 87 师 517 旅伙同水警大队，由黄岐出发"清剿"奇达乡苏政府，红西南团 300 多人英勇还击，顽强坚持战斗 5 个小时，但因弹药有限，战士不断伤亡，只好向附近沿海转移。至 1935 年 1 月下旬，连江县委和红西南团被困在罗源湾的岛屿上。

在这异常危急关头，为商讨破敌之策，1934 年 1 月 31 日，正是老百姓准备过大年的腊月十七，连罗县委和红西南团决定在下屿岛召开紧急的县委扩大会议。

下屿岛是罗源湾南岸的一座四面环海的孤岛。岛上渔民以海为生，他们长期受渔霸鱼牙主的剥削和压迫，革命愿望十分强烈，涌现出郑敢、郑依细等一批敢于斗争的有思想觉悟的渔民，这个会议的地点之所以选择下屿岛，正是因为这里既有独特的地理优势又有良好的革命基础。会议在一处靠近郑家祠堂的民房里进行。后因参会人数增加，地点移至郑氏祠堂进行。会议主要就"冲"还是"避"的问题展开激烈的讨论，从上午7 点多一直开到凌晨 3 点多。会上，一种主张是誓死保卫苏区，与敌人拼个鱼死网破；另一种主张是避敌锋芒，跳出包围圈，向山区的罗源、古田转移，争取与叶飞率领的闽东红军独立师会合，伺机再起。梁仁钦倾向后一种意见，认为"留得青山在，不怕没柴烧"。经过紧张而激烈的争论，最后终于统一了认识，决定连罗两县仅剩的红军主力分别向闽东和连江山区转移。这个决策是正确的。可是，会议时间比原计划整整延长了 6 个多小时。与会人员正准备散会分头行动时，"砰！砰！砰！"枪声在会议所在的门口打响了。他们被国民党保安 11 团熊执中部所率的两个团的兵力包围。下屿岛上的积极分子闻声后，从四面八方涌来参与营救。在夜色掩护下，有当地民众的有力配合，梁仁钦指挥十多名参会人员夺门而出，向原定的码头和船只集合。但终因寡不敌众，在冲出包围的过程中，损失惨重，有多人牺牲。下屿村有十多个积极分子被打伤。梁仁钦在突围后，所驾的船只在驶往红厦的航路上因风向偏离，搁浅在鹤屿村的滩涂上。梁仁钦和林孝吉二人终于被追赶而来的反动派抓捕。团长熊执中见抓到共产党的两个头头，尤其是能抓到梁"铁头"，十分得意，当夜，他们俩便被送往福州军法处监狱关押。

梁仁钦被捕后，父亲梁木枝和母亲孙秀英知道凶多吉少，心如刀绞，他们毫不犹豫地变卖掉所有田产，四处央人到福州找关系打点。经过多方努力，终于使敌方答应可暂时免于一死。可恶的是，当有关方面决定释放时，梁仁钦却被转押到漳州的"感化院"。

在狱中，梁仁钦与敌人斗智斗勇，巧妙应付敌人的审讯。他讲远不讲近，讲死不讲生。战友中，已经牺牲的，或者已被敌方掌握的，他就含糊其词应付一下；凡活着的或未被拘捕的，他则守口如瓶。就这样，他像打游击一样，与敌人虚虚实实，扑朔迷离，他所说的许多话和事让敌人无处可查，或查无实证。敌人十分无奈，几个月后，只得判处他终身监禁。

1937年7月，抗战全面爆发。国共两党开始了第二次合作。国民党政府被迫释放所谓的政治犯梁仁钦。梁仁钦在结束了两年多的"囚徒"生涯后，终于回到了他的老家下洋。

陈县长丢官

一波未平一波又起。

1937 年底，日本侵略军悍然侵占闽江口的川石岛，并在岛上驻扎一个大队的兵力，作为入侵连江县城和福州的跳板。连江县城随时都有沦陷的危险。

当中华民族面临着光明和黑暗、生存与毁灭的重大考验关头，刚从国民党监狱出来不久的梁仁钦，又以全新的姿态投入抗日救亡的斗争。首先，他立即加入连江县的抗敌后援会，在中共连江特支领导下，协助吴大麟在溪东乡举办抗日骨干训练班。接着，他将土地革命失败后与党失去联系的地下党员、红军游击队员重新组织起来，为组建下洋抗日游击队打下坚实基础。同时，他积极宣传党的抗日统一战线政策，动员下洋乡青年农民参加地下党在溪东乡举办的训练班。他还带头捐款捐物，慰劳伤兵，支援抗战。

深秋时节，山阴阴，木叶凉。乡村八月稻初黄，野花零落斜阳淡，山菊正艳芍药红。

鉴于连江人民不断高涨的抗日激情，1938 年秋，中共福建省委领导王助派林涧青到连江组建中共连江县特别支部。会后，梁仁钦以朋友的身份很快与吴大麟取得了联系。

吴大麟是何许人也？

原来，吴大麟是连江城关人。人长得英俊威武，性格开朗豁达。他从福州英华中学毕业后，由其父亲举荐任南京国民政府侨务委员会雇员。翌年转国民党福建省党部当录事，并加入国民党组织。因受进步思想影响，不久便辞职赋闲。1935年，他考取福建省合作社训练班，受训3个月后，被派回连江任省合作社驻连办事处主任指导员，主要是负责发放农渔业贷款，发展农业合作经济。吴大麟父亲开有京果店，以信义著称，是个开明工商业主。连江特支成立后，吴大麟由王助直接介绍加入共产党，但仍以国民党党员、合作社主任指导员的"合法"身份从事抗日救亡工作。当时，省委给连江特支的任务是，联络人员，掌握枪支，准备建立抗日武装。吴大麟在县城的十字路口开设"海滨书局"，销售进步书籍，宣传党的抗日主张。吴大麟通过朋友关系，经过多方努力，争取到了国民党闽江北岸炮台台长倪澹吾的支持，并与倪达成合作抗日协议。1939年春天，吴大麟接任连江特支书记。根据王助指示，为新四军筹措经费。为及时完成党的任务，吴大麟便从合作社公款中取出数百元，派员送往福州。这个口一开便一发不可收拾。此后，凡是组织上有资金需要的，他私款一时筹措不足时，就把目光盯向合作社里的公款。吴大麟积极抗日的言行引起了国民党当局的注意。不久，吴大麟挪用公款的事终于被发现。1939年1月的一天，国民党当局以"挪用公款贪污舞弊"的罪名将吴大麟抓起来，并决定将他押解到三明的梅列集中营秘密枪杀。

我地下党得此情报，梁仁钦第一时间主动提出担负解救吴大麟的任务。是年2月21日，即吴大麟被抓的当天傍晚，他果断地采用疑兵之计，派人到东湖路段，割断县城通往丹阳的电话线。同时，连夜安排在城关的抗日游击队队员，潜入县里班房，实施劫狱行动。夜里 11 点许，吴大麟被顺利劫持出狱。营救出来后的吴大麟当夜被秘密转移到浦口龙山村隐蔽。

时任国民党连江县县长的陈荫祖，被蒙在鼓里，到了第三天中午，上方来人要进狱提犯人送往三明时，才发现人去房空。陈荫祖县长傻了眼，他根本不明白怎么回事。但陈荫祖十分灵动，反应敏捷，在毫无根据的情况下，竟然谎称吴大麟"狱中作乱被毙而亡"。尽管事后陈荫祖曾组织多方力量四处抓捕，但终因监管不力、抓而无获，被国民党福建省政府当局免去了县长一职。

激战夫人沃

梁仁钦在日寇猖獗国难当头时刻，革命意志更加坚定，以大无畏的精神和豪迈气概，义无反顾地冲在抗日救亡第一线。

成功解救吴大麟后，梁仁钦即同连江特支成员一道，四处奔波，发展队伍，运送武器，打击日本侵略者的嚣张气焰。同年 6 月，梁仁钦与吴大麟等奔赴黄岐半岛的苋南村，寻机渡海到马祖南竿岛，打入活跃在台湾海峡西岸的海匪内部，争取把这批武装改造成为我党使用的革命力量。

这时候，在北起霞浦西洋岛、浮鹰岛，南至福清海口、平潭岛的洋面上，有多支海匪活动猖獗，主要有张逸舟部、林元桂部、林义和部和余阿皇部。这四个匪帮对海上游击队特别是对梁"铁头"既怕又恨。游击队来了，他们就相互通风报信，甚至集结力量对抗。但四大匪首之间的关系也是错综复杂，既合作又倾轧，谁都想统领四大帮，当四大帮的霸王，谁都不愿意屈从。所以，他们是既希望其他的帮派被我党或日军打掉，又不甘愿自己被谁兼并。表面上他们一团和气，实质却是相互攻讦。我地下党正是抓住他们这些矛盾，经过梁仁钦等的工作，在这一条海事案件频发的海岸线上建立起了我党地下交通站，形成了纵横交错的海陆联络网。

日本军队侵占马祖列岛后，利用四大匪帮的弱点，采取了既打击又争取的策略，想武装他们来对抗我海上抗日游击队。特别严重的是，日军采取"以华治华"战略，企图动用这批海盗来摧毁我党在东海洋面的力量。日军先下手为强，成立了名为振兴亚洲、实为特务机构的"兴亚院"。任命连江匪首林义和为第一集团军总司令，任命余宏清（余阿皇）为"福建和平救国军"总司令。这样，多数匪帮生怕我方打击，纷纷投靠了日军。

在这个严峻的形势面前，吴大麟和梁仁钦不惧艰险，勇往直前。他们俩和刘鸿基等地下党员于6月底乘小船抵达海盗纠集的马祖列岛南竿塘，化名分别打入张逸舟、林义和和余阿皇匪帮内部，准备改造策反他们。这个场景犹如杨子荣打入威虎山一样，生死予夺，险象环生。

梁仁钦打入的是余阿皇部。

梁「铁头」传奇

余阿皇来自福清。据我地下交通站所掌握的情况，余阿皇在四大匪帮中是最具正义感的头目，他的队伍是最大的，共有200多号人，比一个正规营还要大，走打家劫舍之路也是万不得已。他本不想充当日本人封给他的所谓和平救国军的司令。可是，日军对他是软硬兼施。日军看好他，一是他手下人马多，二是他号召力强，三是他身高体壮，此外，还有他的敢作敢为。余阿皇当时的愿望是，只要日寇不打压他的队伍就行了，所以，对给他的所谓的司令他本想拒绝。他知道，自己是中国人，如何能接受日本人的任命和管理呢？可是，在当时情形下，他不要也得要。更令他反感的是，任命他的当天，就要他的部队按日军的规矩做正规化的军事训练。他手下不少的人也接受不了这个现实，只是慑于日军的荷枪实弹，不得不屈从。因此，余阿皇既十分后悔又极其苦恼。

　　正当他心情无比沮丧、寻找出路的时候，梁仁钦来了。

　　这一天，马祖澳南竿塘的海风，呼呼地咆哮，滔天巨浪向小渔港码头猛扑而来。泊在港湾里的几十艘大小船只在风浪中兴奋得摇头摆尾，像集合的队伍十分喜悦地迎接客人的到来。

　　顺流颠簸的小船一靠岸，梁仁钦一个箭步飞了上去。被训练过的警卫排的人马目睹这一景，吃了一惊，心想，这是何许人也，竟能在狂风巨浪中有如此威武之势？

　　他们随即围住了梁仁钦。梁仁钦先声夺人：我是共产党梁"铁头"！情况紧急，我要见你们的余"司令"！

　　在这穷山恶水之地，在刀枪林立面前，此人敢亮出共产党的身份，可见其勇气和胆识非同一般。看来，此人不可小觑。于是，他们便向余阿皇通报。

余阿皇一听来了梁"铁头"，崇敬之情油然而生。他想，这个共产党人的梁"铁头"真是胆大包天，只身一人敢闯孤岛，我倒要亲眼见识一下他的能耐，梁"铁头"能铁到什么程度。或许，这梁"铁头"正是自己摆脱苦海的所望之人。

一见面，余阿皇便问：共产党有何本事？

梁仁钦转身，双手从腰间左右各拔出一支手枪，说时迟，那时快，一举起，两颗子弹出鞘，不偏不倚击中海港里两艘船桅上的小旗。挂着日本旗的小旗杆顿时落下。

余阿皇惊呼：神枪！在旁的警卫兵无不啧啧赞叹。

余阿皇：共产党有何实力？

梁仁钦把两只手枪往地上一扔，说：共产党说到做到！我梁某交给你们了！

真是侠肝义胆啊！对此，余阿皇感动又敬佩。

当夜，他们俩掏心掏肺无话不说。在中华民族的大义面前，余阿皇很快认清形势，决定改弦更张，与共产党一道，为抗日救亡而勠力同心。可喜的是，经过梁仁钦的思想工作，余阿皇立即戒烟禁毒，并着手对他的队伍开始了真正的整风肃纪。不到一个月，余部所属的200多人全部被我地下党所控制，成为我党领导的海上一支重要的抗战力量。

同年12月，风云突变。国民党军统闽南站和闽北站的特务勾结日伪，并从中作梗，致使日伪顽三方沆瀣一气，狼狈为奸。

日本特务机关"兴亚院"进一步地操纵了海匪，被日伪收编的张逸舟部和林元桂部公开打出"忠义救国军"旗号，开始动手赶杀我地下党，并围歼余阿皇部。

12月17日，一场十分险恶的激战在南竿塘的夫人沃打响。

这是在我地下党策反匪帮遭遇弹压的严重时刻发生的激烈枪战。这之前，余阿皇已被张逸舟部暗杀。深入林元桂部的刘鸿基被匪帮使用烛火酷刑活活烧死。吴大麟在林义和部，宁死不屈，遭到枪杀。

17日傍晚，天已擦黑，海风特别凶猛刺骨，似乎要把整个夫人沃吞噬。梁仁钦正召集队伍准备还击张逸舟部，忽然，洋面上枪声大作。他定睛一看，几艘全副武装的大船正朝他而来。他想，要是不采取果断措施，自己的队伍将全部毁于夫人沃。千钧一发之际，梁仁钦当机立断，组织所有的地下党人奔赴码头，迅速地从敌人手中夺来一艘双桅船。他命令其他人员举帆开船，自己则站立船头，举起双枪，面对追赶而来的敌船予以回击。这时，敌方的子弹如豆子般向他所在的船只飞射而来。梁仁钦镇静自若，双枪并发，一弹一个准，打得敌方船上的匪盗不是断腿就是少臂，有的直接一命呜呼。敌船上喊爹叫娘声此起彼落。一个多小时后，梁仁钦的双桅船终于冲出重围，驶出夫人沃，为革命保存了部分有生力量。

抗日第一队

夫人沃的枪声，是又一次血的教训。梁仁钦深刻认识到，只有贯彻党中央提出的独立自主、放手发动群众、组织人民抗日武装的方针，革命才有可靠的基础，党组织也才能生存和发展。

1940 年秋天，梁仁钦在下洋深山密林中的九使庙主持召开下洋党支部扩大会议。会议当场吸收了一批青年农民入党。会议决定成立党领导下的以党员为骨干的下洋抗日游击队。梁仁钦任中队长，邱惠任指导员。游击队宣誓坚决抗日，永不叛变！

下洋抗日游击队是共产党领导的连江县第一支抗日游击队。

1941 年 4 月 19 日，日本侵略军的陆军 18 师团井上部队和 48 师团津川 47 联队及警备加强大队的 2000 多人，在舰艇、飞机的掩护下，从筱埕海面强行登陆。连江县城沦陷。21 日，日军占领福州，国民党驻军撤退。日军兽性大发，一路杀人放火，奸淫掠掳。连江顿时山川变色，江河鸣咽。20 多万连江儿女在日寇铁蹄的蹂躏之下，痛苦地呻吟。在这血雨腥风的日子里，以梁仁钦为代表的连江共产党人怒发冲冠，决心再次站出来，救祖国保家乡，与日本侵略者做殊死的斗争。

4 月 19 日上午，就是日寇强行从筱埕登陆的当天，连江境内的天空乌云如铅，清明时节的雨水依然如泪般飞洒而下，而由梁仁钦队长率领的 100 多名游击健儿冒雨在下洋九使庙大门口列队待命。

11 时许，游击队员有的手持大刀，有的手执梭镖，有的扛着步枪或机枪。此刻，队旗猎猎，刀光闪闪。梁仁钦高呼"宁做无头鬼，不当亡国奴"的口号，又带头高唱《保卫福建》的战歌。顿时，一人唱百人和，激越而雄壮的旋律在山谷中激情回荡：

> 福建，是我们的家乡，
>
> 一千三百万的战士，
>
> 守住这十二万平方公里的地方，
>
> 敌人，来吧，誓把铁血安定我闽疆！
>
> 看那蜿蜒的江水，
>
> 崎岖的山脉，
>
> 只等着吮吸敌人的血肉，
>
> 可别想在这里有半点儿猖狂。
>
> 来吧，我们一千三百万的战士，
>
> 不怕死，不怕伤，
>
> 守住这十二万平方公里的地方，
>
> 保卫福建，保卫我们的家乡！

宣誓结束后，游击队立即分赴下洋、浦口、东湖和城郊一带，与日本侵略军周旋，东一枪西一炮，神出鬼没，牵着敌人的鼻子，给日本侵略者以防不胜防的打击。

游击队的节节胜利，给国民党连江当局带来不安。刚上任

走在雨和雨的间歇里

不久的国民党连江县县长、叛徒、特务陈之枢（后改名陈拱北），对游击队的抗战成果十分后怕，他既担心抗日战绩被共产党所占有，又怕游击队出奇不胜地打击日寇后日军施加给他压力，特别是一次偶然响起的枪声吓得他魂飞魄散，使他下定决心要置梁仁钦于死地而后快。

那次偶然受惊吓的枪声是，梁仁钦带领他的战士在洋门和祠台后门山进行机枪扫射演练。驻扎在山冈的国民党 75 师听到枪声，以为日军进犯，于是军营大慌。恰巧，县长陈之枢路过此地，枪声响起，他也以为来了日寇，吓得弃轿钻进树丛躲藏。当他得知实情后，恼羞成怒，视梁仁钦如芒刺在背。他想，这梁"铁头"啊，不除掉，他就无宁日！

就这样，陈之枢在精心策划下，诡计出来了。

一天，陈之枢派人给梁仁钦送来一封信。信中约他在较为隐蔽的后湾村面谈合作抗日大事。同时邀约的还有下洋乡乡长陈乃敏。这正是梁仁钦所期待的。看到这封信后，他当即答应前往。在旁的邱惠指导员等游击队员对陈之枢县长此举提出异议，认为这个叛徒之言不可信，建议不能赴约。梁仁钦胸怀坦然，十分自信，他认为，他和陈之枢、陈乃敏是同学同窗，陈之枢这家伙虽然是叛徒，但应该不至于到了对他下毒手的地步，何况还有陈乃敏在场。再说，陈之枢是约他商讨抗战之事的，国民党手上有兵有钱有武器，如果能够联手抗战，该多好？要是失约，不是错过一个难得的机会吗？如果能有合作抗日的机会，就是失去他一个人的性命又何妨？

当天，一身正气的梁仁钦把队长之职托付给陈位郁后，便欣然赴约去了。

哪想到，一到后湾村，梁仁钦便被陈之枢布置埋伏的保安部队逮捕，并五花大绑押往罗源国民党军 75 师师部。

在敌人的酷刑面前，梁仁钦正义凛然，从容不迫，义正词严，与敌人做针锋相对的斗争。审讯他的敌人，看见有"铁头"之名的梁仁钦一双如炬一般的目光，心惊肉跳，不敢多审多问，只好把他关在牢里。1941 年 5 月底，梁仁钦在罗源的后路村壮烈牺牲，时年 28 岁。

梁仁钦的牺牲，激起了连江全县人民的无比愤慨。

一个梁仁钦倒下去，千万个游击队员站起来！新洋、东湖、下屿、浦口、琯头等十多支抗日游击队纷纷成立，并坚持抗战到底，先后取得了大小数十个战役的胜利，其中，最漂亮的一仗是山冈伏击战。1941 年 7 月初的一天，下洋抗日游击队在东湖的山冈设下埋伏圈。由一名队员故意朝天空放了一枪，驻扎在东湖的几十个日军立即赶来，当他们进入游击队的埋伏圈时，伏在山冈半山腰的队员百枪齐响，在喊杀声中一同冲向正要掉头逃跑的日兵。游击队员的一名队员一弹射出，正击中日军驻连江最高指挥官原田大佐的头部，原田大佐当场毙命。其余敌人慌不择路，四散逃窜。这一仗，狠狠地打击了日本侵略者的嚣张气焰，同时戳穿了"皇军不可战胜"的鬼话。

连江抗日游击队共歼灭连江境内的日军 100 多人，在福建抗日武装斗争史上写下了光荣的一页。

"铁头"梁仁钦永远活在连江人民心中！

吴安钦，鲁迅文学院福建省首届中青年作家班学员。著有长篇小说《第三种情感》，中篇小说集《流云逝水》《衣锦还乡》，中短篇小说集《天使》，短篇小说集《凤屿岛的秘密》，散文集《下屿岛渔歌》《祖母岛》《海连江之歌》，电视连续剧《风吹定海湾》等。有多部作品获奖。现为福建省作协全委会委员、福州市作协副主席。

梁「铁头」传奇

图书在版编目(CIP)数据

走在雨和雨的间歇里/"惠风·文学汇"编委会编.
－福州:海峡文艺出版社,2022.7
（惠风·文学汇）
ISBN 978-7-5550-3017-1

Ⅰ.①走… Ⅱ.①惠… Ⅲ.①中国文学－当代文
学－作品综合集 Ⅳ.①I217.1

中国版本图书馆 CIP 数据核字(2022)第 097019 号

走在雨和雨的间歇里

"惠风·文学汇"编委会 编

出 版 人 林 滨
责任编辑 朱墨山 林 颖
出版发行 海峡文艺出版社
经 销 福建新华发行(集团)有限责任公司
社 址 福州市东水路 76 号 14 层
发 行 部 0591－87536797
印 刷 福州印团网印刷有限公司
厂 址 福州市仓山区十字亭路 4 号金山街道燎原村厂房 4 号楼
开 本 720 毫米×1010 毫米 1/16
字 数 190 千字
印 张 18.5
版 次 2022 年 7 月第 1 版
印 次 2022 年 7 月第 1 次印刷
书 号 ISBN 978-7-5550-3017-1
定 价 79.00 元

如发现印装质量问题,请寄承印厂调换